一糯千金

Yinuo
qianjin

伊诺 著

天津出版传媒集团
天津人民出版社

图书在版编目（ＣＩＰ）数据

一糯千金 / 伊诺著 . -- 天津 : 天津人民出版社，
2019.4
ISBN 978-7-201-14633-1

Ⅰ.①一… Ⅱ.①伊… Ⅲ.①中篇小说 – 中国 – 当代
Ⅳ.① I247.5

中国版本图书馆 CIP 数据核字 (2019) 第 052810 号

一糯千金
YINUO QIANJIN

伊诺 著

出　　版	天津人民出版社
出 版 人	刘　庆
地　　址	天津市和平区西康路 35 号康岳大厦
邮政编码	300051
责任编辑	玮丽斯
特约编辑	马小蚊
装帧设计	嫁衣工舍
内页设计	刘　丹
制版印刷	合肥华星印务有限责任公司
开　　本	880×1230 毫米 1/32
印　　张	8.5
字　　数	268 千字
版权印次	2019 年 4 月第 1 版　2019 年 4 月第 1 次印刷
定　　价	36.80 元

目录
contents

目录
contents

　　"陆氏集团新任董事长将于今天正式上任！一代商业帝国，是蛰伏还是继续高奏凯歌？"

　　"垄断业内数百个游戏版权，陆氏集团估值难以衡量！"

　　"揭秘！那些未婚的钻石王老五们！果然是他，稳登榜首！"

　　陆氏集团内部权力交接的新闻炸响了帝都商圈，媒体争相用黑体加粗的字体引爆舆论。原因无他，陆氏集团本就是国内首屈一指的商业巨头，任何风吹草动的新闻都会导致股价的波动，更何况，是 CEO（首席执行官）交接这样的大事。

　　陆氏集团总部坐落于商业中心，30 层的建筑与其他鳞次栉比的高楼一起，成为商圈的标志性建筑之一。

　　此时，陆氏集团一楼大堂之内，足足挑空三层的吊顶上垂下奢华欧风的水晶吊灯，光芒四射，整个大厅灯光璀璨。大理石地面被擦得一尘不染，光可鉴人。一楼最大的自动门大开，从大门到电梯的路上铺了一层厚厚的红毯，红毯两侧，媒体的摄像机和麦克风严阵以待，而公司职员也都是一身正装，分列两侧。

　　门口的保安人员看了一眼手中的计时器，拿出对讲机。

　　"现在是 8:57，各部门打起精神来！"

"各部门准备，陆总的车已经进入停车场了！"

"倒计时 30 秒！"

大堂里站了近百人，除了媒体之外，都是陆氏集团层层选拔出的优秀员工。一个个屏息静候，大气都不敢喘一声，目光紧紧锁定大门之外。

25 秒之后，门口现出几个人影，男秘书的嘴唇上下翕动，低声向身边的男人汇报工作："……糖球娱乐艺人秦夕的代言合约已经签好，今天 10 点将和您在集团会面；职业战队的选手接见也排在了今天，如果您没空的话，崔总可以代为接见；崔总另外还有一份关于陆氏影业的投资请您过目；分公司 15 个游戏版权已经购入，负责人丁副总今晚想同您共进晚餐；另外……修远少爷又气走了一个家教老师……"

一个有些淡漠的声音响起："秦夕的事我已经推到周末。崔言的事我晚点和他说。让丁洁下午来见我。至于陆修远，哼。"

说话的男人身量很高，穿一身做工考究的藏蓝色西装，其上连一丝褶皱都没有，一丝不苟地佩戴着领带、袖扣，脚下穿着做工考究的意大利薄底皮鞋。男人手腕上隐隐露出一块名牌腕表，表盘也是星空一般的藏蓝色。

自动门两侧的安保人员鞠躬行礼，这一行人终于进到大堂。

就在踏入陆氏集团总部大堂的一瞬间，陆知衡审视性的目光已经锐利地扫过一圈欢迎人群。他的目光在触及媒体长枪短炮的摄影机时，冷峻的面上全无表情，微微侧头对身边的刘秘书道："你安排的。"

他用的是肯定句，短促、平静，带着毋庸置疑的笃定口吻。

刘秘书顿时冷汗直流。

按照刘秘书的安排，陆总一进到大堂，大家便应齐声呼喊"陆总早上好"，而后，由选拔出来的集团优秀员工代表向陆总表忠心，表示"欢迎陆总回到集团总部，今后集团在陆总的领导下，一定会蒸蒸日上、再创新高"云云。

只是，在陆知衡那锐利目光的扫视下，百人呐喊团竟然集体哑火了，他眼神所过之处，没有人敢张嘴，更别说呐喊了。整个大堂之内，都弥漫着一股寒冰一样的气息。

陆知衡的眼神在两侧员工脸上匆匆扫过，脚下却是一步都没停。他径直穿过红毯，走向董事长专用的 VIP 电梯，直接进去了。

刘秘书诚惶诚恐地跟上，只来得及给大堂里的诸位留一个极为隐晦的眼神，便匆忙替陆总按下了28层的按键。

就在电梯门缓缓关上的一瞬间，原本鸦雀无声的大堂里忽然炸了锅，人声鼎沸起来。

"我的天！陆总竟然这么年轻！好帅！"

"快快快，赶紧帮我看看，我口红是不是花了？陆总刚才看我这边了！"

"完了，我昨天偷懒都没熨衣服！这下被陆总看到我衣服上的褶子了！"

这边，陆知衡从VIP电梯径直上了28层。

陆氏集团的28层是董事长办公室。

全公司都知道今天是新任董事长上任的第一天，候在董事长办公室门口的两个助理秘书已经诚惶诚恐地等了好一会儿。此时正主终于到了，可她们还来不及问好，便听见陆知衡那毫无温度的声音。

"今天上午所有的日程全部推迟。各部门马上拟出新季度工作计划，和去年的年度报告一起，今天中午午休之前交给我。"

也不待助理秘书反应，全程冷酷的陆总径直进了自己的办公室，只剩下刘秘书和两位助理秘书在外面大眼瞪小眼。

陆总姿态优雅地脱下西装外套，仔细地挂在一进门的衣柜里。在衣柜之中，规规矩矩地挂着四件西装外套，均是熨烫整齐，按照颜色深浅排列。

陆知衡在办公椅上坐下，抽了张酒精消毒湿巾仔细擦手，然后打开了工作电脑。

在他的桌面上，各种各样的数据文件令人应接不暇。两个曲面屏上呈现着滚动跳跃的数字。陆总偶尔抬头瞥一眼数据，眉心一直紧锁着。

不到三十岁的年纪，能够接手整个陆氏集团，外界一直对陆知衡有各种各样的猜测。其中流传最广的一种，便是这位陆总比他的父亲更为"工作狂"。

只是，年轻有为的工作狂陆总却没有打开任何一个数据文件，而是云淡风轻地点击了藏在桌面角落里的一个剑形图标。

"《御剑江湖》加载中，已完成82%。"

"加载成功。"

几个大字飘然拂过，进度条加载完毕。

一段古风的开场动画之后，陆总的屏幕上，一个身着白衣的俊逸男子卓然而立。在万千荷花树影之间，白衣男子立身于荷叶之上，微风浮动，如诗如画。

只是，那男子头上却悬着一个铁画银钩的"杀"字，鲜红如血。

世界频道上，不同的游戏玩家名称滚动着刷着小喇叭："本帮派红尘发出通告：全区域悬赏追捕'第一医师'，此人技术烂到家还出来拖累人。已挂悬赏，遇到他直接通报位置，酬金 50 金。"

陆知衡面色紧绷，似乎已经对这种情况见怪不怪。他操纵着游戏人物跟跟踉踉跄跄地往前走了几步，方才被荷叶挡住的头发便尽数露了出来。同时，也现出了他的游戏名字——"第一医师"。

工作狂陆总面无表情，操纵着人物往前走了几步，想跳到岸上去。谁知道，他手里的鼠标和键盘完全不听话，还没走几步路，飘飘欲仙的美男子就一个跟头栽进了荷花池。

【世界】小浪花 09:01

我刚才好像看到第一医师了！

【世界】球球 09:01

我也看到了！就在荷花池。

【世界】抠手大叔 09:01

没有看到他，位置确定对吗？这个时间，糯米粽子应该马上就上线了。

【世界】小浪花 09:02

找到了！他藏在西湖的荷花池里！

陆知衡的白衣男子在水里好一通扑腾，费了很大劲儿才在水里稳住身形。他一抬头，便见西湖两岸瞬间围满了围观群众。他们不仅围观，还一个个窃窃私语，那看他的眼神，好像是在动物园里看什么国家级保护动物。

【附近】李砸缸 09:03

快看，那个就是故意害糯米粽子输掉的人！

真的假的? 怪不得糯米粽子那么生气, 连挂了两周悬赏。

【附近】逐浪 09:03

就是他。只是不知道他谁派来的, 问不出来, 估计红尘的人想把他逼到退出游戏。

在《御剑江湖》的世界里, 野外被击杀是会掉等级的。"江湖第一医师"本来等级很高, 结果这一个月来莫名其妙地被追杀, 已经被"杀"掉了20多级。

什么"谁派来的"? 什么"红尘的人"? 陆总完全看不懂聊天记录里在说什么, 不过他才懒得管这些人说什么, 只想赶紧跳出这个大水池。

毕竟要一直游泳, 很累的……

垃圾游戏! 垃圾设定! 陆总默默在心里吐槽。

要不是这款《御剑江湖》是陆氏集团今年主打的项目, 他才不会来游戏里受这份罪! 天天被追杀, 人人喊打, 陆总长这么大从没受过这种挫折。

一想到自己5分钟前还被集团众人夹道欢迎, 聊的都是资本并购项目, 陆总就更为忧伤, 连带着操控鼠标的手都变得不灵光了。

这对本就游戏白痴的陆知衡来说, 是灾难性地毁灭。

5分钟后, 围观群众目瞪口呆地看着"第一医师"站在水里, 原地上蹿下跳, 使出浑身解数, 还是没能跳上岸来。

【附近】李砸缸 09:09

不知道为什么, 我现在忽然觉得, 他可能不是故意的……

围观人群越来越多, 也不知道是谁喊了一声"糯米粽子来了", 人群便呼啦啦地散开, 留出一条窄窄的通道来。

"真的吗? 终于来了! 今天赶上现场直播了!"

"我的天, 这就是糯米粽子的真身吗?"

城东, 天光破晓。丝竹声骤然响起的那一刹那, 一个一身黑衣的身影飞檐走壁而来, 低低掠空而过, 身形如电, 很快就到了荷花池。

丝竹渐疾，破风声起，直到铿锵一声，似有金石之音，如同裂帛。

陆知衡操控着"第一医师"，微微向上抬了抬视角。只见天空之中，那黑影惊掠而来，在湖边围栏上那只有手腕粗的柱子上单脚借力，而后脚尖虚虚一踏，直接腾空而起。

那人脚下的流云凌波步仿佛没有冷却时间一般，一草一木皆可借力，漂亮的三个腾跃，便现身在"第一医师"的眼前。

发挽乌云，长剑如血。

身穿白衣的"第一医师"还在水里激烈地扑腾着，黑衣女剑客视若无睹，手中长剑一挑，直接将他挑上天空，而后足下一蹬，抬手便是落英剑法的起手式。

又是这招。

陆总黑着脸，随便按了几下键盘，假装自己反击了几下。

反正也没什么用，他早就试过，把所有亮着的技能都按了。

键盘上的每个按键他都试过，可是依然被这个"糯米粽子"打得毫无还手之力。他干脆放弃抵抗，在键盘上打字。

【附近】第一医师 09:12
今天又是因为什么针对我？
黑衣女剑客一边打他，一边打字，两不耽误。
【附近】糯米粽子 09:12
上班迟到，心情不好，需要解解气！

陆总心里顿时平衡了一些。

上班迟到，应该是会扣工资的吧？哼，天天在游戏里"杀"我，很风光，现实里不还是要被扣工资？想到这儿，他觉得有些解气，干脆任自己被"杀"，一边拨通了刘秘书的电话。

"通知下去，以后陆氏集团严禁迟到，迟到一次扣全天的工资。"

把事情交代下去，陆总的目光转回电脑屏幕之上。自己的"第一医师"已经只剩下一点血了。

黑衣女剑客回头一招长虹贯日，将他高高挑上天空，脚下踩着不间断的流云凌波步，稳稳接了一招红袖斩春，直接将他送回重生点。

围观群众掌声雷动，纷纷开始鼓吹"糯米粽子"的操作技术，在重生点凄惨复活的陆知衡却松了一口气。若不是"糯米粽子"把他"杀"了，他还真不知道什么时候才能跳出那该死的荷花池！

表情恶狠狠地退出游戏，陆总喝了一口咖啡顺气，一边按铃让刘秘书进来。

"太甜了，换杯咖啡。"

陆知衡恢复了面瘫脸，连眼睛都没抬一下。刘秘书摸不准他的心思，觉得多说多错，因此也没说别的，就要退出去。

"另外，以后我的所有个人物品，必须经过严密消毒。"陆知衡不仅有洁癖，还有点强迫症。他下意识把刚刚甩出去的鼠标放回原位，端端正正地放在键盘右侧三厘米的位置。

"还有，刚才和你说关于员工迟到的事……"

陆知衡在心里盘算了一番，还是觉得自己有些冲动了。陆氏集团的员工一向兢兢业业，来上班都是提前到，几乎没听过迟到的。

——看看今天早上的阵势就知道了。

既然如此，刚才的规矩还是有些不大好听，显得他这个老板不近人情。

他刚想和刘秘书说，刚才迟到扣工资的规定不必执行，却见刘秘书诚惶诚恐地看了他一眼，颤颤巍巍地说："陆总，今天……确实有个迟到的……"

"嗯？"陆知衡一皱眉，"哪个部门的？"

刘秘书："是测试部的，刚来一个月的小姑娘。"

陆知衡脸色不大好："今天是我来公司第一天，竟然还有人迟到，实在是太不把公司的规章制度放在眼里了。让她写 2000 字的检讨，下班前交到我这。每层楼的电梯间都贴一份，警示其他员工。以后再迟到的，一律都这样处理！"

刘秘书战战兢兢地下了 12 层，把这个消息传到了测试部。

"什么？写检查？还要全公司张贴！"

陈一糯眼前一黑，只觉得更困了。而且，竟然还是董事长亲自处罚的……天啊，她竟然忘记了今天是新任董事长上任第一天，就这样撞在了枪口上。

垃圾游戏，实在太耽误事了！

陈一糯腹诽了几句，关掉游戏界面，苦着脸开始编检讨了。

没办法，比起扣工资，还是写检讨轻松点。就她那点微薄的工资，要是真按照规定扣，恐怕还得倒给公司钱呢。

陈一糯捏着刚刚写好的检查，慢吞吞地走出测试部办公室。

办公室门口，刚好撞上了打扮得花枝招展的肖涵。

肖涵与陈一糯同在测试部，只不过她早来三年。陈一糯还只是个小实习生，肖涵却早就摸透了上下关系。她江湖号称"花蝴蝶"，每天都是妆容精致，短裙套装配超高跟鞋来上班。

测试部的男同事大多是中年宅男，唯一一个二十来岁的赵主管还很娘，比理发店的 Tony 老师还爱翘兰花指。

肖涵自觉暴殄了自己这张脸，因此很少在办公室待着。大多数时候，她都去和策划部的那些青年才俊们混在一起。

陈一糯心里正烦着，无精打采地和"花蝴蝶"打了个招呼，一脸丧气模样。

"花蝴蝶"咳嗽了两声，下巴略收，右手抚上自己脖子上系的印花丝巾。

陈一糯如梦初醒，调整了一下自己的表情："肖姐今天的丝巾很好看。"

肖涵羞涩一笑，眉头微微挑着，低着头在丝巾褶皱上抚了一抚，状似不经意道："这条和丁副总的是同款。"

陈一糯："哦。"

肖涵也不管陈一糯的冷淡，自顾自地说道："这条确实不错。今天已经有七八个同事说我戴着好看了。"

陈一糯眼角抽了抽。

肖涵说了一通丝巾的设计之经典、用料之高端，却听不见陈一糯的附和声，颇有些不高兴："上班时间，去哪儿？"

陈一糯："28 层。"

肖涵一愣，马上提高了音调："什么？"她左右看了看，后知后觉地压低了声，"你去董事长办公室干什么？"

陈一糯完全没意识到肖涵的兴奋，一副闷闷不乐的表情："我忘记今天是新董事长第一天上任了。也不知道董事长怎么知道我迟到了……让我交检讨上去，不知道扣不扣工资。"她双眼无神，摇了摇头，"我估计凶多吉少，董事

008

长是要杀鸡儆猴，肯定要扣钱……"

肖涵的眼珠一转，嘴角微微抿起，倾身凑在陈一糯耳边，轻声说了几个字。

陆氏集团总部，28层，董事长办公室。

电梯门缓缓打开，一身黑色蕾丝露肩小礼服的肖涵迈着长腿而来，脚踩10厘米细高跟红底鞋，周身香风徐徐，眼波明艳。高跟鞋踏在大理石地面上，在外间秘书室值班的三人都抬起头来。

"花蝴蝶"手里捏着几张纸，对一脸疑惑的刘秘书妩媚一笑。

"刘秘书，我来交检讨了。"

刘秘书觉得自己眼睛有点花："今天迟到的不是那个陈一糯吗？"

肖涵微微低下头，凑近了一些，对刘秘书勾起一个笑来："您贵人多忘事，怕是忘了吧！"

还不待刘秘书反应，董事长办公室的门便从里面推开了，浑身散发着"生人勿近"气场的陆总一脸不悦地看向刘秘书。

陆知衡微皱着眉："让技术部的负责人晚上下班前来见我。"

"知道了董事长，马上安排。"

陆知衡语速很快地交代了几项工作，刘秘书一一记下，不敢多话。空气中弥漫着一股尴尬的气氛。

陆知衡安排完了工作，目光往旁边一瞥，声音依旧很冷："这位是？"

肖涵在旁边站了半天，这会儿赶紧表现："陆董好，我是测试部的肖涵。今天不好意思迟到了，来交检讨给您。"

她一边说着，一边低下头，却抬起那秋水一般的眼睛来。这个角度她对着镜子练过很多次，从男人的角度来看，显得既妩媚，又带有几分柔弱，更有……

"你今天没有迟到。你站在欢迎团队右数第三组的第一排。"

陆知衡冷冷地看了女人一眼，头也不回地关上了办公室的门，甩下一句："刘秘书，让这个迟到的员工马上来见我。10分钟内不到，直接去人事部签解约合同吧。我倒想看看，是什么人敢这样不把公司的规章制度放在眼里。"

5分钟后，陈一糯被刘秘书火急火燎地抓上28层。

这5分钟，她亲眼看着骄傲的花蝴蝶哭丧着脸回到测试部，还来不及看热闹，就被匆匆赶来的刘秘书抓了个正着。

"你也真是的，就算不想被批评，也不能让人冒名顶替啊！"电梯急速上升，刘秘书忍不住埋怨陈一糯。

陈一糯一脸绝望："刘哥！那检讨都是我一个字一个字写的！肖涵想要上来见董事长，说如果迟到扣工资的话她帮我出，我才答应的……"

刘秘书叹了口气，看了看手腕上的表，还是动了恻隐之心："董事长发火了。等会儿你好好和董事长认个错，态度诚恳一点，自求多福吧。"

陈一糯麻木地点了点头。

此时，她的内心只想把那个御剑江湖里的"第一医师"大卸八块。要不是昨天晚上"追杀"他到深夜一点多，她也不会早上起不来床，也就不会迟到，更不会沦落到现在这样，很可能被炒鱿鱼的境地！

董事长办公室门口，一脸生无可恋的陈一糯敲了敲门。

门内一个毫无温度的声音传来："进来。"

刘秘书为她推开了门，陈一糯深呼吸三口，定了定神。

豁出去了！她往前一步，踏入了董事长办公室。

果然不愧是董事长的办公室，地面都是大理石的，被擦得光可鉴人，一丝灰尘都没有。陈一糯盯着自己的脚尖，全程不敢抬头，感觉自己走到了桌前，赶紧一个90度鞠躬："董事长，对不起，我错了。"

男人的声音从身后传来："我在这儿。"

啊？陈一糯一脸迷茫地抬头。面前的办公桌空无一人，猛地回头，才发现男人正靠在后面的沙发上，手边翻阅着一本英文版的财政周刊，身边似乎还放着一卷……《三年级数学新课标100题》？

陈一糯来不及多想，正准备将刚才的动作再重复一遍，便看到男人冲她扬了扬手："检讨拿过来，我看看。"

陈一糯一脸谄媚地将检讨呈上。董事长大人信手接了过来，一脸正色地翻看起来，其认真程度不亚于方才看财经周刊。

一分钟后，陆知衡搁下检讨，微微抬头，端详陈一糯："你确定你自己真的是那位迟到的员工？"

陈一糯弱弱地说："你要是不相信可以查身份证。"

陆知衡嘴角动了动，目光与陈一糯相接："拿来吧。"

"什么？"陈一糯觉得自己的大脑完全跟不上陆总的节奏。

陆知衡诧异道："身份证啊。"

身份证照片拍得实在太丑了，陈一糯扭捏了半天，最终还是觉得保住工作比面子重要，艰难地从口袋里掏出了身份证。

陆总眼风一瞥，接过了她的身份证，用消毒湿巾仔仔细细擦了一遍，目光才落在身份证上。

他的眼神在身份证照片和陈一糯的脸上来回扫了几次，把手里的身份证扣在了茶几上。

"没想到，其貌不扬还能说动别人替你顶包。"陆知衡摇了摇头。

陈一糯被这一句"其貌不扬"刺激到了自尊心，下意识就想反驳，但还好忍住了。她深呼吸一口气，强行稳定了情绪："董事长，真的不是顶包……"

敏锐地捕捉到了陆知衡目光中的一丝不耐烦，这一瞬间，陈一糯的嘴好像被高僧开了光一般。

"这篇检讨字字句句都是我的肺腑之言，也是我内心最深刻的反省。只是，我今天实在是不修边幅，怕影响了公司女同事的整体形象。又怕见了董事长您，被您俊朗的容颜和英明神武的气质所折服，话说不周全，这才托同事帮我递交这份检讨！可能是我同事太紧张了，见了您一下子没反应过来，才造成了误会。"

她这一番话说完，只想在内心为自己鼓掌。

陆知衡却是久久没有言语。

直到陈一糯怀疑自己是不是说错了什么，陷入惶恐中之后，陆知衡才挑了挑眉，问："所以，你觉得我长得帅？"

陈一糯满脸问号。

为什么和董事长聊天这么累？董事长的关注点真的很奇怪！

不过她也只有内心腹诽的本事了。

陈一糯毅然决然地点了点头："当然了，董事长的帅气众人皆知！"

陆知衡"哦"了一声，翻了翻手边的资料。陈一糯不知道自己算不算过关，僵立在原地，脸都笑得有些僵。

她趁陆知衡没注意，偷偷用手揉了揉发酸的苹果肌，只听董事长完全不为所动，继续道："看公司的打卡记录，这个月你已经迟到七天了。"

陈一糯的脑海里轰然炸响。

今天才是 10 号，之前还有两天双休日。也就是说，一共上八天班，她就迟到了七天……她脑子飞速旋转，只求能安然渡过此关。

酝酿着情绪，陈一糯的眼睛都有点红了。

"董事长……其实，我真的很喜欢这份工作，就算是下班之后，我也忍不住去研究《御剑江湖》里面的游戏平衡、职业设定、世界观架构之类的。我也告诉自己，我只是一个测试部的小职员，只要做好本职工作，测试游戏漏洞就可以了。但我实在做不到！"

感觉自己有点用力过猛，陈一糯赶紧收住："所以，我每天晚上都情不自禁地研究这些，经常一个通宵都兴奋得难以入眠……"

不过这番话也不都是夸张，陈一糯作为《御剑江湖》的老玩家，选择来陆氏集团的游戏分公司工作，当然有这方面原因。

陆知衡好像听进去了几分，他将目光聚焦在陈一糯身上，唇角微勾，似乎带着一丝笑意："是吗？那你说说《御剑江湖》的职业平衡应该如何优化。"

这可算是问到了陈一糯的专业领域，她信口拈来，不加思索道："我觉得可以试试取消"医师"这个职业。"

她眼睁睁地看着陆总本来心情大好的脸上，那丝笑容渐渐凝固、僵硬，而后形成一个冷厉的弧度。

难道是她的错觉？董事长的目光怎么忽然间变得如此，凶残？

"是吗？"陆总不动声色，一边的嘴角抽了抽，面上倒看不出来什么异色，"好，既然你有这种想法，明天先交一份 5000 字的职业平衡讨论报告上来。对了，关于你迟到的事情，公司有公司的规定。这几次迟到都按规定算，扣全天工资。以后如果再犯，扣双倍。"

一听到扣工资三个字，陈一糯只觉得大脑充血。

老天！入职不过一个月时间，实习工资没拿到多少，倒是快被扣光了。这个月还要交房租，她脑海中已经呈现出自己被房东阿姨扫地出门的凄惨景象，浑身一凛，试图做最后的挣扎。

"老板！能不能别扣工资……"眼看陆知衡眉头一蹙，陈一糯用生平最快的语速道，"我可以做别的工作抵工资！上能清晨 6 点来公司开门，下能加班到深夜 12 点。我高考数学满分，英语 145 分，大学计算机专业获得过国家奖学金！"

数学满分？

陆知衡的指尖在茶几上轻叩几下，想到自己那个混世魔王一样的外甥，似乎有了什么想法。

他再度上下端详陈一糯："高考数学满分，嗯……你性格怎么样？"

陈一糯眼看大老板有所松动，赶紧大声道："我温柔贤淑，从不大声说话！"

这一嗓子，惊得董事长办公室里养的君子兰都抖了几抖。

陈一糯心里忐忑起来。心道：本来好好的机会，又被自己搞砸了。难道上天非要扣自己的工资？

她还没来得及陷入无尽的自我谴责之中，便听见大老板的声音："不错，够凶悍。就你吧。"

陈一糯回到 12 层的测试部办公室，满脸都是劫后余生的庆幸。不过，想到明天要交给老板的 5000 字研究报告，她只觉得一个头两个大。

还有老板最后那句"够凶悍"，简直让陈一糯捶胸顿足。只是最后那句"就你吧"，显然是有别的任务也要交给她……

现在的老板，简直是剥削穷苦人民劳动力！陈一糯越想越觉得心里苦，打开微信，点开置顶的小鲜肉头像，噼里啪啦地开始吐苦水。

这头像是个身穿白衬衣的青年，正闭着眼午睡，阳光斑驳，在他脸上洒下错落的光斑。

陈一糯酝酿了半分钟，选择用一种温柔的方式开启话匣子："最近我也太倒霉了，我的新老板是个宇宙级大怪人！"

小鲜肉头像的人很快回复道："我最近也超倒霉！今天要演溺水而死的死尸甲，但我生理期！不说了，该我跳河了。"

小鲜肉头像的人是陈一糯的大学室友兼闺蜜，庄盼。

庄盼大学时就是个"追星族"，她当时一直喜欢一个小众演员秦夕，默默支持了五年，算是眼睁睁看着秦夕从末流小演员一举成名。怀着对偶像的景仰，庄盼毕业后也进了娱乐圈。

嗯……也不算进了娱乐圈。只能说是有一只脚……的脚趾头踏入了娱乐圈。

庄盼现在的职业是一个演员，饰演的角色也丰富多样。

有路人乙、宫女丙、死尸丁、炮灰戊等等。

简而言之——跑龙套的。

听了陈一糯一通苦水，庄盼倒是劝她想开点，现在没几个正常的老板，都是喜怒无常的暴君。

陈一糯控诉了一会儿，庄盼就去演"溺水"了。

陈一糯搁下手机，拖延症再次发作，趴在办公桌上看起微博来。

首页有好多话题性的微博！自己也好想发一个关于老板的！只是，自己现在的这个微博账号和公司很多同事都互相关注了，这要是一发出去，只怕老板明天就会知道。

不过，这可不是什么大事。

陈一糯又悄悄地注册了一个微博账号，取名"我的老板为什么这么奇特"，发出了这个账号的第一条微博信息。

"@我的老板为什么这么奇特：老板罚我写检讨，收的时候要查身份证你敢信？今天刚写完 2000 字，明早又要交 5000 字！我要是真有这个速度我去当网文写手好不好？我还每天打什么工？再说难道我进的不是互联网公司，而是什么文学平台吗？

发完微博，陈一糯只觉得自己内心一阵通畅。原来，肆无忌惮地说老板竟然如此之爽快！她长长吐出一口压抑的浊气，才后知后觉地反应过来——

不对！她的身份证！她的身份证好像落在董事长办公室了……

她这么胆小，怎么敢现在上去拿？万一老板喜怒无常，看见她来气，直接炒了她怎么办？还是等明天交报告的时候一起拿吧……

陈一糯很快把这些事都抛之脑后，一心研究起明天要交的 5000 字调查报告来。一直到收拾东西下班回家，还是愁眉不展。

晚上 10 点，《御剑江湖》游戏论坛上，一条 5 分钟前发出的消息被顶上了热门搜索第一位。文章标题后面三个红色加粗的"HOT"昭示着这条消息非凡的火热程度。

发件人：糯米粽子。

主题：关于《御剑江湖》游戏职业的平衡性讨论。

内容：大家可以讨论一下。1000字以上的优质答题者，我会择优细谈。

第二章

　　陈一糯敷着一脸黄瓜片儿，盯着电脑屏幕，突然感觉自己很厉害。

　　留言板第一页的回复全是什么"围观糯米粽子！""我来了！""合影！""我是不是看错了？"

　　也不怪这些激动过头的围观群众。

　　"糯米粽子"的名字，在《御剑江湖》的世界里，本来就是一个传奇。

　　传说中，她的落英剑法可以打出九十九连击，脚下的流云凌波步完全没有冷却时间，一个人可以踩平《御剑江湖》里所有的高手。

　　"糯米粽子"这个名字横空出世，是在两年前。

　　两年前，《御剑江湖》的第一帮派名叫"九重神教"，肆无忌惮地横行于整个江湖之上。那个夜里，"糯米粽子"与"九重神教"的帮主，约战于东海蓬岛之上。

　　那一战，风云变色。

　　"九重神教"的帮主带着帮内最强医师，在"糯米粽子"的攻势下，苟延残喘了两个小时。

　　这两个小时，他无数次就要败落，可"糯米粽子"总在关键时刻出现失误，直到……

"困了，晚安。"

时钟跳过12点，"糯米粽子"在世界频道发出这四个字。然后一套落英剑法，招招都是带着强控的挑空技能，一直到"九重神教"的帮主被打倒在地，也没能用出一个技能来。

那一晚，东海蓬岛游戏玩家的生意冷清，没有一个玩家敢去接任务，生怕一不小心误入了"糯米粽子"的领地，被疾风骤雨一般的攻击所误伤。

那一战，"九重神教"帮主惨败。游戏里第一帮派当天便解散，第一帮主也弃号而走。

"糯米粽子"一言未发，而是当下便创建了自己的帮派——"红尘"。

两年过去，"糯米粽子"成了《御剑江湖》当之无愧的第一人。

而对于《御剑江湖》里看不惯"糯米粽子"的人，这几年可是越来越难熬了。

以前，"糯米粽子"就算白天腥风血雨疯狂"杀人"，可每到晚上12点都会准时离开游戏。只是，近一年来，她的游戏时间无限延长，有时候甚至到深夜两点都还在。

这一切的原因就是：陈一糯毕业了。她离开了每天晚上12点准时断电的寝室，有更多的时间去"腥风血雨"了。

进了陆氏集团之后她更为疯狂。

上班时间打游戏再也不算摸鱼偷懒，而叫努力工作；下班之后"杀人夺宝"也不算颓废度日，而叫主动思考工作内容。

此时，陈一糯正翻看着回帖里的优质内容。

"糯米粽子"的名头，瞬间引发了《御剑江湖》玩家对于职业平衡的讨论，其中，有不少大几百字，甚至超过一千字的优质回复。

陈一糯筛选了一下，简单做出大纲，然后把这些回复当作论据，一条一条填充进自己的研究报告里。她完全不知道，自己的这份报告，会对雷厉风行的陆董事长产生什么影响……

第二天清早，陈一糯难得没有迟到，上午10点多，磨磨唧唧地准备上28层交作业。

刚下电梯，就听到董事长办公室里传来女人的声音，陈一糯一个激灵，立刻立正。她指了指紧闭的办公室大门，对刘秘书做了个口型："什么情况？"

刘秘书也回以唇语："是丁副总。"

陈一糯一直对分公司这位雷厉风行的女副总敬而远之，赶紧把报告交给刘秘书，自己准备跑路。

电梯门缓缓阖上，陈一糯只想赶紧回到12层的测试部办公室偷偷补个觉。

高跟鞋脚步声越来越近，陈一糯心里忽然有种不好的预感。

下一秒，即将完全关上的电梯门忽然弹开，一个身穿小西装加半裙，脚踩高跟鞋的女人进了电梯。

在扫过她脖子上系着的那条丝巾的时候，陈一糯已经知道了她的身份。

"丁副总好。"

电梯开始下行，逼仄的空间里，空气仿佛凝固了一般。陈一糯纠结了几秒，还是打了个招呼。

丁洁居高临下睥睨着陈一糯，笑了一声："大清早的，就往28层来，总部的员工真是勤快。"

就算是陈一糯再神经大条，也能听出丁副总话里的讽刺意味。按照她的小暴脾气，差点就要忍不住发作。

忍住！陈一糯！工资！

她深呼吸一口，定了定神，本来懒洋洋靠在电梯栏杆上的身体忽然站直了，微微抬起下巴，回了丁副总一个笑："是啊，董事长要的东西，不能不交。"

丁洁似笑非笑地打量着她："陆董日理万机，杂七杂八的小事就不要去打扰了，这是做员工的本分。"

电梯到达12层，陈一糯一个箭步冲出了电梯，感觉自己心里怒火中烧。

"@我的老板为什么这么奇特：大老板天天催我送材料上楼，二老板让我没事不要去烦大老板。两个重量级人物吵架为什么要殃及我？这个月能有一天不被扣工资吗？能吗？"

陈一糯的这个微博账号昨天才建立，但下面的评论已经有七八条了，也不知道这些人是怎么看到这条消息的。她回复了几条评论，发出了今天新的消息。

不行，发完之后还是委屈！

陈一糯从来都不委屈自己，她自然有泻火的办法。

带着火气，她用公司的电脑登录了《御剑江湖》。

【世界】糯米粽子 10:27

悬赏第一医师的位置。

【世界】全村的希望 10:27

刚刚看到好像在金陵。

【世界】无崖子 10:28

糯米粽子今天来得好像晚了一些?

【世界】米饭 10:28

金陵鼓楼附近。

陈一糯传送到金陵，果然发现一袭白衣、手拿青玉箫的美男子正在茶馆二楼看风景。陈一糯不客气地坐在他对面，抬手就是一个剑花。

男人吓了一跳，不知道按错了什么键，手里的箫忽然被扔到了地上。

【附近】糯米粽子 10:30

武器说不要就不要了? 不愧是人民币玩家。

"第一医师"一脸淡定地把武器捡起来，一言不发。

【附近】糯米粽子 10:32

昨晚有事没找你，想我了吧?

【附近】第一医师 10:33

无妨，你随意。

陈一糯定睛一看。这个本来已经被她"杀"掉了 20 多级，应该已经掉到70 级左右了。可不知道他怎么练的级，竟然又回到了 95 级。

陈一糯欲哭无泪，颤抖着小手一通操作，把"第一医师"送回了重生点。阿弥陀佛，真的不是她无聊所以随便"杀"人，而是这人非"杀"不可。

一切都要从上上个周六说起。

《御剑江湖》内，有一个很有意思的双人对战活动，名叫"雌雄双煞"。活动中，会将同级别的男女玩家匹配成一个二人小队，和所有服务器的二人小队进行对战。

"糯米粽子"这个号已经98级，是游戏里唯一一个90以上的玩家。就算她每次匹配到的都是80多级的男玩家，面对其他队伍也可以轻易取胜。

她蝉联"雌雄双煞"活动的冠军已经一年多的时间了……只是，这个神话在两周以前被一个人打破了。

没错，就是"第一医师"。

这个不知道什么时候忽然飙升到95级，作为游戏里唯一一个90以上的男玩家，顺理成章地和"糯米粽子"匹配到了一起。

"雌雄双煞"对战开始，"第一医师"直接冲了上去，第一招就用了绝招"黄泉一指"。

"黄泉一指"是医师的绝世秘籍，通过游戏内的奇遇任务才能触发。

陈一糯之前从没见过，但她现在见识了。

"黄泉一指"技能效果是：献祭队伍里血量最低的队友，反震之力将直接"杀"死一位敌方角色。

真是逆天的技能！如果己方队友血量已经极其少，那就可以通过献祭来直接带走对方满血角色，不愧是绝世秘籍。可唯一的问题是，"第一医师"现在只有一位队友，那就是满血、满状态、一个就能把对面两个人打败的"糯米粽子"。

下一秒，"糯米粽子"倒在地上，血条清空。

3秒之后，"第一医师"冲到了对方的面前开始普通攻击。

结果不言而喻。

一年多以来，"糯米粽子"第一次丢掉双人对战榜首的位置，维持了几十个星期的记录被迫中止，而她甚至一个技能都没放出来，就输了。

更可怕的是，在以后的很长一段时间内，这个"第一医师"，都将会是唯一同级别可以和她组成队伍的人。

陈一糯玩了这么多年的游戏，第一次觉得心里有些发慌。

她把这件事在自己的帮派"红尘"里讲了一遍。大家一致认为这个"第一医师"是其他服务器派来的人，目的就是针对"糯米粽子"。大家纷纷表示绝对要把这个人的等级"杀"下去，让他以后不能和"糯米粽子"匹配到一起。

于是就出现了这两周来世界频道一直挂悬赏的一幕：

"本帮派现发出通告：全区域悬赏追捕'第一医师'，此人操作技术烂到家还出来拖累人。已挂悬赏，遇到他直接通报位置，酬金50金。"

只是，她不过一个晚上没上线而已，这个"第一医师"怎么又升到95级了？不行不行，赶紧把他"杀"下去……

陈一糯这边麻木地"杀"着，28层的陆总倒是气得差点喘不过气来。

他找了五个代练，全天24小时不眠不休地升级。好不容易升到95级，这个"糯米粽子"又来了！陆总完全不记得自己和她有什么交集，只觉得这个人好像神经病，天天就针对自己！

被"杀"了六次，陆总索性也不管了，一推键盘，认认真真地研究起刘秘书刚刚送进来的那份报告——《御剑江湖职业平衡性报告》。

这份报告一拿起来，就放不下了。

从小到大，陆知衡从来没有什么事做得比别人差，可游戏这件事，好像天生和他无缘。不管他怎么钻研，都找不到其中的窍门。

为了能尽快上手游戏公司的业务，陆总制订了详细的学习计划。

比如，每天早上5:30起来，先观看职业选手直播录像一个小时；然后一边晨跑一边背诵游戏专业用语；吃早餐的时候查阅微博18个游戏作者的更新情况，并做好记录；上班路上耳机里听角色技能介绍，并用车上的ipad和触控笔进行技能听写……

不过，他一直有种雾里看花的感觉，真的玩起游戏来，还是反应不过来要往哪个方向走，按哪个技能。

这个《御剑江湖职业平衡性》报告，简直是为陆总打开了新世界的大门。

这三天来，公司盛传陆总又在谈个大项目。因为，总公司的员工们发现，陆总忽然开始在员工食堂吃午餐了。

要知道，以前的陆总最看重食材，就算是最简单的午餐，也要米其林厨师掌勺，所用的食材也都是空运而来的。

食堂部门开了一下午的紧急会议，决定从第二天起供应"挪威三文鱼""俄罗斯鱼子酱""法式焗蜗牛"等等高端大气上档次的菜。谁知道，陆总每天就在食堂吃土豆炖牛肉和一碗白米饭，而且，就算是用餐期间，手里也永远是那一沓资料，反复翻看。

众人纷纷讨论，究竟是多大的项目才能让陆总如此上心？

周围的议论声打扰了陆总背诵技能的进度，陆知衡回头怒目而视，顿时整个食堂一片死寂。

死寂之中，"嗝"的声音响起，陈一糯赶紧趴到桌子底下。

陆知衡循声望去，本来没看到人，忽然，又听见桌子底下传来了一声更大的"嗝"。

陈一糯："不好意……嗝……意思，陆总。"

陆知衡才不在意那些细节，眼前的员工可是大功臣，解决了他的很多困惑。陆总早就在心里把她当成左膀右臂，话语也温和了一些："没事，多吃点。对了，下午来我办公室一下。"

下午，办公室内。

陈一糯心道：老板你千万别这样看着我！你肯定是又想让我写报告了！

陆总内心平淡如水，在董事长办公室淡定地喝茶。对面的陈一糯分明坐立难安，却又满脸严肃认真的样子，实在有趣。

陆知衡也不说话，就看陈一糯皱着脸纠结的模样，半晌才察觉自己的恶趣味很有些不妥，轻咳了几声，道："我记得之前你说，你的高考数学是满分。"

陈一糯一脸懵。

陆总："我有个外甥，今年三年级，数学成绩不佳，想找老师补习。你们年纪相近，你的脾气又如此……应该能教得了他。"

陈一糯：老板你想说什么？我的脾气怎么了？算了，我不生气。

她一脸温婉贤淑，如清宫戏里端庄的嫔妃般点了点头，细声细气道："没问题老板，我大四时给大一新生当过辅导员，当时我们班的请假率和挂科率都是0。"

陆总的嘴角抽了抽，递了杯茶过去："嗯，把他交给你，我很放心。"

陈一糯含着低头，见陆总递茶过来，连连摆手："董事长不用亲自给我递茶。"

陆总一脸纯真："你不是呛到了吗？不然刚才怎么用那样的声音说话？"

当夜，微博上，"我的老板为什么这么奇葩"的账号发出一条新微博。

"请问哪里能买到效用极强的 502 无敌胶水？好想把老板的嘴粘上！"

华灯初上。陈一糯蹲在电脑前，打开新的 Word 文档，开始写今天老板安排的 3000 字新报告。除此之外，手边还摊着一卷《小学三年级新课标数学试卷》，上面随便画了几笔。

如果报告都像数学这么好写，该有多好。

陈一糯留恋了一番简单到看一眼就知道答案的数学题，默默地重新回到写报告的魔窟之中。只是，这个夜里，不眠的可不只是她一个人。

凌晨 1 点，刘秘书接到陆知衡的短信："给我在《御剑江湖》1 区里建 10 个新角色，每个号充好钱，周一中午 12 点找代练都打到 90 级。"

刘秘书苦笑着开始安排工作了。

只是，秘书没睡，老板也没睡。

陆总第一次兴奋到完全睡不着觉，就连褪黑素都抑制不住体内那节节攀升的肾上腺素。《御剑江湖》的活动面板里，"帮战"两个加粗的红字闪着金色的光芒。

陆知衡隐隐约约地觉得，报仇雪恨的机会来了。

东海蓬岛之上，仙雾缭绕，紫气东来，如仙境一般。

系统公告滚过血红的大字：

【系统】帮派约战："踏红尘"帮派约战"红尘"帮派，于今晚 9 点，决战于东海蓬岛！

一条简单的系统公告，在整个《御剑江湖》里引发了轩然大波。

"踏红尘"是什么帮派？竟然从帮派名字开始，就完完全全地针对"红尘"。"踏红尘"，不就是把"红尘"踩下去的意思吗？好奇的围观群众赶紧调出帮派列表。

【世界】魏大宝 20:18

这个踏红尘今天上午才建立的……

【世界】公孙鱼鱼 20:19

怎么总觉得有种阴谋的感觉。绝对是有人针对糯米粽子吧？

【世界】小人物 20:19

你们快看这个踏红尘的帮主！

围观群众翻到"踏红尘"帮派的那一页，只见"帮主"名字赤裸裸地写着："第一医师"。

浑然不知自己已经掀起了《御剑江湖》上腥风血雨的陆知衡陆总，此刻正在家里的书房看文件。

这份文件是陈一糯前天早上新送上来的，3000 字的《御剑江湖医师职业技能及连招分析》。

这份文件在陆知衡心里，堪称是"医师宝典"。

他已经研究了三天，整篇报告倒背如流，尤其是对于"医师"的技能，有了更深入、更专业的认识。

原来这个绿色下雨的图标是用来加血的，怪不得他打人的时候按这个别人不掉血。

那个观音佛像竟然是驱除不良状态？嗯，不良状态是什么……

还有这个弓箭图标："为连接的队友加增益"。怎么连接？增益又是什么？打人的时候别人会掉血吗？

最后就是所有"医师"的绝招："按照自身已损血量，对所有敌人造成 50% 的伤害。"太复杂了，看不太懂，还是抄在本子上好好研究一下，或者，让左膀右臂再写一篇关于医师绝招的报告？

不过，虽然很多技能还不知道是什么意思，但陆总觉得自己已经有了很大的进步。

他信心满满地练习了一会儿释放技能，感觉自己晚上帮战的胜算非常大。

到时候，他只要牵制住"糯米粽子"就行了。他的 10 个辅助账号已经悄无声息地达到了 90 级。为了养出这 10 个辅助账号，陆知衡也算是下了血本。

《御剑江湖》内，所有的经验副本都可以花钱买次数。代练们不眠不休，加上老板豪气地大手一挥，全然不在意这些耗费的金钱，所以才在这么短的时间之内养出了一队 10 人的 90 级大军。

到时候，其他 10 个小号都会由技术最为高超的代练来操作，自己只需要牵制住"糯米粽子"，再有空给代练们加加血就行了。

陆总觉得这个任务很轻松，尤其是在自己得到了"医师宝典"之后。

晚上 8:50，帮战成员开始入场。每个帮派只能入场 11 个人。"红尘"这边，除了帮主"糯米粽子"之外，经过层层选拔，挑出了其他 10 位精锐；至于"踏红尘"，他们帮派一共就只有 11 个人。

东海蓬岛上，关于"糯米粽子"的传说，两年来从未停歇。

今夜，万众瞩目之下，"红尘"的人先行清场，以防帮战之中误伤围观群众。陆总倒是在队伍里仔细叮嘱：

【队伍】第一医师 20:52

等会儿我缠住糯米粽子，你们尽快解决对方的人。

【队伍】001 20:53

好，只要老板能给我们 20 秒，我们就可以解决剩下的所有人。

【队伍】005 20:53

嗯，然后一起围攻糯米粽子。

陆总拿起电脑旁的水杯，喝了口微温的水，内心颇有些小骄傲：区区 20 秒而已，以前"糯米粽子"打倒我，怎么也要半分钟！

只是，事情的发展远远不像陆总规划的那样。

尘沙飞卷，整个东海蓬岛上马蹄声交错，隐隐约约传来金戈铁马之声。

下一秒，一袭黑色战袍，手执长剑，一头白发随风而动的女剑客就出现在陆总的视野里。

陆总一慌，在键盘上一按，直接按出了医师的终极大招：慈航普度。

慈航普度：按照自身已损血量，对所有敌人造成 50% 的伤害。

帮战才刚刚开始，两方还未兵戎相见。所以，陆总此时的"已损血量"是零。

——造成的伤害也是零。

陆总对此毫无觉察，十个代打心里都有点发慌。不过，代打们也无暇想他，"红尘"的精英们，已然一人找上了一个代打，帮战正式拉开序幕。

只是，本该牵制住"糯米粽子"的陆总，此时有点迷糊。

"糯米粽子"人呢？明明是刚才还从自己身边经过的。他今天刚学会了转动视角，此时小心翼翼地用鼠标一拖，左右看了看，到处都是成对厮杀在一起的人，根本看不清谁是谁。

战场之上，"第一医师"威风凛凛地穿着盔甲战袍，一会儿跑到这儿，一会儿跑回去，到处找"糯米粽子"。

直到他的耳机里传来队伍里某个代练的声音："老板，我是005，'糯米粽子'过来了！她正在和队友配合围歼我。"

"第一医师"瞬间怒气冲冠！

这个"糯米粽子"竟然不遵守游戏规则，去和队友一起欺负自己的代练，真是是可忍孰不可忍。

陆总咳嗽了一声，问："你现在在哪儿？"

005："老板……你看小地图……我就在你的九点钟方向。"

路痴陆总找了半天方向，好不容易找到了005所在的地方，可是等他赶到的时候，地上只剩下005的"尸体"。

"怎么回事？"陆总气得心口疼。

还不待005回答，队伍语音里又传来一个声音："008请求支援！'糯米粽子'带着另一个人直接加入战局，三打一，我只能支撑15秒！"

救火队员陆董事长赶紧去支援，赶到的时候依然只有一地"尸体"。

战场的另一边，"红尘"的人倒是打得很轻松。

帮战开始之前，他们其实都有点慌了。因为这个一天之内崛起的"踏红尘"帮派，所有的成员都在90级以上。按照他们的推测，很可能都是代练在操作。

他们虽说在普通玩家里算得上精英，可是和那些以游戏为工作的代练相比，还是有些差距。只是，帮主大人"糯米粽子"好像一点都不慌。

【帮派】糯米粽子 20:44

大家不要慌，看清楚，踏红尘的帮主是谁。

【帮派】糯米粽子 20:45
第一医师这个人，会成为我们帮最大的助力，相信我。

因而，帮战一开始，"糯米粽子"直接和帮内精英在一起，以二打一的优势，率先"杀"掉对方的人。

这种战术几乎没有人会用。因为，在"糯米粽子"脱离战局的同时，对方相当于也有一个人脱离了战局。就算"糯米粽子"这边能因为人数优势"杀"人，那么对方也可以做到。

只是，对方脱离战局的人，偏偏是"第一医师"。

因而，"红尘"的帮众清楚地看到，自家帮主大显神威，所过之处寸草不生。而敌方的帮主好像有5分钟的延迟一般，全程跟在糯米粽子身后跑，却连她的衣角都没有摸到。

9:30，帮战结束。

系统弹出公告：在帮派约战之中，"红尘"帮派大胜"踏红尘"。

世界频道一片欢呼声。

陆总关掉了电脑。

书房的灯光暖黄，陆总却心烦意乱，只觉得一股火气在体内乱窜。

不行！这个"糯米粽子"真是太嚣张了！

竟然连10个代练都打不过她！

帮战结束之后，"红尘"的所有帮众又对他们进行了围剿。95级的陆总被"杀"到81级，愤而下线。其他代练的情况估计也好不了多少。

看来，只能用上自己的终极手段了。陆知衡紧紧抿着嘴唇，神色凝重。

明天，就要让这个"糯米粽子"知道，在《御剑江湖》里，谁才是真正的主宰者！

第二天是周二。

陈一糯元气满满地上班。

昨晚帮战她打得神清气爽，早早就睡了，今早7点竟然自然醒。难得从容地吃了个早饭，慢悠悠地去上班。

只是，在公司门口遇到了董事长。

董事长走路带风，飞快地瞥了她一眼，就转过头去。陈一糯的一句"董事长早"憋在嘴里，没说出口。

董事长率先进门，而后好像想起什么似的，回头对陈一糯说："你中午过来一下，有一份新的提案，过来起草一下。"

陈一糯连忙小鸡点头，莫敢不从。

中午，28层董事长办公室，陈一糯盯着陆董事长递过来的文件，一眼就看到了加粗加红的标题：《削弱御剑江湖"剑客"角色的更新说明》。

陈一糯愣住了，不敢置信地抬起头。

陆总完全没察觉到有什么不对，淡定地看着文件："现在去做吧，今晚下班前交过来即可。"

陈一糯愕然："你要削弱剑客？为什么！"

陆知衡："没有为什么。角色太强，影响游戏平衡性。"

陈一糯争辩道："怎么会！剑客的技能已经很弱了，只有连招搭配才能发挥技能最大的优势。还要怎么削弱？"

陆总回忆了一下"糯米粽子"的技能："比如，有个什么落英剑法，可以无限触发，完全没有冷却时间。这个要加上冷却。"

陈一糯快被气哭了："董事长，落英剑法的基础伤害只有1%，想要触发连招，必须连续击打在同一个位置才可以……"

陆知衡并不知道她具体在说什么，也不想和她争辩，又举了个例子："还有那个什么凌波步，范围也太大了吧？"

陈一糯开始有些生气了："所有角色的轻功范围都是一样的！"

按照以往她的性格，绝对不会和董事长这种语气说话。只是，董事长明明不懂游戏，上来就要直接削弱剑客，让陈一糯觉得很不负责任。

陆总也被她几次三番的顶撞顶出了火气，冷哼了一声："你觉得我是在和你商量？"

陈一糯低着头，眼泪也忍不住，顺着脸颊滑落。她说了声"知道了"，转身出了董事长办公室。

陆知衡一个人靠着老板椅，看着陈一糯沉默离开的背影，忽然觉得自己好像做错了什么。

两个小时之后，陈一糯"失宠"的消息已经传遍了整个陆氏集团。

测试部的办公室里，几个女人围在一起说八卦，那声音不大不小，刚刚好能穿进陈一糯的耳朵里。

"那位是怎么了，今天哭着从 28 层回来的。"

"这么快就失宠了？前几天还得意扬扬呢。"

"也不掂量掂量自己几斤几两，啧啧。"

"对了，我听说过了国庆节之后，丁副总就要调回总部了，到时候……"

忽然，一个陈一糯有些熟悉的声音传来，是肖涵。

"你们说什么悄悄话呢？""花蝴蝶"虽然在 28 层经历了人生惨败，但很快就容光焕发。

"说那位呗！"

几个人的声音低了一些，肖涵似乎笑了笑，全然不在意的样子："当时我就知道会有今天。某人之前故意迟到，死皮赖脸地要把检讨交到董事长办公室。你们不会不知道吧？"

陈一糯趴在自己的臂弯里，闭上眼睛。眼泪垂了下来，顺着胳膊的弧度，在办公桌上留下深深浅浅的痕迹。

// 第三章

陈一糯的报告写好了。

她对着镜子补了补哭得斑驳的底妆，咬紧牙关上了 28 层。

办公室门缓缓打开，陆知衡依旧坐在办公桌后面，处理着厚厚的文件。陈一糯深呼吸一口气，冷静开口："我有两份文件，不知道董事长要看哪份。"

陆知衡心里颇有些心虚，表情依旧冷漠，话语却不由自主地温和了几分："哪两份？"又让刘秘书送两杯茶进来。

陈一糯坐在柔软的会客沙发上，喝了一口红茶。这很可能是她最后一次坐在这么舒服的沙发上了。

"一份是董事长让我写的削弱剑客职业的企划，附加我的辞呈。还有一份是我针对整个《御剑江湖》职业不平衡的详细调整报告。"

她的声音都有些抖。

还记得几周之前，陈一糯第一次来 28 层的时候，还心心念念怕被董事长炒鱿鱼。如今，主动说起"辞呈"两个字，她竟然也不是那么底气不足。

陆知衡的眉头一皱，不动声色道："怎么回事？"

陈一糯也是豁出去了，她将两份报告分别递到陆知衡手里，一字一句道："我认为，单独削弱剑客职业，不仅不会改善游戏不平衡，相反，还会加剧这种现象。"

"纵观整个《御剑江湖》，职业的平衡性其实已经做得很好，之所以会出现所谓的'不平衡'，是因为有些职业的使用率太低。因为游戏的副本难度不够高，显得有些职业可有可无，玩家自然会选择操作感强的攻击职业；并且，游戏的对战活动太少。比如治愈系角色的很多技能都是对全队生效的，但游戏里却根本没有设立常规的 5 人对战和 10 人对战。"

陆知衡没有打断她，而是目含思索，与她对视。

陈一糯心里有些发慌，却还是坚持着把自己的想法说完："所以，我认为，要解决《御剑江湖》现在的问题，不应该从整改技能入手，而应该增加游戏内的活动，让每个职业的角色都有参与感。具体的想法我在这份报告里都有说明。当然，如果董事长坚持要削弱剑客，我也把具体的参考参数列出来了。不过，这可能是我为公司写的最后一份报告。"

陆知衡不知道在想些什么，他微微眯起眼，支着手肘。

那低沉的声音传来，在陈一糯心里如重鼓一般："所以，如果我坚持要削弱剑客，你会因此辞职？为什么？"

是啊，为什么呢？陆氏集团是国内最大的游戏集团，自己学的是这个专业，能够进入集团工作本来就是运气好，是多少人羡慕的事？再说，只是削弱剑客而已，她对自己的技术有自信，就算剑客削弱了，也不会受到什么太大的影响，只是……

"我当初选择进入陆氏集团工作，是因为喜欢这里的工作氛围，喜欢这里每个人努力的样子，喜欢最终呈现出来的《御剑江湖》这个完美的游戏。可是，我做不到亲手破坏这个游戏的完美……"

陆知衡一眼望去，知道小姑娘眼圈又红了。

他忽然有些心烦意乱，只觉得一向平静的心湖忽然被丢了一颗石子，涟漪荡漾开来。

"好了，我知道了。"陆知衡生硬地打断自己的反常情绪，"你先去吧。两份报告我都会看的。"

陈一糯回到 12 层时，终于反应过来自己刚才做了哪些"壮举"。

自己刚才是在……威胁老板吗？

"你要削弱剑客我就要辞职！"这些话听在董事长的耳朵里，绝对就是这个意思！

陈一糯万念俱灰，恨不得时间能够倒流，她好好组织一下语言再上去！

她像个等待被执行死刑的犯人，随时可能会有人来通知她：你被解雇了，快收拾东西走吧。

她瘪了瘪嘴，内心的乐观因子还是占了上风：就算被炒又怎么样！要是真的被炒，她一定要先教训一下办公室这几个八婆，反正都不是同事了。

而且，到时候，自己再也不用悄悄地说老板了！直接发到第一个微博上！想到微博，陈一糯立刻登录了账号。

未读评论：4321。

新增转发：85030。

陈一糯觉得自己好像看错了。她刚准备点开未读的小红点看个究竟，微博界面却不动了。

什么情况，直接卡死了？

她退出微博，重新登录，依然是一模一样的场景。

这到底发生了什么？

她后知后觉地发现，关注自己微博的人竟然已经有了 2 万个。

她研究了半天，终于发现，原来是一个有五百万读者的微博营销号转发了自己的一条微博：

"@ 今天你听故事了吗：今天的故事 /@ 我的老板为什么这么奇特：

每次迟到都会在公司门口遇到大老板！今天大老板竟然问我是不是对上班时间不太满意，我竟然脑抽说了句'差不多吧，要是能十点上班最好'！现在大老板让我写一万字小论文，论述早上九点上班和十点上班在经济上、政治上、文化上、公司发展上的优势和劣势！大老板？你还记得我们是一个互联网公司吗？你还记得我是个程序员而不是您的文案秘书吗？"

喂，这是什么故事？这篇小论文当时写得我万念俱灰好吗？

陈一糯翻了翻以前的微博，看着看着，忍不住想笑。

只是，想到自己现在的境地，她实在是万念俱灰，索性更新了一条。

"@我的老板为什么这么奇特：最近我好像脑白金喝多了。今天又写了两篇报告，脑子抽了竟然威胁大老板，说他要是不顺我的意我就要辞职？感觉大老板马上就要在我的离职报告上签字了！无家可归的本程序员为什么要作这种孽？还有哪个互联网公司在招人吗？"

微博下面很快刷出来吃瓜群众的评论："互联网公司不太适合你，我觉得博主可以试试段子手公司。"

陈一糯这边心惊肉跳地等候宣判，另一边，陆知衡倒是很早就下班了。

他今天心情不好，推脱掉工作，回家路上打电话给自己的老朋友，把这些事简练交代一番。

电话那边是个有些跳脱的男声，带着点玩世不恭："我说，陆大董事长竟然因为游戏里被人追杀，而要削弱人家一整个职业？佩服佩服。"

陆知衡知道自己理亏，把陈一糯的两个想法也说了。

电话那边倒是没了声音，良久才说一句："陆哥，这种活宝你是从哪儿招来的？你不要，调来我这影视公司。"

陆知衡："想得真美。"

那人的低笑声传来："游戏的事你不懂，我也不懂，那就让懂的人去做呗。不过，对于那个游戏里追杀你的人，我倒是有办法。"

陆知衡："什么办法？"

那人淡定道："每个玩家注册游戏账号的时候不都要录入身份证信息吗？你让技术部去调，到时候来文的还是来武的，不都是在你一念之间？"

陆知衡没好气道："我说崔言，你怎么还是想这些歪门邪道。不过，我会考虑的。"

"喂喂，有本事你别用我的主意！我以后再也不给你背锅了。"

陆知衡唇边勾起笑意。他挂了电话，脸上阴晴不定。

陷入了很有可能失业的惶恐之中，陈一糯往日极为期盼的周五也开始变得难熬了。

陈一糯今天一早就来公司打卡，发现自己的员工卡还能用，才终于松了一口气。这一天天的，老板什么时候能给个痛快？

好容易挨过了一上午，测试部的同事一起准备去食堂吃饭，陈一糯窝在自己的工位里，有气无力地说了声："你们去吧，我没胃口。"

一向胃口好到能吃下一头牛的陈一糯，忽然吃不下东西了，这在测试部可是一件大事。

董事长办公室的人可能也觉得这是件大事。

刚刚吃过午饭，28层的刘秘书就来通知，所有测试部和技术部的员工都可以提前下班，下午休息半天。

同事们纷纷庆贺，只有陈一糯有点悲观。

为什么提前下班？一定是没什么工作要布置了。既然没这么多工作，公司怎么可能会养闲人？肯定要裁员。既然要裁员，那首当其冲的一定是自己。

不过，惹董事长生气的人是自己，其他同事什么都不知道，还要承受这些，陈一糯实在不想做这个恶人，连累大家被裁员！

她义正词严地说："大家先别走！我去问问董事长，到底发生了什么！"

同事们："你问吧，我们先撤啦。拜拜，周一见！"

陈一糯一个人孤独地站在28层董事长办公室门口，颤抖着手敲了敲门。

刘秘书看着火急火燎冲上28层的陈一糯，颇有些诧异："陈小姐，董事长还没回来。"

陈一糯："怎么会？他去哪里了？"

刘秘书知道这位陈小姐有些特殊，全然不和她卖关子："是和丁副总以及各部门高管在开会，24层会议室。"

陈一糯点了点头，嘴慢慢瘪了下来："刘哥，你知道老板为什么忽然给我们放假吗？"

这件事，刘秘书倒是真的知道。不过，他以为陈一糯是来感谢董事长的，自己当然不敢居功，只能说："不知道"。

其实，说起这件事，本来就是刘秘书引的头。

陆知衡自从和崔言打了那通电话，心里堵的症结仿佛瞬间畅通起来。对"糯米粽子"报仇是一码，改善游戏平衡性是另外一码。既然崔言的办法可以解决前者的问题，而陈一糯的报告可以解决后者的问题，他何乐而不为？

他最近的精力，大半都用在分公司的丁副总身上了。

丁洁算是陆知衡的老部下了。以前他在陆氏集团新能源分公司的时候，丁洁就是他手下的经理。后来他空降陆氏集团下属的影视公司，丁洁也辗转再次到他手下工作，这次就不是做经理了，而是直接坐到总监的位置上。再往后，做到了营销副总的级别。

如今，陆知衡上任集团总部董事长，众人纷纷猜测，他何时会把丁副总调回总部。

只是，陆总好像并没有这个想法。

丁副总最近来总部的次数明显变多，对于陆总迟迟不调任她回总部也颇有微词。外人都觉得她和陆知衡乃是商界默契搭档，可唯有丁洁自己才知道，在陆知衡心里，自己只是一个用得顺手的下属罢了。

丁洁着急回总部，陆总偏偏要压着。这一来一去，旁观者都看得迷糊，两个当事人心里倒是明镜似的。

这天，陆知衡通知丁副总翌日开会，倚在沙发上休息的时候，余光瞥到茶几上散落的文件。

厚厚一摞，这篇叫《御剑江湖职业平衡性报告》，那篇叫《御剑江湖医师职业技能及连招分析》，随手一翻，下面还压着几篇《论十点上班之拙见》《陆氏集团食堂考察报告》。

想到那个迷迷糊糊偏偏又喜欢张牙舞爪的小职员，陆知衡忽然发现自己已经有很多天没有看见她了。

自己身为集团董事长，主动问起一个小职员的情况，怎么想都觉得实在是有点太掉价了。

陆知衡发挥毕生演技，拿着那堆报告在桌上拍了拍："这都什么乱七八糟的，让陈一糯上来好好整理一下！测试部最近工作很多？"

他若不加后面那句话，刘秘书本该老老实实地传唤陈一糯上来。但加上了后一句，意义可就大不相同了。

刘秘书知道陆总问的是什么，他笑眯眯地说："工作不算多。最近，陈小姐好像很紧张的样子。"

陆知衡听得心里无比熨帖。

紧张！哼，跟他拍桌子威胁说要辞职的时候怎么不紧张？她不是天不怕地不怕吗？现在倒是开始"紧张"了。

话虽这么说，陆总心里那些烦躁的情绪不知为何一扫而空。他清了清嗓子，和刘秘书说："周五下午给测试部和技术部放半天假吧。"

他已经决定采纳陈一糯的提议，在《御剑江湖》里增加对战副本和各类活动了，具体的活动策划也已经让策划部去做。

下个星期，测试部和技术部一定是忙到脚不沾地。提前放个假，也让员工们好好休息休息，养精蓄锐。

陆总觉得自己的理由简直太好了，完全站得住脚。

"对了，还有丁洁的事……"

周五下午，陆知衡正在和丁副总及公司各部门高管开会时，忽然接到刘秘书的短信，说陈一糯到了28层。

陆知衡将手机屏幕朝下，扣在桌面上。这个动作，除了丁副总之外，没有人注意到。

开完会，丁洁跟了过来，与陆知衡商定两周后公司团建的事。两人一路低声交谈，从 VIP 电梯直接上了28层。

陆知衡走在前面，率先推开自己办公室的门。然而，还没等丁副总跟上，陆知衡就猛地站住了脚步。

他不动声色地后退几步，关上办公室的门。

"忽然想起来，好像有份材料落在会议室了。"

丁副总不疑有他，扬声要叫刘秘书去取。

陆知衡："是机密文件，我正好要说给你。我们过去拿一趟吧。"

丁副总："好，正好我之前给你递了一份团建企划，一起拿上去？"

陆总一个头两个大。那份团建企划，就在他的办公桌上。只是，此时他的办公桌上，除了企划案之外，还有别的东西。

比如……睡得迷迷糊糊还说着梦话的陈一糯。

"资本家……压榨……"陈一糯正做着美梦，梦见自己成了什么成功人士，某天来陆氏集团视察。整个一楼都是夹道欢迎的员工，可每个人都长了一张陆知衡的脸。

一脸谄媚的陆知衡说："陈总！陈总来啦，欢迎欢迎！"

戴着金框眼镜一副精英样子的陆知衡说："陈总，这是您今天的行程。上午要会见美国总统，中午和糖球娱乐的演员共进午餐，晚上有一场慈善拍卖会邀请您去致开幕词。"

还有困得打哈欠的陆知衡，正在偷懒，被陈一糯揪了出来，大声宣判："上班时间竟然敢打哈欠！扣工资！"

嗯？怎么还有个一脸冷漠的陆知衡？

陈一糯揉了揉眼睛，不爽道："你这是什么表情？给我笑！不笑小心我扣你工资！"

一脸冷漠的陆知衡一言不发，抱着胳膊看她。

陈一糯莫名其妙地左右看了看，忽然发现那成群结队的陆知衡都不见了，只剩下了眼前的这个。

而自己好像正趴在谁的办公桌上。

她用了足足一分钟的时间也没回过神来。

千千万万个陆知衡重合成了眼前的这个，她丧失了思考能力，只听见似笑非笑的声音："睡醒了？"

董事长办公室。

陈一糯战战兢兢地站在一边，一脸淡定的陆总正慢条斯理地看着文件。

陆知衡不知道此时陈一糯的大脑里，两个小人正在激烈交战。

一个说："陆知衡总算回来了！快！你还不快问问他放假的事！难道你想连累整个部门被裁员吗？"

另一个则趴在地上眼泪汪汪地抱大腿："求你了，别去，难道你的报告还没写够？"

最终，还是属于正义感的一方占据了上风。

陈一糯努力端出一副正义的表情，道："陆总！我想问一下关于放假的事。"

陆知衡心里正得意，打算等她感谢自己的时候，随便谦虚两句。就说"根本不是因为上次把你惹哭了才补偿你，而是因为下周测试部要加班，所以才提前休息的"。

他这话都酝酿到了嘴边，却没等到陈一糯的感谢，反而听到一句："你这是什么意思？"

陆总瞬间黑脸："你说什么？"

陈一糯以为陆总心虚了，开门见山道："测试部的大家工作都很努力！你为什么要裁员？"

陆知衡以为自己听错了："我什么时候说要裁员了？"

陈一糯一脸得意地说道："还说不是！忽然给测试部放假，难道不是因为测试工作越来越少，不需要那么多员工？"

陆知衡觉得自己的好心都被吃了，变成陈一糯大脑里的一滩水。

他皱起眉，一言不发地把策划部新出的活动策划推过去，抬了抬下巴，示意陈一糯看一看。

陈一糯本来还觉得自己没发挥好，正打算乘胜追击。只是一个低头，眸光便瞥到了桌上红字标题的策划案：

《御剑江湖新增 5 人 /10 人对战活动策划案》。

她一时说不出话，颇有些不敢置信地抬起头。

陆知衡正对上她的目光，语气颇有些不自然："你之前不是说，削弱剑客不能改善游戏平衡性，应该新增加副本和活动吗？"

陈一糯没想到自己的意见真的被采纳，只觉得鼻头一酸，差点就要掉眼泪。

她呜咽了好一会儿，陆总也手足无措，拿这小哭包没办法，只能一边看报告一边递纸巾。

"对……对不起……"小哭包抽抽搭搭地，本来就不会化妆，眼线都哭得有点花了。"我不应该觉得你要裁员……"

陈一糯一哭就会开始打嗝，陆知衡看了又好气又好笑。他带了点嫌弃："多大的人了，哭什么？"

陈一糯："我怕被炒了……嗝，没有工资……呜呜……那样就买不起《御剑江湖》新出的武……器了。"

陆总："我能收回刚才的话吗？"

送走陈一糯，陆总一个人在办公室里陷入了沉思。

他后知后觉地发现，自己的这个员工好像有点不对……

哪个公司的员工敢跑到董事长办公室睡觉？和董事长拍桌子说要辞职？其实仔细想想，自己一开始记住这个人，也是从她的第一次迟到开始的。

难道……

英明神武的陆总觉得自己摸索到了事情的真相。

这个陈一糯一定对自己早有图谋！

刘秘书敲门进来的时候，正看见陆知衡收拾着茶几上的皱纸巾。

见刘秘书投来诧异的目光，陆总骄傲道："这是陈一糯刚才哭的！女人真是麻烦！"

刘秘书心里暗道：我怎么觉得老板有点不对劲……这种打情骂俏的即视感到底是闹哪样！

再说，老板不是重度洁癖吗？这满桌的纸巾团难道他都看不见？

不过，勤勤恳恳的刘秘书决定假装没有察觉到自家老板的亢奋："董事长，策划部的文件已经抄送下去了。另外，两周后集团团建的地点也拟定下来，暂定在隔壁的 T 市。丁副总的意思是在那里住一天……"

陆总大笔一挥："住两天吧，出去玩就要有个玩的样子。"

刘秘书一一记下了，最后状似不经意地问："对了，董事长，之前在《御剑江湖》1 区练的 10 个小号……还要让代练继续练吗？"

陆知衡本来已经忘了这些烦心事，经刘秘书提醒，才又想起自己在《御剑江湖》里经历的人生最大的耻辱。

他摇了摇手："不用了。这件事我已经让技术部的人去做了。"

他已经让公司技术部的人去调"糯米粽子"的注册信息了。虽然知道自己这么做不太道德，不过陆总心里已经把这些黑锅都甩给了出主意的崔言。

远在夏威夷度假的崔少此时正在沙滩上晒太阳，忽然连连打了两个喷嚏。

"又是谁在算计本少爷。"崔言撇了撇嘴，从躺椅后抽了条浴巾盖上了，"来，继续试一试这段台词。"

这两周时间，是陈一糯进入陆氏集团工作之后，最忙的两周。

周一早上 9 点，测试部总监准时将工作任务下派。因为一次性新增了两个全新的活动，整个测试部的任务也很重。各个项目的经理带领手下团队，全员加班中。

第一个活动名叫"华山论剑"，是策划部新推出的 5 比 5 对战活动，对辅助职业的需求很高。而第二个活动是一个新增的 8 人副本，名叫"落日黄沙"，难度极高，需要至少两个辅助职业的参与。

陈一糯这个刚进公司三个月的小兵，跟在部门主管后面，任劳任怨地做着测试。12 层测试部整个陷入了疯狂加班的节奏中，连带着 13 层的设计部、14 层的技术部都夜夜亮着灯。

陆知衡好像成了全公司最闲的人。

他每天的日常就是问刘秘书："技术部今天做了哪些工作？设计部呢？对了，我差点忘了测试部。测试部的工作日志拿来给我看一下。"

刘秘书内心腹诽：老板，你的演技也太拙劣了一点！之前不是还在影视分公司待过吗？怎么没被演员的演技熏陶？想要看测试部就直说啊！

但刘秘书是何等的人精，不仅顺水推舟，还给陆总铺好台阶："不过，这份工作日志写得不是很明确，负责记录的人可能报告得太少，交上来的东西不太有逻辑。"

陆总突然觉得刘秘书很懂事："嗯，我也这么觉得。陈一糯不是之前写了那么多报告？以后各部门每天的工作日志让她写，我看测试部那些工作有她没她也差不多。"

于是，暂停更新一个星期的微博账号"我的老板为什么这么奇特"重新恢复了更新，而且更新的频率越来越高。

"@我的老板为什么这么奇特：今天去给大老板交设计部工作日志，大老板非说设计部设计的鸭子不好看，让我给他画一个！本高贵的程序员怎么能做这种言听计从没有底线的事情？对了谁有绘画入门书籍麻烦推荐一下，谢谢！"

"@我的老板为什么这么奇特：大老板的大秘书最近很奇怪！一见到我就笑得很隐晦！难道是看上我了？"

"@我的老板为什么这么奇特：今天来了个超级好看的男生！今天在电梯里遇到的！简直让人目眩神迷！他还跟我打了个招呼！我的天，感觉比当红明星都好看！是在设计部那层下的电梯。难道是新来的员工？"

"@我的老板为什么这么奇特：本程序员，一个日更一万字的网络写手。我大老板，一个每天要看十万字还不给打赏、写烂了还要扣工资的最难伺候的金主爸爸！"

配的三张图片都是厚厚的材料，摞在一起，足有一尺多高……

繁忙的工作持续了整整两周。这两周，陈一糯每天累得跑上跑下。

没办法，工作日，她要负责协调所有部门的工作日志。上午还在测试部，中午就跑去设计部，偶尔还要去策划部蹭个会，再去技术部转达。更郁闷的是，还有个难伺候的老板，不仅工作上要求多，生活里也一样。

咖啡冷了、热了、浓了、淡了、不够甜、太甜了……陈一糯完全摸不清陆知衡的口味。今天想喝绿茶，明天要喝浓缩咖啡。

要不是她因为"裁员"的乌龙事件误会了陆知衡，想要将功赎罪，恐怕完全容忍不了这人的脾气。

然而，在某贵公子眼里，这件事是这样理解的：

陈一糯端来陆总喜欢的咖啡。陆总：她果然喜欢我，已经摸透了我的喜好。

陈一糯端来陆总不喜欢的咖啡。陆总：以为我会为你妥协，去喝自己不喜欢的口味吗？不可能！

陈一糯根本没给陆总端咖啡。陆总：这个女人，竟想用这种方式引起我的注意？

除此之外，陈一糯也终于对陆知衡的洁癖和强迫症有了完整的认知。

他的所有材料一律按照日期排好，整整齐齐地码在文件袋里。董事长办公室里永远挂着五件西装，颜色从深到浅依次排列。他办公室里养了几盆树，每日浇水都是用量筒确定毫升的。

再加上所有餐具严格消毒，每个抽屉里几乎都备有消毒纸巾。

陈一糯只觉得董事长办公室仿佛完全是无菌环境，和医院手术室有一拼了。

除了工作日之外，大资本家更是无孔不入。按照从前的约定，陈一糯要给陆总外甥辅导三年级数学。因为小陆少平日都在学校上课，所以补习时间就定在了周六和周日两天的——早上8点。

早上 8 点。

这个天怒人怨的时间当然是大老板定的,美其名曰,早晨的效率是最高的。

周六清晨,地铁里难得空空荡荡,陈一糯上下眼皮疯狂打架,差点倚在地铁栏杆上睡过去。

转乘一次,出了站台,一辆哑光黑的奥迪便停在路边。刘秘书从车窗里招了招手:"陈小姐!"

得,只是来给补个课,自己瞬间就从"小陈"升级成"陈小姐"了。

刘秘书何其会处事,陈一糯一上车,便递过去一袋热气腾腾的早餐:"来得这么早,还没吃饭吧?"

陈一糯感激地接过豆浆油条,虽然困得眼皮打架,但被秋日的晨风一吹,加上手里香喷喷的早餐味道,也不由得心情愉悦起来。

"不早不早,倒是刘秘书,周末也上班?"

刘秘书呵呵一笑,两人相谈几句,车缓缓启动,沿着主路行驶了差不多一千米,而后左转进一条小路,七拐八拐。陈一糯本就不是本地人,又是天生的路痴,早就不知道自己被带到了哪里。

车沿着小路又开了五六分钟,楼宇渐渐稀疏起来。车速明显慢了下来,直到山势开始连绵,周围绿树环荫,马路两侧长木倚天。

车右转进了院子。

面前是一座庭院式别墅。陈一糯捧着豆浆下了车,两口喝完了,由刘秘书引着到了门口。

面前的别墅大门紧紧关着,刘秘书上前在屏幕上按下一串数字,大门应声而开。刘秘书先行一步,一边对陈一糯解释道:"这个时间,董事长应该是在晨跑。"

两人顺着台阶而上,周围是做旧的石壁,亭台水榭,一派高门大院之景。陈一糯在内心感慨,大资本家果然家大业大,住的地方简直像电视剧里的场景。

嗅着空气中的花草清香,步入超高挑空、水晶灯垂了数米的客厅,陈一糯感觉心神舒畅,预感今天将会是顺利的一天。

两个小时后,陈一糯一脸淡定地窝在懒人沙发上吃水果,一个小男孩儿在书桌前乖乖写着数学作业。

陈一糯用牙签挑了一块苹果，惬意地看着微博。

要说混世魔王陆修远是怎样被收服的……

时间倒回到一个半小时之前，陆修远正式出场的时候。

混世魔王陆修远可是见过大世面的。家庭教师？哼，他都不知道气走多少个了。他完全拒绝和陈一糯交流，陈一糯进来的时候，陆修远连头都没回，一个人在床上躺着玩手机游戏。

陈一糯凑到他身后，看了一眼他的手机屏幕。

这个游戏陈一糯知道，是一款现在很火的手机游戏，游戏里的角色和《御剑江湖》很像，只是都是 1 对 1、5 对 5 的对战活动，类似于《御剑江湖》里的竞技场。

陆修远小朋友的手指一动，他的游戏角色便出现在了屏幕上，是个一袭黑袍的剑客，一手拎着酒壶，一手拎着剑。

这画面做得不错。

陈一糯习惯性地开始从代码和测试的角度分析这个游戏系统。直到一阵激昂的背景音乐声响起，游戏正式开始。

陆修远小朋友一马当先走在正中间，很快就遇到了敌方的弓箭手。在一番角力之后，他棋差一招，被对方击败。

陈一糯"啧"了一声，镇定道："你的眩晕技能被他解除控制时，就应该先跳走。为什么要白白被他打？"

愤怒的小朋友觉得自己受到了鄙视，龇牙道："你说什么？"

陈一糯："我说，你这样玩游戏，永远都玩不成高手。"

小朋友怒气冲冲地转过头来，这才后知后觉地发现，说话的人正是自己的新任家教老师。

陆修远哼了一声："别以为我不知道，你只不过想骗我学数学！"

陈一糯挑了挑眉，朝陆修远摊开手掌："给我。"

"什么？"陆修远一脸懵。

"手机，给我。我替你打一局。"

陈一糯看了一遍剑客的技能描述，心里自然呈现出来几组连招。她熟悉了一下操作，直接点击了开始游戏。

陆修远凑在她身边，眼睛一眨不眨地盯着屏幕："你真会玩吗？"

陈一糯淡定地瞥了他一眼，耸了耸肩："不会。"

小朋友瞬间抬起头来，盯着她的眼睛，一副被欺骗了的表情："那你骗我！你别玩我的账号了！我好不容易才打到六星的级别！"

陈一糯露出一个高深莫测的笑容来："我虽然没玩过这个游戏，但我的数学很好。只要数学好，玩什么游戏都能玩成高手的。"

"真的假的……"陆修远虽然年纪小，但也没那么傻。

两人正说着，游戏正式开局。

陈一糯并没有直接冲上前去，而是谨慎地绕场半周，勘探了周围的地形，然后隐匿在一簇草丛里。

陆修远叫道："去打他！"

陈一糯操作着剑客在原地留下一个影分身，而后一个突进位移，移到场中，起手便是稳准狠的晕眩，正中对方弓箭手。

陆修远还没来得及喝彩，便被陈一糯接下来的操作震惊了。

只见陈一糯的指尖在屏幕上轻按两下。第一个技能是降低对方防御，第二个技能则是增加自己的攻击，而后一套高爆发技能。瞬息之间，对方的弓箭手的血条就骤降了一半。

30秒后，看着屏幕上金光闪闪的"Victory（胜利）"字样，陆修远的眼睛里闪起了更为璀璨的金光。

"你玩游戏好厉害！"陆小朋友不吝赞美，赶紧抱牢大腿，"刚刚为什么他还有四分之一的血的时候你能直接秒杀他？"

陈一糯偷偷把陆修远的手机藏起来，解释道："剑客这个职业本就是爆发力强、伤害高。在对战的时候先给对方套上减防，也就是盾的那个图标。然后给自己增伤。之后要迅速移动到对方身边，打出一招之后，立刻回到原位。"

陆修远听了个大概，提出了问题："为什么要先减防御，再增加攻击力度？这些顺序你是怎么知道的？"

陈一糯一副世外高人之态，把求知欲旺盛的陆修远拎到书桌前坐好。

"顺序，是因为每个技能都有冷却时间。这就涉及我最开始和你说的——数学。只要学好数学，就能算出各种连招。"

陆知衡晨跑回家的时候，看到的就是这样的画面。

小外甥的房间里，往日的混世魔王陆修远，此时乖乖地伏在书桌前，挂着笔思考着，面前摊开一本参考书。

而平日里乖乖顺顺的小职员陈一糯，正站在陆小朋友身后，居高临下看着习题册，眼神之中有几分骄傲。

陆总没有出声，只默默在门口看着。

良久，陈一糯忽然微微皱起眉，似乎陆修远的题目做得有些不对。不过，她并没有说出口，而是等陆修远做完这道题目之后，才用指尖点了点某个数字。

"这里有点问题。"

"已知法师的'星罗棋布'技能冷却时间是 15 秒，造成的伤害是 380 点。'广陵绝唱'技能冷却时间是 20 秒，造成的伤害是 450 点。请问一分钟之内法师能造成的伤害总量是多少？"

陈一糯把题目读了一遍，拿过笔在纸上演算着。

陆总的目光追逐着陈一糯跃动的指尖，嘴角勾起一抹弧度。他清了清嗓子，一声低咳，打破了两人之间的沉寂。

陈一糯应声抬头，见到他的瞬间，脸上便多出紧张之色。乖乖写数学的小外甥也缩了缩，问了声："舅舅早上好。"

陆总还是一张扑克脸，难得地开了尊口，对陆小朋友说道："舅舅要和陈老师说话，你去那边玩游戏去。"

陆小朋友紧紧攥着手里的笔和习题册："不！在学好数学之前，我绝对不会去玩游戏的！"

陆知衡震惊了！

午餐的餐桌上，厨师端上来几盘家常菜。

清炒苦瓜、东坡豆腐、茄汁茭白、凉拌木耳，厨师又端上来一道鱼，摆在中间。

这也太清淡了点。

陈一糯有些拘谨地坐在陆家大宅的餐厅，周围都金碧辉煌的，她身上是早晨随意套的白色 T 恤，颇有些格格不入。

还没开吃，陆总去洗手的路上倒是换了件衣服。回来落座时，陈一糯惊喜地发现，陆总也换了件白色 T 恤。

这下好了，多少自在了一些。

陆知衡从消毒柜里拿出自己的碗筷。

陆小朋友乖乖坐在一侧，等着开饭，嘴里还念念有词。陈一糯凑近了听，才听出都是数学公式。她抚了抚小朋友的头发："好啦，先吃饭，吃完再学数学，好不好？"

陆小朋友："可是……"

高冷的陆总轻咳了一声，惜字如金："开饭。"

说实话，他对于陈一糯能这么快就降服陆修远，感到极度地震惊。因而吃饭的时候，眸光也偶尔停驻在陈一糯身上，似是在思索，这样的一个人，怎么就能让一提学习就色变的陆修远转了性子呢？

陈一糯被陆知衡看得浑身发冷。是她吃得太多了吗？不然董事长怎么一直盯着她看？

她赶紧放下筷子，抚了抚肚子，违心道："我吃饱了。"

陆知衡闻言又吃了几口，也道："那我送你回去。"

陈一糯一惊，下意识问："刘秘书……"

陆总冷哼一声，已拿起挂好的外套："你的意思是，刘秘书要一直在这里等你下班，然后再送你回去？"

"不，我不是这个意思。"

"那就走。"

坐在陆知衡的车上，轿跑车稳定提速，奔驰在马路上。

陈一糯浑身都不大自在，又觉得车里的氛围实在尴尬，硬着头皮说了一句："麻烦董事长了，这么远送我回家。"

董事长："哼。"

陈一糯一脸疑问。

陈一糯还没反应过来这个"哼"是什么意思，陆总的手机铃声就响了。陆总专心开车，把手机摸了出来，并不看屏幕，而是示意陈一糯接过去。

陈一糯捧着董事长的御用手机，瞥了一眼屏幕上的数字："这个号码……是吴总监。接吗？"

陆知衡点了点头，陈一糯便接通手机，开启免提功能，放到陆总嘴边。

这一套流程极其默契，是陈一糯加班这几个星期的成效。

陆总"喂"了一声，便听电话另一边吴总监的声音小心翼翼的。

"董事长，今天中午的高层电话会议您还没到……"

陆知衡眉头一蹙，淡定道："你们先开，我这里有重要的事情。"

现在刚过 12 点，自己半小时之后应该就能参加视频会议。陆总正计算着时间，忽然听到陈一糯的肚子里一声"咕噜"，后者也马上尴尬地捂住了自己的胃。

陆知衡一边打方向盘，一边对电话里的吴总监道："今天我应该不在，你们周一向我汇报吧。"

挂了电话，陆总继续板着脸开车，一言不发。陈一糯小心翼翼地猜测："董事长心情不好？"

陆总扯了扯嘴角，示意她继续猜。

陈一糯："是公司有什么事？"

没有任何回音。

"是因为陆修远的事烦心？"

陆知衡回过头来，看了她一眼，依然没有说话。

陈一糯："是因为送我回家太麻烦了吗……"

车速陡然降了下来。轿跑靠在路边，缓缓停了下来。陆知衡转过头来，凝视陈一糯的双眼。

他似乎很多话想说，可偏偏连自己都摸不到头绪。他第一次觉得自己的表达能力如此有限，纷乱复杂的思维里，理不清最简单的逻辑。到最后，能说出口的也唯有一句话，带着九分笃定和一分他极为陌生的柔软。

"不麻烦。"

他的声音幽深如潭，令陈一糯有一瞬间沉溺。

陆知衡解开自己的安全带，然后倾身过来，整个人离陈一糯越来越近。他几乎能触碰陈一糯的手，最后，停在了副驾驶的安全带扣上。

　　一声轻响，陆总解开了陈一糯的安全带。

　　"走吧。"他拿上手包，打开车门。

　　"可是……"陈一糯环顾四周，完全不认识这里是哪儿。

　　"刚才没吃饱吧。"陆知衡抱着臂，认真地看着陈一糯，"这家日料不错，刺身很新鲜。"

第四章 //

忙碌的两周时间过去，《御剑江湖》的新副本通过了重重测试，终于在周五正式上线！

对于陈一糯来说，这无异于是最好的消息。毕竟，每天在公司跑上跑下真的很累，两周时间，她足足瘦了 5 斤，本来还有点肉的小圆脸肉眼可见地消瘦下去，都露出隐隐的尖下巴了。

还好陆修远够省心。

当初大老板把陆修远交给她的时候，她还以为陆修远会是那种软硬不吃的大少爷脾气呢。没想到，大少爷这么快就被自己搞定了。

这几天陆修远每天都是认认真真地做数学题，虽然之前的基础薄弱了一些，但兴趣足以弥补之前的不足。

陈一糯和陆修远约定好了，如果期中考试能及格，就教给陆修远一套"无敌连招"。

陆知衡对这个赌注不置可否，不过私下里状似不经意地问过陈一糯："真的有所谓的无敌连招吗？"

陈一糯看着自家老板如此好奇，内心对老板的高智商表示质疑。

当然，如果陈一糯知道自家老板就是游戏白痴"第一医师"，便一定可以理解了。游戏白痴症是会遗传的，可能这是陆氏家族的遗传基因吧。同样，对游戏的刻苦钻研，舅甥俩也是一模一样。

同时，更为振奋人心的消息传来：陆氏集团下周开始团建，为期三天，地点在离 B 市飞行时间两小时的 T 市。

陈一糯还从没去过 T 市，内心很是激动。她早早就收拾好了自己的箱子，还在微博上查了很多网红拍照圣地，准备好好散个心，拍点美美的照片。

到时候把九连拍发到好友圈子！

这几天，就连吐苦水用的微博账号，都充满着热情洋溢的称赞。

在公司全员的期待之下，团建的日子终于到来。

早晨 8 点，机场办票柜台。

陈一糯把自己的箱子翻了个底朝天，也没找到身份证。

"糟了，我身份证不会丢了吧？"她觉得欲哭无泪，只能让其他测试部的同事先办理登机牌。

很快，各部门同事都办好了登机牌，三三两两地进了安检通道。陈一糯翻了一遍箱子，默默地把所有东西都装回去。

看来真的没带身份证。

自己这是什么脑子！出门坐飞机竟然不检查证件！这下好了，期待已久的旅行全泡汤。她低着头，默默蹲在机场大厅里，收着箱子里的东西。

一阵高跟鞋声音越来越近，她一抬头，看见身穿粗呢套装、黑色高跟鞋，配上一脸精致妆容的丁副总正站在她面前。

丁副总显然记得她，语气颇有些不耐："怎么回事？"

陈一糯："身份证不见了。"

丁副总居高临下睥睨她："怎么能这么粗心！我记得你是测试部的吧？你平时测试代码也是这种态度吗？"

丁副总不是自己来的，她还带着十几个人事部员工。她示意人事部员工先行办理登机手续，抱着胳膊，凝视蹲在地上忙活的陈一糯。

平心而论，陈一糯长得不错。虽然称不上美，但也称得上清秀。

"本事大是好事。把你的本事多用在工作上，说不定可以尽早转正。如果每天只想些邪门歪道，走不了太远。你觉得呢？"丁副总带着笑意，"没带身份证就回去歇着吧。在家睡几天，我作为公司副总，准了你的假。"

陈一糯还没等答话，便听见一阵急促的脚步声。

刘秘书跑得喘不上来气："陈小姐……"一转头看到了丁副总，刘秘书瞬间就明白了眼前的形势。

不过，正主已经到了。一个熟悉的声音从刘秘书身后传来，带着一丝嫌弃："怎么了？"

是陆知衡。

陈一糯："我……我身份证……"

陆知衡声音里的嫌弃更多了几分："女孩子蹲在地上成什么体统——"话音刚落，一把把她拉了起来。

陈一糯只觉得被他手触碰的地方是滚烫滚烫的。她站在一边，一言不发，脑子里却有点乱。

陆总很好地掩饰了自己的心虚："走吧。办票去。"

陈一糯："我身份证忘记带了！"

陆知衡从西装口袋里掏出一张证件，在她面前晃了晃，低声道："上次落在我这儿了，一直忘了给你。快走，等会儿来不及了。"

陆总一把捏住陈一糯的手，一路拖着她往办票柜台走，刘秘书则知趣地拎上陈一糯的箱子，跟在后面。

丁副总的目光随二人远去，右手紧紧攥成了拳，眼神好像能杀人。

从她的角度，刚好能看到，陈一糯挣了挣，对陆总说着什么，陆总一脸不耐地敲了敲她的头。

"磨叽什么！快点办票！"她厉声催促人事部的人，自己拿了登机牌，率先进了安检通道。

T市气候温暖湿润，虽然已经入秋，却还没到冷的时候。

头等舱里，陆知衡看着 iPad 上的材料，一边低声对刘秘书交代着什么。两个人都面色凝重，似乎是在说什么大事。

只是，正坐在他们身后的丁副总，可是把两人的交谈听得一清二楚。

刘秘书："董事长，陈小姐说太麻烦了，不过来了。"

陆知衡："你再去告诉她，这里的飞机餐很好吃，还有水果。"

刘秘书无奈地看着陆总，但并不能改变大资本家做的决定。他站起来，往后舱走去。没过几分钟又惨兮兮地回来了。

"董事长，陈小姐说，不用麻烦您。"

陆总"哦"了一声："以她的性格说不出来这种话。她原话怎么说的？"

刘秘书战战兢兢地说道："陈小姐说……无产阶级人民愿意吃糠咽菜，水果都是给大资本家吃的……"

陆总抽了抽嘴角："那你再去告诉她，她再不过来，大资本家亲自过去。"

5分钟后，刘秘书身后，怯生生的陈一糯露了个头。

她试探性的小眼神被陆总抓了个正着，赶紧做出一副理所应当之态："干……干什么，不是你让我来的？"

头等舱还有空座，刘秘书识趣地在其他空座坐下，陈一糯只能坐到陆知衡旁边。

飞机平稳地飞行，笑容甜美的乘务员来倒水。

陈一糯："喝什么？"

陆总正全神贯注地看着资料，头往左略偏，抬了抬下巴。

陈一糯："知道了。麻烦倒一杯拿铁，半奶不加糖。"

陆总愉快地抖腿。

半个小时后，陆知衡将iPad锁屏，整个人向后倚靠，眉宇间颇为疲惫。

陈一糯顺手把他的iPad收到公文包里，问："怎么了？"

陆总按了按太阳穴："没事。是陆氏集团下属的影视公司有一笔投资出了点问题。"

影视公司？陈一糯只有个模模糊糊的印象，好像陆总调回总部之前，就是在影视分公司做CEO。陈一糯本来想好好安慰一下陆总，但突然发现，最该被安慰的是她自己才对。

吸血的资本家语气淡定："对了，这次团建要写进公司年鉴里。全程的会议记录和活动记录都由你负责。"

"什么！"陈一糯万念俱灰，好不容易出来玩一趟，竟然又要写报告。她决定，团建结束马上就去求人事部的总监，给公司找一个写文案的文员。

陆总最喜欢看陈一糯这种敢怒不敢言的表情，不由得心里大为快慰，又补了一句："怎么？不愿意？"

陈一糯："不不不，愿意愿意。"她太想抽自己两巴掌了！怎么能这么没有底线、没有立场？

陆总"嗯"了一声，深谙大棒加甜枣的道理："团建回去之后你来公司三个月了吧？这份报告写得好，就可以转正了。"

陈一糯瞪大了眼睛。

转正！陆氏集团都是六个月实习期之后才开始走转正流程。老板这是要破格让她提前转正！

这简直是意外之喜。

她实习期的那点工资，光是因为迟到就被扣了四分之一。日子过得紧巴巴，火锅日料什么的完全吃不起，就连买个煎饼果子都得考虑加不加鸡蛋。

更重要的是，设计部的人已经在画《御剑江湖》里新的传说级武器了！她偷偷溜到设计部看了草图，女剑客的武器简直帅到起飞！

只是，正式上线后的价格，肯定也是天价。

如果能成功转正，工资立马提升30%。到时候，什么传说武器！什么火锅！吃煎饼果子不仅加蛋，还要加火腿肠！

陈一糯的眼睛里亮晶晶的，嘴角也不知何时笑开。陆总嫌弃地转过头去，只是嘴角同样勾起一个弧度。

这么想转正？看来是在自己身边工作得很满意呀。

"哦，对了。今天你和丁副总是怎么回事？"陆知衡看了眼手腕上的时间，离飞机降落还有40分钟。

陈一糯正高兴着："没怎么回事？我身份证没了，丁副总说实在不行就放我个假回家睡觉。对了，丁副总还让我努力工作，说我的本事很大，一定能转正的！"

她话音刚落，整个头等舱陷入了诡异的寂静。

本来想开口解释的丁副总一个字也说不出来，而当时围观了全程的刘秘书陷入了深深的怀疑之中：丁副总当时真是这么说的？好像说得差不多……可是自己听起来完全不是这个意思！

下飞机时，丁副总深深地看了陈一糯一眼。后者则毫无觉察，拎上自己的登机箱就跑到测试部的大队伍里去了。

等所有人都办好酒店入住手续，已经是下午两点多。

陈一糯和设计部的阿桃住在一个房间里。两个人把箱子放好，阿桃就问她要不要一起吃饭。

午餐是在飞机上吃的。虽然头等舱的餐食比经济舱好一点，但也很难满足陈一糯的味蕾。两个女生一拍即合，各自化妆，准备出去吃顿好的。

T市的鱼特别有名。等会儿找一家湖边的饭店，一边赏湖景，一边吃鱼，实在是完美的计划。

电梯里，正好又遇到了人事部的三个人，还有技术部的两个。浩浩荡荡的七个人打了两辆车，一起去吃鱼。

车开到半路，陈一糯接到陆总的电话。

"你想去吃鱼吗？"

陈一糯诧异道："我们正在去吃鱼的路上！你怎么知道的？"

陆总的心情好像不太好："哦，没事。"

陈一糯弱弱地道："大老板，你要和我们一起吗？"

她"大老板"三个字一出口，其他的几个同事明显一凛，整个车厢陷入了死一般的沉寂。

陆知衡的声音透过手机，能听得出几分不快："不用了，我很忙。"

陈一糯摸不着头脑，完全不知道大老板这通电话什么意思。

大老板，当然是很忙的。

难道这通电话就是为了告诉自己他很忙？

男人真是一种复杂的生物。

到饭店的一路上，几个同事一直都小心翼翼地。

直到阿桃问了一句："等会儿大老板要来吗？"

陈一糯一脸莫名其妙："不来。"

同事们瞬间松了一口气。

陈一糯开开心心地吃鱼，浑然不知道大老板已经把这笔账记上了。

而陆总正在酒店套房的客厅会客。他对面的沙发上，一个看着和他年龄相仿的男子瘫在沙发里，露出一头黄毛。无处安放的大长腿翘在沙发扶手上，正发着微信。

陆知衡："你是认真的？"

两人之间的茶几上，是一份金额达到九位数的电影投资合同。签名处已经被签上龙飞凤舞的两个大字"崔言"。

崔言忙着发微信，胡乱地点了几下头："他肯定能演好。这部电影不可能亏的。"

陆知衡咳了一声："你凭什么这么认为？就凭是你崔大少想捧他？"

崔言终于放下手机，收起一脸的玩世不恭："你要对我的眼光有信心。我自从给你打理陆氏影业以来，公司利润涨了多少个百分点？这个程深，绝对会爆。你看到他本人就知道了。"

崔言揣着手机，从沙发上坐起来："走吧，陆总，来陆氏影业看看，我在夏威夷捡到的这块金子，你不会失望的。"

陆知衡和崔言一起下楼，刘秘书跟在后面。

酒店门口，一辆闪闪发亮的红色跑车正在等候它的主人。崔言几步上前，向上推开车门，对刘秘书道："老刘，我忘了我今儿开的是两座车，你自己另外开一辆吧。"

陆知衡坐在副驾，油门声轰然炸响，跑车一路绝尘而去。

一分钟后，刘秘书的微信一亮。

陆总："让 T 市分公司配车。你接陈。"

陈一糯吃得正开心，刘秘书却阴魂不散，竟然出现在了饭店里，还要传她伴驾。这让陈一糯很不开心。

她点的清江鱼刚上来！最嫩的鱼背还没吃几口，怎么能现在就走？

和吃沾边的事，陈一糯的反应一向是很快的。大概是在陆总身边待多了，她一副淡定的样子："董事长吃了吗？崔总经理吃了吗？"

刘秘书答道："没吃。"

陈一糯一脸痛惜："唉，身为员工，在这里大吃大喝，董事长和总经理却饿着，这实在是说不过去。服务员，给我再做一条清江鱼，两份太湖鱼片粥，打包带走！对了，刘哥，你也坐下吃一口。"

清江鱼做得很慢，又过了半个小时才做好。这半个小时，陈一糯总算吃得满足，拎上打包的鱼，和同事们告了个别。

虽然知道可能又会有各种谣言传出，但也没办法。谁让陆总承诺可以提前给她转正？陈一糯毫无心理负担，跟着上了刘秘书的车。

陆氏影业是陆氏集团的子公司之一。陆知衡是上一任 CEO，现任 CEO 则是集团的总经理崔言。

崔言不喜欢搞形式主义，两人直接乘电梯上了十楼录音棚。

隔着双层的隔音玻璃，陆知衡见到了这个被崔言视若珍宝的程深。

正戴着耳麦录音的程深毫无觉察。他一头稍显凌乱的黑发，闭着眼睛轻声吟唱，轮廓眼窝都很深，皮肤泛着青白。

不得不承认，这张脸生得很好看。尤其是眉骨的轮廓，线条凌厉，如同斧凿一般。嘴唇也够薄，紧抿着的时候，气场很足。

只是，这种"硬汉脸"也不算太罕见，而且程深的肤色太白了，白到几乎透明。这种脸，是要配上小麦肤色和一身线条流畅的肌肉才和谐。

崔言早就料到陆知衡的想法，他对录音师说："把音乐暂停。"

音乐停止的那一秒，录音棚内的程深睁开了紧闭的双眼。

那双眼睛清澈见底，如同婴孩第一眼看到这个世界一般，尚未沾染一丝一毫世俗中的烟火气。

陆知衡转身往外走去，崔言赶紧跟上去，追问道："怎么样？他是不是就是为《问道》里面的'李寻仙'而生的！"

陆总点了点头。

"李寻仙"是《问道》这部电影剧本里的男主角。一路追求天地间的大道，以一颗纯净的赤子之心，误入了物欲横流的世俗之中。

他入了世俗，就成了世俗本身。他曾在污泥里寸步难行，在村口乞讨为生；也曾在青楼红巾翠袖，在大漠里一骑绝尘。他入朝堂，成为无数阴谋阳谋里最阴狠的人；他上战场，数万军士性命，都没有最后得胜得重要。

他本是谪仙人，偏偏将自己一步一步幻化为世俗里的蝼蚁。

只是，从始至终，那双澄澈的双眸却从未变过。

本心如初，他最终还是跳了那十死无生的问道台，只为心中最初的执念。

"赤子之心"在剧本里不过是四个普通的字，可想在镜头之中表达出来，难如登天。

可程深却好像是为"李寻仙"而生的。

他闭上眼，李寻仙便是世俗里一只迷途的蝼蚁；他睁开眼，李寻仙便是人间过客，看破世间大道。

崔言一脸得意，拉住已经往外走的陆知衡："那你急着干什么去？让程深出来试几句台词给你看看，保准儿你还想追加投资。"

陆知衡："我要去吃鱼。"

会议室里，香喷喷的清江鱼摆好，陈一糯和刘秘书一起拆着小菜的打包盒，一盘一盘地按顺序摆好。

"这个生圆葱他不太爱吃，"陈一糯挪着盘子，"对了，那个清醋拌金针菇放中间点吧。他多吃点醋好。"

陆总一进会议室，就听到了这么一句，不由得心情大好。

再看了一眼桌上的菜色，却下意识觉得有点不对。

"嗯？两份鱼粥？"

跟在他身后的崔言见状，知道是给自己带的，乐得不行，深深觉得陈一糯懂事。他卷起袖子推了推陆知衡，打算落座一起开吃。

陆总任他推来推去，就是不动，抬头问陈一糯："你怎么知道我饿了，要吃两份主食？"

崔言："还能这样的？"

陆总淡定道："崔经理，谢谢你送我上来，你去忙吧。小刘，送他。"

崔言手抚着胃："我其实也有点……"

陆知衡斜了他一眼，面无表情道："有点忙对吧？那快去忙，不留你了。"

崔言没想到自己直接被抛弃了，这样的陆知衡他还是第一次见，只觉得三观要崩塌。

他龇了龇牙，在陈一糯看不到的地方对陆知衡做了个"过河拆桥"的口型。

陆知衡脸上毫无波澜，假装没看到。

等到崔言还想说话，陆知衡一边摆着菜一边说："刘秘书，我看崔经理的牙好像不太好。你带他吃点清淡的，白水煮菜之类的吧。"

崔言无语凝噎，被刘秘书带了出去。刘秘书已经习惯了自家老板近期的反常行为，一路上用自己已经碎成渣的三观拯救崔言的三观，两个人在下楼的路上嘀嘀咕咕了半天。

会议室里，陆知衡倒是全然没有愧疚感，安静地吃着鱼。

陈一糯见他只吃鱼肉，顺手把小菜推得近了一些。

"你多吃点小菜呀，比如蘑菇，还有醋，多吃醋好。"

陆总慢条斯理地擦了擦嘴："吃了。"

T 市世纪酒店。

夜色降临，整个世纪酒店披上一层金衣。宴会厅中，觥筹交错，衣香鬓影之中，一向自持的陆知衡也不由得喝了几杯酒。

这是陆氏集团在 T 市团建的最后一天，陆氏影业分公司的人自然要抓住这个机会，为集团总部的人送行。

主桌上，十几个高管坐在一起言笑晏晏。陈一糯坐在第十桌，离主桌十万八千里。

总算要回去了。想到这三天两夜的团建之旅，陈一糯只觉得自己实在是太心塞了。

别人都有好吃的、好玩的，自己到是窝在酒店天天写报告，就连同屋的阿桃都震惊于她的敬业。

陈一糯倒是全然不觉得累。这项工作大功告成之后，她就可以正式转正了。不过，这几天心里想着报告的事情，她晚上睡得很少，本来白皙通透的皮肤有些泛干，眼下还有隐隐约约的黑眼圈。

今天，她本来想随便穿件 T 恤牛仔裤就来吃饭，结果被阿桃直接抓去了美发店。

"我说陈一糯！你不知道今天有多少人想勾引陆总？你就这么去，陆总肯定要被她们勾引走。"

陈一糯困得直打哈欠："不会的……"

她和陆知衡相处了这么久，对他也有个直观的了解，心知他不是那种只喜欢明艳面孔的人。

她这话落到身后的人耳中，却又变了意思。难道，陈一糯已经对陆总志在必得？不然，怎么会如此心淡如水？

一阵轻笑声传来，美发店门口，一个身着白色雪纺长裙的女子轻声一笑，脚下的小高跟一步一响："我说陈一糯，你未免也对自己太过自信了！不过，当时你从我手里抢走陆总的时候，我也没想到，你有这么大的本事。"

陈一糯努力睁眼，从镜子的反光中看到站在门口的肖涵。

她一言不发，只静静与肖涵对视。后者被她这无言的挑衅激怒了，直接走到陈一糯旁边的沙发上坐下，冷声叫美发师："你们生意是怎么做的？过来给我做头发！"

陈一糯撇了撇嘴，低头刷着微博。她实在理解不了肖涵的脑回路。最初的那次，本来就是肖涵假借她的检讨去见陆总，被发现了，反而怪自己抢走了他？

再说……陆知衡脾气那么差，又喜欢作弄人，谁要抢他！

身后的美发师给她把头发吹到半干，问："小姐想做个什么样的造型？"
一边的阿桃赶紧拿出准备好的照片和陈一糯商量。

"这个卷发怎么样？"陈一糯摇摇头。

"那把头发都梳起来，在发尾这样卷下去？"

陈一糯无语："阿桃，我们是参加公司晚宴，不是要上电视！"

阿桃吐了吐舌头，小声道："可是你看，'花蝴蝶'选的那个发型——"

两人一起看过去，只见肖涵那里已经围了三个造型师，左右两个分别用卷发器卷两边的头发，还有一个站在后面，正在涂染发膏。

这也太隆重了吧……再加上她身上那袭白色礼服裙，简直去主持春节联欢晚会都够了。

陈一糯可不想受那份罪，她缩了缩脖子，坚定道："给我拉直就可以了。谢谢。"

阿桃还要再劝，可陈一糯已经做了决定。她舒服地窝在椅子里，正打算补个觉。

　　才几分钟，手机的嗡嗡声传来。

　　陈一糯好不容易酝酿了一丝困意，根本不想接电话，索性不去管它。可这打电话的人极为执着，手机连着震了3分钟，丝毫也没有停止的意思。

　　正在被众星捧月伺候着做发型的肖涵娇滴滴一笑："有人也太没素质啦，公众场合故意制造噪声。"

　　陈一糯用自己全部意志力睁开眼睛，掏出手机一瞥，来电界面显示着三个大字：资本家。

　　她瞬间清醒过来，颤抖着手指按下了接听："喂？"

　　手机另一边，资本家似乎有些不开心的样子："怎么这么久才接？"

　　"正在做头发，睡着了。"

　　陈一糯不知道这句话哪里取悦到了大资本家，他"哦"了一声，声音充满了快乐："其实你也不用这么正式。"

　　陆总很快就抑制住了自己莫名的兴奋，问："你在哪里？"

　　陈一糯报了一个理发店的名字，紧接着便听他一句："好，等着。"而后直接挂掉了电话。

　　等着？陈一糯一头雾水。

　　不过她实在太困了，很快窝在舒服的椅子里睡着了，甚至还做了一个很长很长的梦。

　　梦里她又成了成功人士，巡视各地的分公司。在一次宴会上意气风发，当众致辞，要给公司的优秀员工颁奖。

　　她拿起奖杯要颁给优秀员工时，那员工抬起头来，竟然长着一张陆知衡的脸。而她手里的奖杯也不知何时变成了一盘鱼。

　　陈一糯完全愣住了，想好的颁奖词全都忘了干净，最后颤颤巍巍地说了一句："老板，吃鱼。"

　　一阵奇怪的风声越来越大，陈一糯左看右看，也没找到风声的来源。那声音却越来越大，脖子上还有点热热的。

　　陈一糯猛然睁开双眼。

她依然坐在美发店的椅子里，造型师用吹风机给她吹着头发。

原来是个梦……她松了一口气。又怕自己刚才说了什么梦话，赶紧问身边的阿桃："阿桃，我刚才说梦话了吗？"

阿桃的表情很奇怪。似乎在克制什么，没有与陈一糯对视，而是眸光发抖，下意识往上方望去。

陈一糯循着她的目光，在镜子里看到了正在给自己吹头发的造型师。

下一秒，本来迷迷糊糊的她彻底清醒，几乎要从椅子上跳起来。

"老……老板……"

陆知衡生涩地给她吹着头发，克制着嘴角的弧度："嗯？你刚才确实说梦话了。"

陈一糯赶紧转移话题，打着哈哈："老板您怎么到这儿来了？今天晚上不是有晚宴吗？"

陆知衡一本正经道："我担心员工们的着装问题，亲自来检查一下。"

他把陈一糯的头发吹干，对着镜子，为她整理两侧的头发。

陈一糯只觉得痒痒的感觉从耳边传来，有点舒服，又有点别扭。她心跳越来越快，几乎说不出话来，整个耳朵也迅速红成小番茄。

陆知衡满意道："这样才符合公司的标准。"

陈一糯忽然有种想逃的冲动。

她不知道自己到底怎么了，只觉得和陆总待在一起的每一秒都让人想要丢盔弃甲。明明美发店里还有别人，可她却觉得，好像偌大的世界里只有自己和陆知衡两个人。他说的每一句话，做的每一个动作，都让她无从招架。

她站起来，赶紧呼唤阿桃："阿桃，走，我们去吃饭！"

陆知衡的目光不带丝毫涟漪，平移到阿桃脸上，后者则知情知趣连连摆手："不用了，我还不饿，糯糯你去吃吧！"

陆总满意地点了点头，顺手拿过陈一糯的包："走吧。"

陈一糯："去哪儿？"

陆知衡眼底的笑意克制不住，露出了一分："去吃鱼。"

陆总亲自来美发店给陈一糯吹头发这件事，在5分钟内已经传遍了陆氏集团的八卦圈。

据说，吹完头发之后，陆总直接带着人离去，"花蝴蝶"肖涵为此气愤得踩断了鞋跟。

而成为传闻女主角的陈一糯毫无察觉，她和陆知衡相处久了，很快就从尴尬气氛中脱离出来。轻车熟路地坐上陆总的副驾驶，兴奋道："我们真的去吃鱼？我想吃上次那家清江鱼！"

陆知衡瞥她一眼，嫌弃道："晚上晚宴里好吃的很多，你现在吃了晚上还能吃得下？"

陈一糯感觉自己被轻视了，不服气地拍了拍自己的小肚子："我可是很能吃的，老板你要努力赚钱，不然整个集团都会被我吃穷的。"

陆总上下打量陈一糯一番："放心，养你还养得起。"

还不待陈一糯说话，陆总方向盘一打，目光看向左侧后视镜，对陈一糯道："对了，你中午没吃太多吧。"

陈一糯一脸疑问："老板你在说什么？"

陆总正色道："先带你试件衣服，怕你吃多了穿不上。"

银色的轿跑在四合的暮色中划过，陈一糯摇下车窗，从后视镜中看到自己的面容。

眉梢、眼角、嘴唇，全是笑意。

七拐八拐进了一条小巷，将车停在路边。

面前是一件有些年头的绸缎铺子，门口点着昏暗的油灯，木质的门帘，牌匾是红底金字，看上去颇有年头。

陆知衡熟门熟路地进去，一边叫陈一糯："你来。"

柜台处，一个妆容明艳的女子正倚灯而坐，柔和的光映在她的侧脸上，明明暗暗的光影，勾勒出惊心动魄的美丽。

她身着艳色旗袍，发髻高挽，唇色如血。

陈一糯被眼前女子的容颜一惊。她还来不及说话，便听陆知衡用极为熟稔的语气问那女子："那件衣服呢？"

旗袍女子也不恼，笑眯眯地转过来，打量着陈一糯，半晌才慢条斯理地问："我这儿这么多衣服，我怎么知道你要的是哪件？"

陆总低声道："别闹。就是那件黑色丝绸的长裙，裙摆有钉珠的。"

旗袍女子"哦"了一声，给了陆知衡一个意味深长的眼神，而后从柜台后走出，对陈一糯道："陈小姐吧？随我上楼试衣服吧。"

她扭着腰肢，用眼神警告要跟上来的陆总："陆先生就在一楼稍等吧。"

陈一糯一路跟着这容貌惊为天人的女子上了三层，美衣华服，在这小楼之中随处可见。尤其是上了三层之后，一排排礼服令人应接不暇。

"这些衣服都是你做的吗？"陈一糯惊叹道。

旗袍女子一笑："嗯，大部分是我做的，也有些是当年我母亲做的。"

她走在前面，拨开层层华服，在整个房间的正中间，挂着一条及地的黑色礼服裙。

任何一个女人，都会被这条裙子吸引住。

黑色丝绸质地，整条裙子剪裁大气，顺滑得没有一丝褶皱。

抹胸处以钉珠勾勒出凤凰的姿态，而后收腰处陡然收紧，裙尾亦以钉珠勾勒出明艳的凤凰尾羽。

陈一糯在女子的帮助下换上这条裙子。女子一边为她系着背部的绑带，一边闲聊："你和陆先生认识多久了？"

陈一糯回忆了一下："两个月吧。"

旗袍女子挑了挑眉，心道：以前也没见他这么急，看来终于是开窍了。

陈一糯却不知女子心里在想什么，回问道："那你呢？你们看起来很熟悉的样子。"

旗袍女子饶有兴趣地给她系好绑带，话语中有一丝笑意："我？我和他认识快三十年了。"

难道是青梅竹马？

陈一糯瞬间脑补出一出大戏，难道这个旗袍女子也对老板芳心暗许？长得这么好看，又会做这么好看的衣服……什么丁副总，什么肖涵，完全不是这个女人的对手……怪不得，老板看不上集团那些献殷勤的女员工。

她心情莫名地低落起来，连自己都不知道是为什么。

旗袍女子为她调整好腰线，而后按下墙上的开关。

整个昏暗的三层，瞬间灯光大亮。灼目的光从穿顶上映射而下，落在陈一糯身上。她面前便是一面巨大的镜子。镜中一袭黑裙的女子，皮肤莹白如玉，身上一只振翅欲飞的凤凰，而裙裾处的凤羽，在行走之中，流光溢彩，如羽化仙子。

陈一糯有些看呆了，直到女子的声音将她拉回现实中。

"唇色淡了些，还差支口红。"

旗袍女子摸出口红，为陈一糯细细勾勒唇形。

陆知衡上到三层时，看到的就是这样的场景：

女子一身黑色绸缎礼服，露出锁骨和香肩，以及胸前若有似无的沟壑。整个腰线收紧，盈盈一握，仿佛能做掌中之物。裙尾的流光与穿顶灯光交映，却依然掩盖不住她周身的光芒。裙尾隐约露出莹白的脚腕，和一双黑色细跟的高跟鞋。长发如云，红唇如血，眼波如醉。

陆知衡眸光一黯。

第五章

陆知衡倚在三层楼梯口，在晦暗之中，凝视光芒下惊艳的女子。

"还不错。"他最终是先出声的那个。

陈一糯循声望去，露出一个有些羞怯的笑靥来，眼里盛满了星星："真的吗？"陆知衡摸了摸领结，不动声色："我是说裙子不错。"

陈一糯鼓了鼓嘴，把头转到一边去。陆总一看她这委屈的样子就觉得心情大好，给站在一旁笑盈盈看着两人的旗袍女子一个眼神："我们先走了。"

"去哪儿？"插嘴的是陈一糯。

陆总皱眉道："去晚宴，你礼服不都穿好了？"

陈一糯瞬间凌乱："什么？这件衣服是今晚要穿去集团晚宴的？"

这么庄重华贵的衣服，她穿起来真的不会太夸张吗？她一个求助的眼神递给陆知衡，可后者却全然没有接收她的信号。

"对了，"陆知衡的眼风在陈一糯身上划过，淡定对旗袍女子道，"你这里有没有我尺寸的西装，我挑一套。"

10分钟后，陈一糯看着从更衣室里走出来的陆总，觉得有些眼花。

陆总还是一如既往的帅，为什么今天显得格外特别？

陆知衡正对着镜子打理袖口，瞥一眼走神的陈一糯，咳嗽了一声。

"哦！董事长真的帅得惊天地泣鬼神……"

陆总淡定道："这句在你的检讨里用过了。"

陈一糯一脸黑线："那……董事长这般龙章凤姿令人心生向往，一定能带领集团……"

陆总转过头来："这句在《论十点上班之拙见》的倒数第二页。"

陈一糯已经在心里腹诽了一万句。

天啊，她那些疯狂凑字数的报告，老板竟然全都仔细看了？而且，还能记住里面的措辞……

只是，她还来不及脑补，便已经被一道目光盯上了。

陆知衡一步步迫近她，两人的距离越来越近，陈一糯的心跳声也越来越大。

不知何时，她已经完全低下头，不去看那迫人的目光。可就算低下头也没有用。那一双做工考究的哑光皮鞋，终究还是进入了她的视线。再往上，是熨烫地没有一丝褶皱的西裤。

"抬头。"那个声音说。

陈一糯不由自主地抬起头。

男人一件黑色衬衫，领口处有银线如流光般点缀，扣子一丝不苟地扣齐。

陈一糯闭上眼，口不择言："好，好看。"

她双眼紧闭，表情悲壮，自然错过了陆总面上忽然泛上的可疑的红雾，以及飞快抖了一下的嘴角。

然而，她没看到，不代表没有人看到。

陆知衡不知道，简单的"好看"两个字竟然会对自己造成这么大的杀伤力。他心里已经乐开了花，偏偏面上要做出云淡风轻的样子，整个表情都有点扭曲。

旗袍女子陷在沙发里，咯咯笑了几声。见陆知衡投来有几分羞恼的目光，女子才掩口打了个哈欠。

"好了，快去吧。再不出发要迟到了。"女子拖长了声音，其中戏谑之意溢于言表。

陆总调整好了心态，再开口时，又是那淡淡的语气："走了，今晚你真的不去？"

旗袍女子漫不经心，眼神中颇有冷意："崔言在，我怎么可能去？"

陆知衡对着镜子整理袖口："你们也老大不小了，当年的事何至于老死不相往来。"

旗袍女子嫣然一笑，却语气森冷："你说谁老大不小？"

陆知衡摸了摸鼻子，换了话题："修远上次期中数学考了 80 分。"

旗袍女子一愣。

陆知衡往旁边一挽，将陈一糯的手塞进自己的臂弯里："不用谢我。要谢就谢这位吧。"

他往来如风，携陈一糯离去。

驶往世纪酒店的途中，陈一糯窝在陆总的副驾驶里，不自觉地酝酿出了一分困意。这种熟悉的地方，真的很容易困！

等一下！她竟然已经觉得熟悉了？

陈一糯微微侧头，陆知衡正专心开车。西装外套挂在后座的衣架上，他单手操纵着方向盘，衬衫袖子微微卷起，露出一段线条利落的小臂。

而她所坐的副驾，位置的高低、前后，椅背的高度，都是她最习惯的角度。

陈一糯咽了口唾沫，颤巍巍地道："陆总……"

陆知衡在红色信号灯前停稳，侧过头来："嗯？"

陈一糯觉得，此时或许是个好时机，问一问陆总到底是怎么想的。

只是，她该怎样开口？

陆总，最近公司里很多关于我们的绯闻。

不行，说不定陆总会大发雷霆，而且这种开头也太糟糕了！

董事长，你觉不觉得我们似乎距离太近了一些？

也不行！陆总万一觉得自己嫌弃他怎么办？万一激怒了他，不仅转正没戏，说不定还会被炒。

正在陈一糯万分纠结之时，她的手机忽然震动起来。陈一糯下意识地望向陆总，后者则淡定地转过头去，目视前方。

这是默许她接电话的意思。

陈一糯按下屏幕上的接听键，阿桃的声音从听筒中传来。

"糯糯，你在哪儿？我们要出发了，要不要等你？"

陈一糯偷眼瞥了陆总一眼："你们不用等我，我已经在路上了。"

"好的，那我们直接在世纪酒店见！对了今天陆总也太浪漫了吧，竟然忽然出现在美发店里给你吹头发！你不知道我们都看呆了，你们俩也太甜蜜了！"

陈一糯没有开免提，只是阿桃本来就是个大嗓门，那富有穿透力的声音回荡在整个车厢里。

这些话都被正在开车的陆知衡听得一清二楚，她瞬间羞窘，心里又偏偏生出一丝紧张，不知道怎么回答。

阿桃的好奇之心还未熄灭："你们俩是在谈恋爱吗？"

陈一糯被"谈恋爱"这三个字吓得心头一冷，赶紧澄清："没有！我怎么会和陆总谈恋爱？哈哈，我不喜欢陆总这个类型的，陆总也不喜欢我。"

陆知衡眉头一皱，适时绿灯亮起，本来心情平和的陆司机一脚油门踩到底，银色轿跑发出野兽嘶吼一般的轰鸣，瞬间冲出。

"你……你干什么！"陈一糯被轿跑的推背感牢牢地按在座位上，手里的手机没拿稳，一不小心掉在了座椅下面。

陆总慢条斯理："脚滑。"

陈一糯还要摸手机，陆总一伸手拦住了她："到了再找，我车速快，解开安全带很危险。你看一下导航，前面哪个路口左转？"

陈一糯乖乖"哦"了一声，充当起了陆总的人肉导航器。

只是，座椅下方的手机屏幕一直亮着。通话也一直没被挂掉。

电话另一端，阿桃的身边已经围上来一群人，如饥似渴地听着"八卦"。

其中，就有"花蝴蝶"肖涵的好友，同在测试部的高琳。无论是陈一糯还是陆知衡都不知道，两人此刻的对话已经被手机直播了出去。

陆知衡放慢了车速，想起陈一糯方才犹犹豫豫的样子，还有方才的电话，心里有些烦躁。

他将注意力集中在面前的路况上，用冷静的口吻道："你不喜欢我这个类型的。"

陈一糯已经意识到自己方才情急之下说了什么，现在挽救也不知道来不来得及："董事长的性格很好，玉树临风，英俊潇洒……"

陆知衡知道这些话出自《陆氏集团食堂考察报告》，但他此时也不指出了。

他只想问问陈一糯，你才说我好看，怎么现在又变了？

银灰色轿跑在夜色中穿行，车内的两个人相顾无言。

陆知衡本就不善言辞，只觉得这样尴尬的气氛让他很不舒服："既然那些传言都是无稽之谈，你就不要在意了，回去之后我会整肃。你我之间本就没有什么。"

陈一糯死死盯着副驾一侧的后视镜。她的脸完全侧过去，陆知衡没有看到那双微微发红的眼睛。

就连陈一糯自己都不知道，为什么会变成这个样子。为什么所有的人都变得这么奇怪，陆总是，她自己也是。

车刚停稳，她便飞一般地逃离。临别时还笑容灿烂地来了一句："祝董事长今晚吃得开心！"可陆知衡偏偏觉得，此时的陈一糯心事很重。

他点了点头，目送陈一糯远去。酒店门口的保安来停车，陆知衡示意对方钥匙在车里，拿了西装外套下车。

T市的晚上应当是温暖的，可他偏偏觉得有些凉。

起风了。

世纪酒店宴会厅中，觥筹交错。

入场时，一袭华贵礼服的陈一糯吸引了大量目光，有艳羡的，有妒忌的，还有惊为天人的。

一向在集团里没有存在感的陈一糯何时被这么多人关注过？一时颇有些不自在。没见过她的人纷纷打听："那个人是谁？"

知情者无不惊讶道："她你都不知道？一半在12层，一半在28层的那位！"

众人以手掩口，连连惊呼："怪不得，怪不得。"

又有人说："不过，我听说她已经失宠了。"

另一个道："失什么宠？来的时候在机场你们没看到！她的身份证都在陆总那里，你没看到当时丁副总那个眼神。"

"对，飞机上，刘秘书还特意把她请到头等舱去呢。"

陈一糯内心是崩溃的。

她以前素面朝天在12层上班的时候，可是很少有人夸她好看。一件衣服的魔力真的这么大？

　　所幸她是个乐天派，想不明白的事也不纠结，直接在测试部这桌坐下了。

　　测试部这次到场的也有三十多个人，分了两桌。按照资历，她本来应该坐到第二桌去。可是还没落座，白经理就一脸笑意地喊她去坐第一桌。

　　白经理对陈一糯来说可是个大人物。

　　她的直属上司是赵主管，而赵主管的上司才是白经理。至于白经理再往上，则是整个测试部的总监吴总监。

　　不过，眼下这种场合，总监这种级别的人物自然是坐在第一桌的主桌。

　　此时，消息灵通的正在小声交谈。

　　"主桌那个坐在陆总旁边的是谁？长得像演员似的。"

　　"那是崔总，影视分公司的老总。"

　　陈一糯循声望去。崔言果然也打扮得人模人样，一头黄毛染黑了，用发胶固定着，显得很精神。

　　这边大家还在低声议论着："那个蓝色西装的是策划部的王总监？他怎么坐得那么中间？难道要升职了？"

　　"据说，王总监这次要提到集团的产品副总了。"

　　陆氏集团总公司以互联网业务为主，陆知衡这个董事长手握实权，兼任总经理。下属本应设两个副总，一个常务副总，一个产品副总。副总之下，才是各部门的总监。只是，因为陆知衡上任时间短，还没有开始调整公司的人员。

　　不过，这次晚宴后，应该就会有动作了。

　　陈一糯可不管那些。

　　她下午就饿了，要不是陆知衡骗她说吃鱼，她才不会傻乎乎地跟出来。这下好了，试了一通衣服，把时间都耽误了，这会儿饿得前胸贴后背，桌上摆的还都是冷盘，根本吃不饱。

　　而且，这件裙子未免也太贴身了一点。

　　怪不得陆总问她中午吃了多少……

　　两块小蛋糕下肚，陈一糯明显觉得自己的胃部微微鼓了起来，要是等会儿大快朵颐一番后，小肚子会不会凸出来啊？

她正烦着，还有人存心找她的麻烦。

"饿了？陆总也太不会照顾人了，难道不给饭吃？"

说话的人叫高琳，一向和肖涵关系好，性子也都是一样的泼辣。肖涵还是下午那身白色长裙，单看上去颇为惊艳，只是身边坐了一个盛装华服的陈一糯，未免显得平庸了一些。

肖涵似乎已经从下午的打击中走了出来，笑意盈盈的，语气中全是轻浮的嗔怪："高琳，你说什么！"

高琳恍然大悟："我不小心忘了，您还不是董事长夫人，陆总不会照顾您也是应该的。不然，您怎么还坐在我们这么偏僻的一桌？"

这两个人一唱一和，让陈一糯本来就不太好的心情更糟糕了。

尤其是肖涵，又补了一句："你可别拿董事长说嘴，这种无稽之谈，被陆总听见可是要生气的。怎么能什么人都和董事长编排在一起？"

陈一糯低下头，默默吃着小蛋糕。只是，祸不单行这个词，似乎在这个多事的夜晚得到了最好的体现。

晚宴开始，高层致辞。在热烈的掌声中，高冷的董事长宣布，将策划部的王总监提为总公司产品副总，将影视分公司的丁副总调回总部，任总公司常务副总。

陈一糯与众人一起鼓掌。

只是，下一个消息却让陈一糯顿时傻眼，不敢置信。

"鉴于产品副总分管的部门较多，所以将测试部门分列出来，由丁副总管理。具体部门规划如下：王副总分管技术部、策划部、设计部，丁副总分管市场部、财务部，以及……"陆知衡的声音不带丝毫感情，"测试部。"

酒过三巡，丁副总在测试部吴总监的陪同下，来测试部的两桌敬酒。

说是敬酒，怎么可能真让丁副总敬？懂得人情世故的人早就想好了说辞，一套套恭维话说下来，丁副总听得心里极为熨帖。

陈一糯也跟着众人一起站了起来。

丁副总如今成了直接管理他们部门的常务副总，就连部门老大吴总监都成了她的下属，更何况下面的这些小人物？

她的酒量自己知道，一杯倒都算不上，简直是"一口倒"。此时，她的杯里也只有果汁。

丁副总的目光在这一桌人脸上扫过，落到陈一糯脸上时，带着惯常的笑意："小陈不喝酒？"

还没等陈一糯回答，一边的高琳就抢道："她喝，刚刚喝了不少。来来来，快给陈一糯倒上。"

陈一糯："我真不喝……"

话没说完，丁副总的眼神就已经锥子一般扎了过来。

另一边，肖涵已经张罗着人给陈一糯倒了满满一杯，一边道："今天可是丁副总上任，以后丁副总就是我们测试部的大领导了，我们敬您一杯！"

丁副总不喜欢肖涵，更不喜欢陈一糯。不过肖涵好歹还看得清形势，可这个陈一糯就太不把自己放在眼里了。

丁洁已经从高琳口中听到了陈一糯"失宠"的消息，此时心里有底，一个笑容间，久居上位的压迫感便出来了。

"或许是小陈觉得我的级别不够，不值得你敬这一杯？"

丁洁这话一出口，整个测试部两桌都鸦雀无声。

陈一糯知道，这杯酒今日是一定要喝了。

她今日已经同陆总说清楚，日后想必也不会再有那些传言，自己也该好好待在12层，做个按部就班的测试部小职员了。总公司常务副总的酒，她怎能不喝？

她强行露出个笑，举起酒杯，客套一句："丁副总，我敬您。"便一口把那杯酒喝了个干净。

丁副总看着陈一糯被迫喝酒的样子，只觉得心里说不出的舒畅。待她干了满满一杯，才挑起眉，说："小陈只怕是不懂敬酒的规矩——你我还没有碰杯，不算，再来一杯。"

她话音刚落，高琳便再给陈一糯倒上一杯。

主桌上，陆知衡正和新提上来的王副总交谈，目光却停驻在测试部那桌上。

他的嘴唇微微抿起，眉头紧蹙，吓得王副总以为自己方才说的有什么问题，这会儿正在拼命挽回。

只是，王副总的嘴开开合合，陆知衡却一个字都没听进去。他给了刘秘书一个眼神，是询问的意思。

刘秘书赶紧过来，在他耳边低声说了一通。

陆知衡问："喝了几杯？"

刘秘书道："现在是第三杯。"

陆知衡心道，陈一糯这么张牙舞爪的，三杯啤酒估计不成问题，也就没管这事。只是让刘秘书去叫丁副总过来，说自己有事要交代。

就这一会儿工夫，陈一糯已经被逼着喝了五杯。

她之前曾经有过喝了一口啤酒就醉倒睡着的经历，这次知道自己肯定不行了。第一杯酒下肚，陈一糯就已经觉得头脑发昏，后面紧接着第二杯、第三杯，让她的世界都开始旋转。被灌到第四杯的时候，她甚至连自己的嘴在哪儿都找不到了，是肖涵按着给她灌下去的。

丁副总被刘秘书叫走了，她甚至不知道刘秘书什么时候来的。

陈一糯和在座的各位打了个招呼，说自己要出去透透气。

她脚下还踩着10厘米的高跟鞋，裙摆上还是银色流线的凤凰尾羽。纵使面色泛上酡红，可她脖颈修长，姿态优雅，一如入场时的骄傲。

只是，刚出宴会厅，陈一糯就扶着栏杆蹲了下来。

她胃里翻江倒海，眼前天旋地转。趁着还有最后一丝意识，陈一糯打算拿出手机，叫辆车回酒店。她翻了半天，发现手机不见了。

——是来的路上，落在陆知衡车上了。

她一时有些懵，在世纪酒店大厅里，硕大的水晶吊灯挑空了20余层，璀璨的光芒晃得人眼睛发花。

她一无所有，只有身上这条裙子。

陈一糯忽然有点想哭。

她窝在大堂的沙发里，面朝着墙，眼泪流了满面。在她的脑海之中，无数画面像走马灯一般匆匆闪过……第一次见到丁副总时，丁副总对她的讽刺；后来在机场时对她的轻蔑。

她不是傻，她当然都听得出来。

只是，陈一糯，为什么从前你都能挺过来，这次偏偏要哭？

她眼神里全是迷茫。

第一次在电梯里遇到丁副总时，丁副总第一句话便是："大清早的，就往28层来，总部的员工真是勤快。"

那时她神采飞扬地反击："董事长要的东西不能不交。"

后来，在机场时，丁副总说："每天只想这些邪门歪道的，走不了太远。没带身份证就回去歇着吧。"

那时，是陆知衡忽然出现，将她从满地狼狈里拉起来，护她在身后："你身份证在我这里。"

可是这次，这次他为什么忽然就不在了？

陈一糯后知后觉地反应过来：是自己不让他在的。是自己说不喜欢，说那些都是无稽之谈。

她捂住脸，眼泪却从指缝间无声地流出来。

都是自己选的。陈一糯，你哭什么？

她哭到眼睛发肿，哭到意识模糊，哭到整个人在酒店大堂的沙发里，在呜咽声里沉沉睡了过去，脸上尤带着未干的泪痕。

宴会厅里，陆知衡与崔言、丁洁等人一起低声谈着工作。刘秘书出去了，不到一会儿又匆匆折回，在陆知衡耳边低声说了几句。

陆知衡的面色陡然一变。

他随即一压眉头，看向崔言。崔言与他自幼便熟识，一看陆知衡的表情便知道自己该做什么。

接收到陆知衡的信号，本来神清气爽、正在大谈古今中外电影发展的崔总经理，忽然一只手抚心口，一只手支在桌上，露出痛苦的神态来。

陆知衡赶紧问："崔总是怎么了？"

崔言气若游丝："陆总，我喝多了，真不行了……劳驾，让我司机……"

话还没说完，整个人便晕晕地趴到桌上。

陆知衡心里感慨崔言的演技，果然是影视公司的老总，这演技拿到娱乐圈也能落个上乘。

他一手扶起崔言，把他架好，一边对两位副总和主桌上其他总监说："崔总喝多了，我不放心，先送他下去。你们继续聊，如果累了散了就行。"

刘秘书赶紧上来搭了把手，两人把崔言牢牢地架在肩上。

刚出宴会厅，面色铁青的陆总一动肩膀，晃得崔言差点一个跟头。

崔总经理："你悠着点！我是喝醉的人，知道吗？"

陆知衡把他丢在原地，一个人大步流星往前走，留下一句："别扯，你的酒量什么样我还能不知道？"

崔言气得肝疼："我的陆总，有你这么过河拆桥的吗？"

少了宴会厅里热烈的氛围，便能觉出寒意来。陆知衡披上西装外套，一边对崔言说："好了，你去哪儿，我送你一程。"

崔言倒是有些惊诧："你送我？你不用送别人？"

陆知衡摇了摇头，一言不发，最终落下一句："别人有小刘送，你在这等我吧。小刘，去把两辆车都提到正门。"

他刚到大堂，就看到沙发上睡着的女孩。

陆知衡无声地叹了一口气，走了过去。

若是平时，女子一定如惊弓之鸟一般，他只要一靠近，她便要羞怯地垂下头去。偶尔也张牙舞爪，简单快乐。而此时，她睡得很沉，毫无防备，全然察觉不到他的靠近。

陆知衡走近，在沙发上坐下。他想伸手叫醒女孩，可一伸手，只碰到满脸的眼泪，寒意彻骨。

他的手僵住了。

方才刘秘书和他说的时候，只说："陈一糯好像醉了，不太好。"他却万万没想到，她竟能一个人在这里睡着，看样子还哭了很长时间。

他摸了摸她的脸颊，一片滑腻冰凉。

陆知衡赶紧脱下西装外套，给她盖住上身。抹胸的小裙子，整个肩膀和胳膊都露在外面，陆知衡的手指不小心划过的时候，都能感觉到凉意。

女子有了温暖的外套，舒服地拱了两下，嘴里说着一串醉话。

陆知衡拿她没办法，拍了她两下，道："陈一糯，起来了。我让刘秘书送你回酒店。"

陈一糯闭着眼睛，面上却现出骄矜之色："我不要刘秘书。"

陆知衡哪有哄人的经验，顿时手足无措："为什么不要刘秘书？"

陈一糯根本不和他对话："我要……我要吐，还要洗澡，还要……嗝……发微博……"

发微博？这都是些什么……陆知衡跟不上她的思路，只好把她的手收拢在掌心，希望她能舒服点。

真凉。

他赶紧把西装外套给她压紧了一些，一边学着哄小孩的语气："那你还要什么？"

这话得到了陈一糯的回应。她忽然激烈地动了起来，好不容易盖好的西装外套被扯得乱七八糟："看我……嗝，落英……剑法……"

她说得很是含糊，可陆知衡却听到了"落英剑法"四个字。这是他三个月以来的梦魇，由不得他记不住。那个该死的"糯米粽子"就是用这一招，每天都追杀他。

这个念头只是一闪而过，陈一糯激烈地乱动，让陆知衡头大如斗。

"你先别动……"陆知衡手忙脚乱，却听见陈一糯很不服气的声音："我非要动！我又不认识你，凭什么听你的？"

陆知衡知道自己不能和喝醉的人计较，可难免有几分不爽："你不认识我？我是陆知衡。"

陈一糯开心道："那我认识你！大资本家又要压榨我啦！"

她开始唱歌，歌词全是什么"今天真呀真开心，老板让我写报告；明天真呀真开心，老板又要吸血啦"，把陆知衡气得够呛，冷冷地甩了一句："你再唱一句试试？"

他话还没出口，就知道自己肯定说错了话。果然，本来开心地扭动着的陈一糯被他这一句话一凶，顿时瘪了嘴，两行眼泪瞬间夺眶而出，一边呜咽着："大资本家一直都这么凶……"

陆知衡见她一哭，只觉得心里也跟着疼，赶紧轻声哄着："好了，不哭了。大资本家不凶了。"

陈一糯哭得更厉害了："你骗人！大资本家根本就不喜欢我……他都不来

救我……"

陆知衡一愣。他只怕自己听错了，语气里全是试探，还有一丝他自己都没觉察的希冀："那你喜欢大资本家吗？"

陈一糯一脸看智障的表情看着陆知衡："当然喜欢，你怎么这么笨！我……嗝，我不想和笨的人说话，呜呜……"

陆知衡本来神态自若地给陈一糯盖着西装，眼下却觉得手足无措，连碰她一下都不敢。他脑海中久久回荡着方才那句话。

"当然喜欢……"

陆知衡的脑海里，仿佛烟花万千，缤纷炸响。可那放烟花的始作俑者却毫无自觉，仍然窝在陆知衡身上扭动着，令陆知衡思维一片混乱。

陆知衡："陈一糯，你把方才的话再说一遍。好不好？"

陈一糯瞪大了眼睛，目光很是认真："我说……你笨。"

刘秘书把车提到正门后，就进大堂来找陆总。只是，当他在隐蔽的柱子后面找到陆总的时候，后者正用手围住陈一糯，生怕她身上有半点寒气入侵。

刘秘书假装没看见，低头一句："董事长，车准备好了。"

陆总从容道："你送崔言先回去吧。"

被遗忘在角落里的崔言内心埋怨：我就知道！兄弟就是过河用的桥，河都过了怎么可能不拆。

刘秘书见惯了世面，此时却忍不住叮嘱一句："可是董事长您也喝了酒，最好不要开车。"

陆总点了点头，"你说得对。就在世纪酒店楼上开个房间吧。我今晚住这，不开车了。"

刘秘书忍不住瞥向陆总怀里睡着的女子，心里感慨，没想到这个陈一糯竟然真的把董事长拿下了。

"董事长，房间……开几个？"

陆知衡纠结半晌，脑海里天人交战，最终还是理智占了上风："两个吧。"

他打横抱起睡得迷迷糊糊的陈一糯，一路往电梯间走去。陈一糯被抱醒了，晕晕地睁眼，给了陆知衡一个灿烂的笑："你真好看。你也喜欢吃巧克力慕斯小蛋糕吗？那我们就是好朋友！"

陆知衡只觉得心里一动，如风吹皱一池春水。

"嗯，喜欢。"

电梯到达一楼，雕刻着金色花纹的电梯大门缓缓打开。

因为陈一糯醒了，陆知衡索性把她放了下来，自己则手揽着她的腰，以免她摔了。

此时，陈一糯盯着大开的电梯门，脚下一步不动。

陆知衡耐心道："走，先上电梯。"

陈一糯乖乖点头，跟着进了电梯。

封闭的电梯空间内，陆知衡按下楼层按钮，电梯稳步上升。可陈一糯却瘪着嘴，很不满意的样子。

"楼层……不对！"

陈一糯嘀嘀咕咕的，陆知衡问了好几遍才听清楚她在说什么，低头核对了一下自己手里的房卡——3003 房间，30 楼，没错。

陈一糯挣扎了一下，凑到电梯楼层按钮前，眼疾手快地按下了 28 楼层。

一边又抬头冲陆知衡笑："我按对啦，表扬我！"

陆知衡已经摸透了陈一糯醉酒时的心态，这时候只能顺着哄："表扬，真好。"一边偷偷把陈一糯按的 28 层给取消。

陈一糯不满意地在他怀里拱一下："真笨，表扬人都不会……要说……陈一糯小朋友是最棒的！"

陆知衡内心权衡了一下，就算酒店电梯内有监控，也可以联系朋友删掉。他什么时候这样哄过人？本以为开口会很难，谁知道，他轻轻抚着陈一糯的头发，那句话竟然脱口而出。

"嗯，陈一糯小朋友最棒。"

"那……我想要吃巧克力慕斯小蛋糕。"陈一糯乘胜追击。

陆知衡本以为自己会觉得头疼，可他竟然丝毫不觉得心烦，满心都盘算着这个时间哪里能买到巧克力慕斯小蛋糕。

不然，等会儿让刘秘书再跑一趟？

如若崔言在此，一定能看出来，陆知衡心旌摇曳，已经不再是那个心如止水、冷静自持的陆知衡了。

可偏偏陆知衡本人不觉得。

电梯匀速上升，这样密闭狭小的空间里，陈一糯觉得更晕了。她皱着眉，努力酝酿着措辞，到嘴边却轻轻打了个酒嗝。

陆知衡：……以后绝对不会让陈一糯碰酒了。

小醉鬼还在不依不饶："要是没有巧克力慕斯小蛋糕，那樱桃味儿的、草莓味儿的，都行！红红的……"

她的眼神游移不定，却最终聚焦在陆知衡脸上，凑得越来越近。

"呀！有个好看的人在看我！"

陈一糯伸出手去，摸摸陆知衡的脸。陆知衡只觉得被她触碰的地方有点痒。她的手分明是冰凉的，可所过之处尽是炙热。

陈一糯的手滑过陆知衡的眉骨，一路滑下，最后变成捧着他脸颊的姿势，左手轻轻一捏。

天寿了，小职员竟然捏大老板的脸！陆知衡内心是崩溃的，他已经瞬间想出了一百种办法，让陈一糯把今天欠他的都还回来！

陈一糯可不知道陆总的内心戏。她只觉得眼前的这张脸怎么这么好看？眼窝深邃、鼻梁高挺、嘴巴……红红的……

"找到啦！红红的草莓，小蛋糕……唔……"

她张口就咬上了她的"草莓小蛋糕"。

陈一糯像是饿了，非要把"草莓小蛋糕"吃到嘴里。

陆知衡本来还分神想着影视公司的事，被她突如其来地吻住双唇，大脑一片空白。

第六章

陆知衡第一次产生了这种感觉。

好像周围的一切都失控了，他自己也未能幸免。他仿佛踩在云端，唇上柔软的触感包裹着他，像弹性十足的果冻，只是带着陈一糯的温度。

全身血液往大脑回流，陆知衡下意识地回吻住了她。他被陈一糯捧着脸颊，可谓失尽先机。

陆知衡加深了这个吻。他有力的胳臂绕过陈一糯纤细的腰肢，紧紧揽住她的背部，而后一个利落的转身，将陈一糯整个人压在墙角。

女子睁开眼，全然不清楚此时的境地，只甜甜一笑："软软的，好吃。"

陆知衡顿时理智全失。

他猛地低头，用双唇将女子甜软的尾音堵住了。起先还带着犹豫和试探，脑海里尚且天人交战，但这喝醉的女人竟然……轻轻舔了一下他的嘴唇。

陆知衡血气上涌，右手将女子拥得更紧。唇舌炽热，脑海中仅存的理智在双唇的摩挲间消失殆尽，只剩下狂风骤雨般的掠夺。

陈一糯全身无力，整个人都软软地倚在陆知衡身上，自然无力应对这样的攻势。嘴里呜呜地叫了几声："大资本家要吃人，呜呜呜……"

陆知衡无暇思考，欲罢不能，只想把这个吻加深，再加深。

电梯门开合几次，停在了30层。电梯里的二人却保持着这个姿势，稍显凌乱的呼吸声交融在彼此耳畔。

直到陆知衡的手机铃声响起。

逼仄的电梯间里，那串悠扬的钢琴曲惊醒了陆知衡。

他回过神来，终于反应过来方才发生了什么。

他强行定了心神，第一眼便去看怀里的陈一糯。

这一吻之下，陈一糯酡红的双颊更添几分绯色，嘴唇润润软软的，是鲜嫩的水红色，稍有些肿。

陆知衡喉头一动，好不容易恢复理智，艰难地把陈一糯扶出了电梯。手机铃声不停地响着，陆总让陈一糯倚在自己身上站稳了，一边摸出手机来。

刘秘书的声音瑟瑟发抖："董事长，方便吗？"

陆知衡只觉得自己的反应慢了很多，他酝酿了半天，却找不到平时雷厉风行的语气来，只道："怎么了？"

刘秘书："您的车上有一部手机，可能是陈小姐的。"

陆知衡这才想起来这件事。送陈一糯来的路上，她手机不小心掉在了座椅缝隙里，自己当时心里憋着气，没让她捡。

他交代了一句："送到世纪酒店就行。"而后犹豫片刻，还是道，"顺便看看路上有没有卖巧克力慕斯蛋糕的，一起拿过来。"

一边的陈一糯一听到小蛋糕，瞬间就来了精神，踉跄几步："我不要巧克力！还是草莓的好吃，要那种软软的、红红的，就刚才那种……"

陆知衡眼疾手快扶住她，一听她这话，脸又热了，赶紧交代了几句，匆匆挂了电话。

倒是电话那边的刘秘书愁得不行。"刚才那种？"这么说，世纪酒店附近就有卖的？大晚上的，刘秘书开车载着崔言，跑遍了方圆三千米，也没能找到陈一糯说的那种草莓小蛋糕……副驾驶坐的崔言倒是心态很好，一路和刘秘书闲聊着。

刘秘书一脸歉意："崔总，董事长让我去买草莓小蛋糕。要不，我现在安排个司机先送您回去？"

崔言摆了摆手："没事，你把我放到前面陆氏影业吧。"

他和陆知衡认识的时间太久，对于好兄弟的反常心知肚明。陆知衡 27 岁的年纪，一次恋爱都没谈过，家里可谓是操碎了心，还曾经怀疑陆知衡和崔言两人是同性恋。

眼下，好兄弟好像忽然开窍了，而且进展绝对称得上非常顺利。

崔言倚着座椅靠背："陈小姐来集团多久了？"

刘秘书不假思索："快三个月了。陈小姐是 B 市大学计算机专业毕业的，今年的应届生。"

崔言点了点头，刚准备让人查一查，却想到，若是陆知衡真的动了心，自然自己会去查，他哑然失笑。

陆氏影业就在前面，过一个信号灯就到了。刘秘书顺口问道："这么晚了，影视分公司还有人在加班？"

崔言一抬头，整个大楼都熄了灯，只有十层的一间房还灯火通明。

崔言了然一笑，轻声道："有人的。"

在夜风微凉的夜里，灯火通明的不仅有陆氏影业十楼的录音棚，还有世纪酒店 30 层。

陆知衡费了九牛二虎之力，才把不听话的陈一糯扶到 3003 门口。一路上，他告诫了自己无数次，不能和喝醉的人一般见识。但平时柔柔弱弱、不小心凶一句就红眼睛的陈一糯，今天晚上脾气格外犟。

两人在 3003 门口僵持了 5 分钟，陈一糯就是不进去。

陆知衡好话说尽，没想到陈一糯像个小战士，咬定青山，认定了面前的房间就是龙潭虎穴，坚决不动步子。

陆知衡深呼吸一口气，做最后的确认："你确定不进去？"

陈一糯坚决地点了点头。

陆知衡刷了房卡，一脚抵住房门，冲陈一糯招了招手："你过来。"

等到迷迷糊糊的小醉鬼晃晃悠悠地进入了陆总的领地，陆知衡一只手揽着她的后背，另一只手直接抄在她膝弯之处，将她整个人打横抱起。

陆知衡一脚把房门踢开，抱着陈一糯大步走进去。怀里的小人儿瞪圆了眼睛，倒没有惊慌失措，也不乱动，只乖乖地窝着。

陆知衡将人放在床上。房间里的空调送着暖风，陈一糯很快就沁出了薄薄一层汗，一只手扯着衣服。

　　陆知衡哪里伺候过醉酒的人？这会儿手足无措，百度了一下"如何照顾醉酒的女人"，才知道去接盆热水，再把垃圾桶挪得近一点，以防陈一糯忽然想吐。做完了这些，陆知衡干脆给酒店礼宾部打了个电话，让他们送点柠檬蜂蜜水上来，还有解酒茶，最后交代，最好派个女服务生。

　　等到女服务生给陈一糯换完衣服，陆知衡才神态自若地从洗手间里走出来。这间套房的洗手间玻璃是磨砂的，隔着模模糊糊的玻璃，可以看得见影影绰绰的人影。陈一糯平躺在床上，女服务生轻柔地扶她坐起来，然后缓缓拉开身后的拉链……

　　陆知衡大脑一热，赶紧转过头去，不再看房间另一端的场景。

　　服务生给陈一糯换好了衣服，关门离去。陆知衡塞了张小费给她，回到房间时，便看到陈一糯正盘腿坐在床上，一副开心的样子。

　　陆知衡倒了杯醒酒茶，打算看陈一糯睡下，自己也去隔壁房间歇息。

　　陈一糯乖乖喝了一口，苦着脸小声控诉："难喝……"

　　陆知衡现学现用，拍拍她的发顶："陈一糯小朋友最棒，喝药最快了，是不是？"

　　陈一糯点了点头，一口就把醒酒茶干了，然后仔细叮嘱陆知衡："你快走，等会儿大资本家就要来啦。"

　　陆知衡顺手把喝完的茶杯放在五斗柜上，问："大资本家怎么了？"

　　"大资本家会吸血！还会吃人，可痛了。"

　　陆总："痛吗？"

　　陈一糯舔了舔嘴唇："还行。可是我不想被吃，我也想要吃人。"

　　她折腾了一晚上，此时已经显出疲态。陆知衡把她挪到被窝里，仔细把被角掖好："快睡吧，睡饱了明天才有力气吃人。"

　　这一个晚上发生的事，让陆知衡头大如斗。他现在还没理顺事情的脉络，只觉得整件事情在向着自己控制不了的方向越走越远。

　　他垂下眼，凝视着缩在被窝里，只露出一张小脸的陈一糯。女子本来闭上了眼睛，睫毛垂下来，此时却忽然咯咯地笑出声，眼睛睁开，弯如新月。

"你偷看我!"陈一糯声讨道。

陆知衡的耳朵尖都红了,脸上倒是淡定:"我没有,你快睡。"

陈一糯又慢吞吞地往被子里陷得更深一些:"那你过来,我有个秘密要告诉你,最后一个。"

陆知衡依言凑了过去。

笑意盈盈的陈一糯一抬手,便勾住了他的脖子,在他耳边轻声道:"其实,大资本家可好吃啦!"紧接着,玉齿珠唇如一片悠然垂落的云絮,再度印上了陆知衡的双唇。

清晨的阳光从窗帘缝隙间透了过来。

身边的人翻了个身,一条纤细的胳膊懒洋洋地搭上了陆知衡的腰。

陆知衡睡眠一向很浅,这会儿清醒过来,第一眼便是瞥向床头柜上的时钟。

11:43。

他摸出手机,满屏的未读消息,打开最近的一条,是刘秘书发来的。

"董事长,我已经让丁副总带总部员工先返回B市了。您方便时联系我。"

他忽然想起,今天本该上午10点的飞机回去,而自己竟然毫无意识地睡到中午,误了飞机。

不对,他好像忘了什么……

一瞬间,陆知衡全身紧绷,微微侧头往身边一看。

——女子睡容香甜,小嘴微张,一呼一吸极为均匀。阳光映在她的脸上,连细小的绒毛都看得清。

不会吧……陆知衡赶紧拉开被子,看到自己穿着衬衫和西裤,才松了一口气。还好意志坚定,没被这个喝醉了酒的小疯子给……

昨天这个小醉鬼折腾了整整一夜,一会儿要吃巧克力慕斯小蛋糕,一会儿要吃草莓味儿的,最后又点名要吃大资本家。

陆知衡想做君子,坐怀不乱,奈何身不由己。

他万万没想到,平时看上去文文弱弱的陈一糯,一喝醉酒竟然有如此大的破坏力,把自己的心境也悉数打乱。

我该拿你怎么办?

陆知衡起身，一边打电话给客房服务来熨衣服，一边陷入了沉思。

昨夜，他着实被陈一糯勾起了心头火，屡次克制不住，差点便要擦枪走火，若非关键时刻刘秘书来敲门送手机，只怕……

客房服务来敲门。陆知衡怕吵醒陈一糯，示意到另一个房间去熨烫衣服。他和衣坐在另一个房间的沙发上，心乱如麻。

陈一糯昨天喝醉了，她说的话是真心话吗？还算数吗？她若是想不起来了，不承认呢？

只是，虽然两次亲吻都是陈一糯主动，可最后把人按在床上亲得气喘吁吁的可是自己……陆知衡觉得自己简直是禽兽，此时又矫情得不行。

如果那个人是陈一糯的话，试一试也不是不可以。

前提是她要听话，要很乖，只要安心窝着就好，偶尔张牙舞爪一下也不是不可以。

那么，等会儿该怎么和她说？

陈一糯，既然你昨天亲了我，那我也要对你负责？

太没气势了。陆总摇摇头，穿上熨烫整齐的衬衫西裤，等着西装外套熨好的时候，顺手开始处理起工作。

未读消息第二条是崔言发过来的，不用点开就知道是调侃的话，陆知衡直接略过。第三条是丁洁上午发来的，问自己怎么没在机场……第四条，是技术部的李经理发来的，信息很简单："董事长，您要的信息我已发送至您的邮箱，请查收。"

陆知衡用手机刷新邮箱信件，很快便接了这封新邮件。

他终于想起他给李经理安排的任务。

彼时，他正被《御剑江湖》里的"糯米粽子"追杀，严重影响了游戏体验。崔言提议让他直接调出这个人的注册信息。

可陆知衡总觉得这样做有点太刻意。他特意把《御剑江湖》排行榜前十名的ID都记了下来，以排查游戏外挂嫌疑为由，让技术部的经理去调注册信息。还特意叮嘱，不急，忙完日常工作再查便可。

"糯米粽子"的名字混在其中，一点也不明显。

此时，陆知衡只觉得心跳得越来越快。酒店的网速一般，加载每一张图片都需要几秒的时间。

第一张，第二张……

陆知衡的手指飞快地在屏幕上划过，一张张加载或是未加载完毕的照片被他看也不看地划过去。第六张，就是这张。

让我看看，你到底是个什么样的人。在游戏里刻薄、残忍，以一己之力肆意破坏游戏平衡。

代表着"正在加载"的灰色小圆圈不知疲倦地旋转着，而后，毫无预兆地在陆知衡眼前显示出来。

游戏名称：糯米粽子。

真实姓名：陈一糯。

陆知衡如遭电击。

他不敢相信地往下一滑，整个身份证的扫描照片便呈现在他眼前。

这张身份证，曾经躺在他办公室抽屉里整整两个月时间，他绝不会认错。

"没想到，其貌不扬还能说动别人替你顶包。"

那时自己随意将这张身份证扣在办公室的茶几上，全然没有想到会有其后这么多的纠葛。

他实在难以接受如此戏剧性的安排。手机屏幕上，那张照片被放大，再放大，女孩的嘴角还带着一丝他熟悉的笑意，这嘴唇，就在昨夜，还曾被他狂风骤雨般采撷。

陆知衡深吸一口气，冷静地按下了锁屏键。

陈一糯就是"糯米粽子"。

"糯米粽子"就是陈一糯。

这怎么可能？"糯米粽子"在游戏里带着整个帮派的人追杀他，在游戏世界里一呼百应地辱骂他，还对他的操作大加讽刺。在他的预想中，一定是个尖酸刻薄、陷在游戏里难以自拔的人。

而陈一糯，安静、温暖，有时候又有点笨。

她们竟然是一个人，也就是说……

陈一糯并不总是这样的。

她并不总是安静、温暖，很多时候都刻薄、睚眦必报。她在他面前迷糊得像只迷途的小羊羔，在游戏里却是一呼百应的大姐大。

陆知衡只觉得荒诞。

怪不得自己要削弱剑客时陈一糯的反应那么大。

自己还以为，她真是为了什么"游戏公平性"。原来，不过是因为损害了她的利益罢了。

陈一糯，你究竟是一个怎样的人？

陆知衡大脑之中一团乱麻。他想像从前那样，理出清晰的逻辑，可他第一次发现，自己竟然做不到了。

他靠着沙发，身心都疲惫异常。

不知过了多久，早已暗下去的手机屏幕重新亮起，手机在掌中震动着。

陆知衡将手机举到眼前，却看不清名字。只好再近一些——丁洁。

他凝视屏幕良久，缓缓按下接听按钮，一出口，声音都带着几分哑。

"怎么了？"

丁副总闻声一惊，半晌没有说话。不过她和陆知衡待得久了，早已习惯了陆知衡的相处模式，一切都以工作为中心。

"陆总，"丁洁所在的飞机刚刚降落，还在滑行阶段。"我们现在已经回去了，所有人员都齐了，除了测试部的陈一糯。"

她语气无他，一切都是公事公办的口吻，可唯有丁洁自己才知道，那尾字带有小心翼翼地试探。

再一次听到这个名字，陆知衡眉头下意识地一皱，头又疼了起来。他随意应了句"嗯"，便不再说话。

丁洁听出他心情不佳，内心惊异起来。

她早晨得到消息，昨夜陆总是和陈一糯一起走的。丁洁瞬间便觉得事态不对，自己昨天灌了陈一糯的酒，只怕还起了反作用。

直到上午在T市机场，准备返程时，陆总和陈一糯双双缺席，丁洁更有预感，便发了信息给陆总试探一下，却没有得到回应。

她本以为陈一糯一定上位成功了，可是这一通电话，陆总分明心情不好。

说不定——陈一糯把事情搞砸了。

虽然没有猜到真正的故事，不过这并不重要，重要的是，丁洁知道，在什么样的时机就要说什么样的话。

丁副总心跳如鼓。

她第一次脱离工作的范畴，带着私心问了一句："陆总心情不好？"

陆知衡没有说话。

丁洁坐在头等舱座椅里，飞机停稳，廊桥安置完毕，乘务员示意她可以准备下机。

丁洁一动不动，她的目光从飞机舷窗向外看去。

她终于看到了自己真正想要的东西。

"昨天同事们都还挺高兴的，王副总和设计部的徐总监一直喝到最后，一直拉着我说技术的事。"

陆知衡应了一句："嗯，王副总很敬业。其他人今天状态如何？"

丁洁道："大家昨晚都喝了不少，今天早晨还是我和财务部的小高一个一个叫起来的。"

陆知衡道："辛苦你了。"

丁洁终于将话题引到此处。

她不想对陆知衡说谎，不过眼下的时机千载难得。她只短暂犹豫了一瞬，便不经意开口道："应该的。说起来，也不知小陈昨天怎么醉成那样。平时部门聚餐看她还挺能喝的，"电话那边的人呼吸一紧，丁洁知道自己摸准了命门，咬牙再补充了一句，"六七瓶啤酒都没事。"

陆知衡保持着拿手机的姿势，露出个笑来，喃声道："是吗？"

仿佛忽然有一场瓢泼大雨，浇得人身心俱凉，陡然清醒。

陆知衡连自己什么时候挂断的电话都不知道，只觉得此时冷静异常。他内心一种被欺骗的感觉油然而生，经久不散。

原来都是假的。

所有的一切，都在你的算计之中吗？自己那彻夜的纠结和艰难的抉择，此时仿佛莫大的笑话一般，让陆知衡忍不住想笑。

自己刚刚竟然还想，如果她愿意，两个人可以在一起试一试。

何其可笑。

他全然不知怎样整理自己的心情，这不过是一个再普通不过的夜晚罢了，可自己的心境却是天翻地覆。

前半夜是绮梦，后半夜是噩梦。

陆知衡拨通刘秘书的电话，语气急促，惜字如金地让他派车来接。另外定出最早回 B 市的机票，现在就前往机场。

刘秘书斟酌着语气，问："那……陈小姐呢？"

陆知衡漠然道："我记得陈一糯只是个普通员工而已。你作为董事长特助，也要尊称她吗？"

刘秘书全然不知道大老板又犯了什么病。他昨晚敲门送手机的时候，大老板可是恶狠狠地剜了他一眼，脸上印着隐隐约约的口红印，身上衬衫也凌乱得崩了扣子，一副狼狈之态。

一夜过去，怎么就变天了？

变天的董事长毫不留情："她自己睡过了飞机时间，不用管她。"

说话间，刘秘书留在世纪酒店的车便已就位。陆知衡拎起外套，关上房门，便要下楼。

经过客厅的时候，陆知衡脚步一顿，到底还想进去看一眼。

他也确实这么做了。

鬼使神差地，他轻轻推开卧室的房门。洁白的被子里，女子陷在其中，一条腿明晃晃地露着。她睡得正甜，眉头舒展着，嘴角还带着一丝笑意，似乎正在做什么美梦。

陆知衡心里有些堵。

你若一直是这样那该多好。可惜，这一切都只是你的伪装而已。

他勾了勾嘴角，毫不犹豫地回头，关上房门，径自下楼。似乎将一夜间所有的绮念尽数抛下，又重新变成那个淡薄于情的陆董事长。

陈一糯醒来时已经是下午两点。

她昨天直接喝到断片儿，完全不记得任何事情，所有的记忆只停在了在世纪酒店大堂睡着的时候。

她一睁眼就在陌生的房间里，瞬间便清醒过来，一个激灵拥着被子坐了起来。身上的衣服换过了，她有些慌。

身边的枕头……有人睡过的痕迹。

她左顾右盼，通过床头柜上的酒店图鉴才确定自己的位置，世纪酒店。床头柜上还有她的手机。

她记得，昨天晚上自己的手机落在陆知衡车上了，怎么会出现在这里？难道是陆总？

一提起陆总，她心里颇为感伤。昨夜在他车里时，自己口不择言，直接说不喜欢他这个类型的。陆总也说，回集团之后，会严肃整顿类似的传言。恐怕以后，自己和他的生活再难产生交集了吧。

她把手机打开机。一瞬间，未读消息跳了满屏。有阿桃问她怎么没回酒店的，也有今天早上同事问她怎么没去机场。

等等，机场？

陈一糯不敢相信地看了一眼日期。天，今天是回 B 市的日子，她貌似应该坐上午 10 点的飞机回去的。

接着便是刘秘书的消息，说的是："小陈，在机场没见你，是误机了吗？你的行李箱我已让人带回，你醒后直接定最早飞机回去。公司可报销机票。"

陈一糯不知道，最后这句话是陆知衡纠结了半天才让加上的，就连陆知衡自己都不知道到底是什么心理。

陈一糯赶紧叫了辆车，飞速前往机场。路上还幸运地抢到了最后一张下午 4 点的机票。

她压着最后时间取登机牌、过安检，然后直奔登机口。

终于赶上了！还好她没有托运行李。

她气喘吁吁地登了机，乘务员宣布旅客登机完毕，舱门即将关闭。

陈一糯拢了拢头发，一路往机舱内走去。

只是，她一只脚刚刚踏入头等舱的范围，就在第一排靠窗一侧，看到了一张熟悉的脸。

是陆知衡和刘秘书。

刘秘书看到她登机很是惊讶，陆知衡却只是不带情绪地看了她一眼，而后直接转过头去。

陈一糯尴尬道："陆总，刘哥，你们也误机了？"

刘秘书还摸不准这两人的关系，不敢多说。倒是陆知衡，不着痕迹地打量了陈一糯一番。

果然又是这样，在我面前永远做出一副礼貌的样子。

陆知衡从鼻子里"哼"了一声，一言不发。刘秘书只得出来打圆场："小陈，快去座位上坐吧，飞机马上起飞了。"

陆知衡这样冷淡的反应，让陈一糯觉得有点委屈。

可是，是自己说的和他没有任何关系。陆总现在这样做，不正是遂了她的意？陈一糯点了点头，收起眼中的委屈，那水雾却迅速凝结成霜。

陆知衡喉头一动却没有说话，只沉默地看着陈一糯穿过头等舱，一步步走向经济舱的座位。

他心情不佳，刘秘书自然也能感觉出来。

乘务员来倒水时，询问陆总要喝什么，后者情绪不佳地看着这期的《经济学人》杂志，头往左一偏，揉了揉太阳穴。

刘秘书一脸懵，乘务员尴尬地又问了一次："请问陆先生想喝点什么？"

陆知衡瞥了一眼刘秘书，开了尊口："绿茶。谢谢。"一边斜睨了刘秘书一眼，"这要是……在，还用我多说。"

刘秘书心里苦。

大老板不知道在哪儿吃了一肚子气，转头全发泄到自己身上了。不过，难道那陈一糯真有这么大本事，看一个眼神就知道老板要喝什么？

他还没想明白，手机便一阵震动，是陈一糯发来的微信。

"刘哥，陆总如果要喝饮品，给他要绿茶就行。他昨天喝了酒，今天又看材料肯定头疼，不喝咖啡。"

刘秘书捧着手机，只觉得自己这个秘书应该让给陈一糯来做。而陆知衡早就注意到刘秘书神色不对，居高临下瞥了一眼刘秘书的手机屏幕，只看到隐隐约约的发件人名字。

"拿来我看。"陆总伸出手。

刘秘书乖乖将手机上缴。

陆知衡一眼便扫过了这两句话，刘秘书倒是趁机说了两句好话，谁知道陆总完全听不进去，冷笑一声，便把手机推回去了。

真是处心积虑。

他还来不及在心里展开新一轮的批判，便听见后面经济舱传来一阵喧哗。那一阵阵的人声越来越大，还有人跑前跑后的声音。

正潜心看杂志的陆总皱了皱眉，顺手拿出耳机准备塞上耳朵，此时一个乘务员的声音传入耳畔。

"快拿医疗箱过来，有个女生晕倒了！"

陆知衡猛然站了起来，一手把杂志推到刘秘书身上，直接拦住了一位乘务员："晕倒的是什么人？"

乘务员迅速回道："是个二十几岁的女生。"

陆知衡迈开长腿，直接跨到过道上："我的秘书学医，我们去看看。"

他不加思索，分开拥挤的人群，在狭窄的过道艰难前行。人声鼎沸之处，似乎一群人围住了一个女孩，他正要突围进人群，却听身后一道清丽的女声，带着他熟悉的尾音。

"陆总？"

第七章

"陆总？"

那一道熟悉的女声，让陆知衡不由自主地回过头去。陈一糯蓬蓬松松地扎了个马尾，素面朝天，正一脸诧异地看着他和刘秘书。

晕倒的人不是她。

陆知衡看看她的脸，再看看被一群人围住的案发现场，瞬间松了一口气。只是这口气刚松下来，他又为自己的冲动而后悔。

明明乘务员只说晕倒的是个二十几岁的女生，自己怎么就能先入为主地认为是陈一糯呢？再说了，自己明明已经姿态足够高冷地与她一刀两断了，这样一来，岂不是前功尽弃？

他刚想放几句狠话，却不由自主地瞥了一眼陈一糯水红的樱唇。饱满弹润，稍有些肿。

陆总耳朵尖一红，"哼"了一声，假意对身边的乘务员说："我的秘书是学医出身，我让他来看看。"话音刚落，一个错身把满脸错愕的刘秘书让到前面，"去吧，看完赶紧回来。"

说完，大步流星地回了头等舱。

陆知衡最擅长的就是自己一个人生闷气。若晕倒的人是陈一糯，他生气；

若不是，他也生气。他也不知道自己是怎么了，这点小事就喜怒形于色。

生闷气的陆总杀伤力更强。坐在飞机上，一会儿要薄毯睡觉，一会儿要iPad查资料，一会儿要戴眼罩闭目养神，可惜身边的刘秘书完全揣测不到他的意思，让陆总更为恼火，却又发不出脾气。

陆知衡自己和自己较狠劲。昨天她真的都是装出来的？被欺骗的感觉让他拒绝思考这件事，可越不去想，那些细节越是在脑海里肆意流窜滋长。

刘秘书垂下头，生怕自己看到什么不该看的东西。在他身侧，陆董事长淡定地看《华尔街日报》，耳朵却红得如同要烧起来。

无论如何，欺骗都是不能被原谅的。

不过，陈一糯就算假装喝醉了酒，那也只能说明她觊觎自己罢了。这实在是一件很正常的事情。陆知衡对这种行为虽然气愤，但也理解，甚至内心还有点小窃喜。

他真正迈不过来的坎，是陈一糯"糯米粽子"的身份。

好啊，竟然就是你在游戏里骂我是帕金森患者。在真正决定怎样处置陈一糯之前，陆总决定坚决不和她有任何接触，以免被她的超高演技再度动摇内心。

回到B市后，整个陆氏集团都流传着陈一糯失宠的传言，而且，这个传言是从上面传下来的。

陆知衡坚决贯彻落实"不和陈一糯产生任何接触"的方针，为了避免自己看到她就心软，他已经毅然决然地卸载了《御剑江湖》，让刘秘书把陈一糯的所有报告都收了起来，以及再也不去员工食堂吃饭了。

潜心工作几天之后，陆总便习惯了这样的节奏。再加上，测试部现在由丁副总分管。丁洁刚阴了陈一糯这一次，是决不允许任何有关于陈一糯的消息上报到28层的。

甚至，就连陆总之前交给陈一糯写的T市团建报告，都被丁洁分配给测试部的赵主管来做。

28层董事长办公室，陆知衡正看着崔言刚发过来的陆氏影业分公司年度投资报告，内线电话便响起。

"董事长，测试部来送《T市团建报告》了。"

测试部……

这个他回避了一周的名字，此时忽然回荡在耳边，令陆知衡蓦然生出恍若隔世的感觉。

他本来正在快速地浏览资料，听到"测试部"三个字，眼神一凝，一言不发。刘秘书又说了一次，陆总才整理好自己的心情，深呼吸一口气道："请她进来。"

他伸出手，关掉了面前电脑屏幕的显示器。黑色的显示器屏幕在日光的反射下，成了最好的镜子。陆知衡对着屏幕整理发型，又仔仔细细捋了捋本就没有褶皱的衬衫领口。

董事长办公室的门被轻轻叩响。

陆知衡心里忽然有点慌，他清了清嗓子，低声道："进来。"

门缓缓推开，一个人影出现在门口。

不是她。

陆知衡说不上是庆幸还是失望。他很快就调整好了自己的状态，依旧是平日里疏离寡淡的样子。

进来的是测试部的赵主管。三十来岁的男人，戴着黑框眼镜。赵主管和陆知衡问了声好，把报告递了上去。

陆总信手翻了两下，还是熟悉的格式和措辞，只是，在最后一页署名上，只有赵主管的名字。

陆知衡眯了眯眼睛："这是你写的？"

赵主管来"面圣"之前已经被丁副总耳提面命一番，眼下在董事长这迫人的目光注视下，双腿打战，却还是坚持把丁副总教他的说出了口。

"嗯，是我写的。"

陆总扯了扯嘴角，将那报告拿在手里，信口点了一段："关于影视公司视察这部分，我不是说了不要写吗？怎么又加上了？"

赵主管眼珠一转，反应很快："当时写的时候忘记了。董事长，我现在就拿回去改，把影视公司的部分删掉。"

陆总嘴角噙着一丝笑，眼中却尽是寒意。他甩手就将厚厚一沓材料直接扔在地上，不轻不重的一声，惊得赵主管全身一耸。

陆知衡："你好好看看。"

赵主管吓得赶紧捡起材料，翻了半天，也没翻到有关于影视公司的部分。

他只觉得一盆凉水从头浇下，陆总的声音适时传来："你说这是你写的？那为什么你连材料里有没有关于影视公司的记录都不知道？"

赵主管这时候还想着丁副总承诺的升职加薪，依然狡辩："这段是其他同事写的，我……"

陆知衡怒极反笑："好，陆氏集团竟然出了这样的员工，我倒要看看是哪根'上梁'歪了。刘秘书，让丁洁现在过来。"

陆总本不知道此事是丁洁授意，只是测试部如今是在丁洁的管辖之下，出了这样的事，应该告知丁洁。

可赵主管以为董事长已经知道了事情的经过，一时又惊又怕："董事长，都是丁副总让我这样说的……"接着，便将事情原委一一说来。

陆知衡面色紧绷。

他虽然早知丁洁对陈一糯颇为不喜，可丁洁在他印象里一向是识大体的下属。这次，竟然把媚上欺下的那一套带到了测试部，让陆知衡心情极差。

丁洁那天的那通电话再度回荡在他耳边，"平时部门聚餐看她还挺能喝的……六七瓶啤酒都没事……"

陆知衡眼神一凝。

现在仔细想来，起先自己不过是气陈一糯那"糯米粽子"的身份，真正的怒火正是被丁洁这一句话点燃的。

如若丁洁真的是刻意为之……

陈一糯，我该拿你怎么办。

陆知衡一想到这个名字，脑海里便是那天喝得醉醺醺的小酒鬼，在封闭的电梯间轻柔地吻上他的唇；在世纪酒店房间里，用双臂环住他的腰际；当然，还有那封邮件里触目惊心的名字。

游戏名称：糯米粽子。

真实姓名：陈一糯。

陆知衡打发了赵主管，一个人坐在老板椅上。他一回身，便能透过明净的落地窗，在日光缤纷下俯视这个城市的车水马龙。

他叹了一口气，在手机上拨出崔言的号码。

两天后。

B市某私人会所。

崔言一副风尘仆仆的样子，头上的黄毛都蔫了几分，正狼吞虎咽地吃着云吞面。面前一桌菜色香味俱全，崔言吃得连说话的工夫都没有了。

陆知衡最见不得崔言这副样子，自己抱着胳膊如高岭之花般坐在一边，一言不发。直到崔言吃了三分饱，让服务生继续上菜的空隙，才问了一句："你怎么了？几天没吃饭？"

崔言的嘴没闲着，恶狠狠地往嘴里塞了个鲜虾烧卖，烫得直哈气。好容易咽了下去，才说："你不知道，我的健身教练简直是恶魔。每天就让我吃点鸡胸肉、牛油果什么的，我上次吃有油的菜还是在世纪酒店晚宴上！"

陆知衡一脸看外星人的表情，上下打量崔言："你怎么忽然想起来健身了，受什么刺激了？"

崔言一口吞掉虾饺皇，满足地打了个嗝，眉飞色舞："还不是四个月之后的金花电影节？这次主办方安排我和程深一起走红毯，让我带带他的人气。你可不知道，那个程深简直就是衣服架子，我往他旁边一站，唉……"

恰逢服务生来上菜，二人默契地同时止住了话题。直到服务生摆好菜出了包厢，陆知衡才道："我看你挺乐在其中的。"

崔言一副不想多说的样子。

陆知衡找他来，本来也不是想听他"程深长""程深短"的。他沉吟一番，问出了自己的问题："如果你被很重要的人欺骗了，你会怎么做？"

崔言埋头吃菜，含糊一句："那要看是怎么欺骗的。"

陆知衡艰难地说道："比如……她其实在你面前都是装出来的？在其他地方完全不是这样。"

崔言咽下三根四季豆，满不在乎："陈一糯本来也不是那种小绵羊。"

陆知衡装出满脸疑问样，打死不认账："谁说是陈一糯了？我就是随便问问，你不知道就算了……"

他的解释并没有被崔言放在心里。崔言幸灾乐祸地给自己盛了一碗龙虾粥，道："怎么，小绵羊变母狮子了？"

不得不说，崔言的概括极为准确。原本的陈一糯在陆知衡心里，就是那种单纯的、偶尔被欺负了只会伸伸蹄子的小绵羊。可"糯米粽子"简直是《御剑江湖》里的女霸王，一呼之下带领全服一起针对自己，完全是霸凌行为！

陆知衡羞于提起这些伤心往事。崔言吃饱喝足，满足地打了个嗝："不是，你把我大老远从 T 市叫过来，就是为了这点事？我还以为是秦夕的事。"

秦夕是《御剑江湖》的代言人，如今正当红的优质偶像。

陆知衡一听这名字，略蹙了眉，问："秦夕怎么了？"

崔言撇嘴道："《问道》本想邀请他来演个角色，扛一扛票房，免得程深真给演糊了。没想到，秦夕直接给我推了。"

陆知衡"哦"了一声："你让著名演员给程深作配角，他怎么可能答应？"

崔言喝了口茶，龇牙道："哪里是'作配角'？我是想他来演江逆。多出彩的角色……再说，若不是当年我赌上身家性命投资的《炎黄》，他怎么可能翻身？我可是一直把他当兄弟。"

他想起那天和秦夕的电话。

崔言还是那副吊儿郎当的口吻："兄弟要拍部新戏，捧捧公司的小新人。著名演员来给我撑个场子啊！"

他从未想过秦夕会拒绝。分明还是熟悉的温润音色，秦夕语气里却有几分异样的洒脱，他朗声道："不了，这次真是不好意思，不打算接戏了。"

崔言一愣，满脸不相信："真的假的？"他被拒绝，正有些错愕，随口揶揄一句，"不给面儿啊，这么不愿意赏光。"

秦夕的声音淡然，一字一句："就怕不是赏光，而是拖累了。"

陆知衡犹如高岭之花一般端坐，恢复了往日的淡定："其实我这次叫你来，还有另一件事。"

崔言抬了抬眉。

陆知衡平静如水地说出了让自己失眠好几天的消息。

"你还记得之前那个游戏里追杀我的'糯米粽子'吗？那个人就是陈一糯。"

本来无比淡定的崔言眉毛一挑，几乎要从座位上跳起来："什么？就是那个骂你得了帕金森和小儿麻痹症的'糯米粽子'？"

陆知衡委屈地点点头，只觉得悲从中来："不仅如此，她的帮派还天天追杀我。只要我超过 80 级，就会被她的人'杀'下去……代练都快撂挑子了。"

崔言只觉得，这个世界太神奇了。

只是他的感情经历比陆知衡丰富一些，敏感地察觉到了不对："所以，这件事情你是怎么处理的？"

陆知衡骄傲地抽了抽嘴角："我当然没理她。"

崔言扶额："你是说，自从你知道这件事之后，就没和陈一糯说过话？"

陆知衡淡定地点了点头。

崔言从满桌吃食里抬起头，语重心长道："你这样也解决不了问题。我理解你的想法，你是不是认为，陈一糯在你面前的乖巧可爱都是装出来的？游戏里的才是她真实的一面？"

陆知衡沉吟片刻："虽然不是很准确，但勉强可以这样理解。"

崔言："既然如此，你不妨在游戏里换一个身份接触她，看看她到底是什么样的人？"

陆知衡微微抬起下颌，示意崔言说下去。

"你想要知道真正的陈一糯是什么样子，便要进入她的好友圈，加入她的帮派，成为她的好友，让她在你面前丝毫不设防。她若真是网络霸凌、尖酸刻薄的人，你便彻底离她远点，若不是……"

陆知衡摇了摇头。

怎么可能不是？明明就是她每天说自己技术垃圾，放在幼儿园里肯定抢不到玩具。自己以前明明是幼儿园一霸，想要的玩具都有人双手奉上的。

陆知衡完全忽视了自己从小上的是贵族幼儿园，整个幼儿园十几个老师围着他转的事实，坚定地点了点头。

陈一糯，"糯米粽子"，就让我来揭穿你的真面目吧。

陆知衡最近很忙。

忙着《问道》的选角，忙着搞定秦夕，也忙着……在游戏里做间谍。

为了打入"糯米粽子"的好友圈，陆知衡很快就申请了一个游戏账号。随手选了唯一熟悉的"医师"角色，至于游戏角色的名字，他早就想好了。

就叫——"我是你老板"。

还没出新手村，陆知衡就直接在添加好友的界面里一字一句输入了"糯米粽子"，然后点击了"添加好友"。

只是，一直到下班时分，"糯米粽子"都没有通过他的好友申请，头像也一直都是暗着的。

陈一糯并没有玩游戏。不是她不想玩游戏，实在是连半分的闲暇都没有——陆知衡自以为足够了解丁洁，却低估了女人的妒忌心。

自从陈一糯"失宠"的消息开始流传，丁洁接管了测试部，陈一糯就开始了脚不沾地的忙碌日常。

昨天新副本测试，同组的同事被丁副总叫走问话，本来两个人的工作只能由她一个人完成。

今天更惨，要开始测试整个《御剑江湖》里的晴雨系统。这种大工程，差不多是一组成员一周的工作量，丁副总毫不掩饰地直接调走组内的三个人，说是安排明天出差，只剩下陈一糯和一个实习生 Cindy。

两个人要在一周的时间里测试完整个晴雨系统，这是不可能的事情。

陈一糯和部门主管反映了几次，只是，这是集团副总安排的工作，主管又哪里敢置喙？

一直到昨天，丁副总在测试部会议上着重批评了陈一糯，并表示她这种工作态度，不可能通过实习期。

陈一糯诧异："可是陆总之前说让我提前转正的……"

丁副总淡淡一笑，"哦"了一声："那你倒是去和陆总说啊。"

陈一糯本就不是逆来顺受的脾气，眼看丁副总拿自己开涮，一时也有了脾气："丁副总这是逼我辞职？我没记错的话，所有员工的辞职报告，都要董事长办公室亲自签字吧。"

丁洁被她一句话顶在心头，刚想发作，又听陈一糯继续道："我不想因为这些事去烦陆总，相信您也是同样的想法。"

不出一个小时，陈一糯这番话就被原样传到了陆知衡耳中。

陆知衡对刘秘书哼了一声："这点小事也拿来烦我。"回头就通知总经办，给刘秘书这个月涨 50% 工资。

经过了上一次的交锋，陈一糯安静下来，丁副总也不刻意找她的麻烦了。毕竟丁副总还另有市场部和财务部两个部门要分管，没有时间每天盯着一个小小的陈一糯。

陈一糯终于得空上了游戏。刚一登录游戏，就被帮派"红尘"里的人团团围住，私聊消息也在不停地闪烁。

她点开私聊，大徒弟"夕阳西下"来问要不要一起打游戏。

【私聊】糯米粽子 14:31
你怎么又要寻找材料？
【私聊】夕阳西下 14:32
我马上就到 90 级了，想做一把新武器，现在还缺三个"帝王冰翠"。

"夕阳西下"是她最早收的徒弟。彼时《御剑江湖》的游戏刚刚问世，陈一糯最喜欢在浩大的世界里漫游。一夜，在观星塔上，她遇到了"夕阳西下"。

"夕阳西下"是个小和尚角色，当时还没有成长为现在的武僧。她喜欢看风景，"夕阳西下"也是。从九重观星塔，到凉州沧明河，浮生美景，江湖壮阔，就好像是真的武侠世界一般。

不知从何时起，"夕阳西下"就成了陈一糯的徒弟。两人一起打游戏、赚取经验、看风景。在陈一糯创建了"红尘"帮派之后，"夕阳西下"便是帮派的中流砥柱。

起先的一年，他似乎工作不忙，每天都有很多时间玩游戏，到后来出现的时间越来越少。

陈一糯沉吟片刻，打字道：

【私聊】糯米粽子 14:34
帝王冰翠太难出了，直接在世界频道上收购吧。

说着，她便切换到了"世界"聊天频道，在键盘上打下"收购三个帝王冰翠，有的带价格私聊我"。

还没等她反应过来，世界频道上便有一个头像跳了出来。

【世界】糯米粽子 14:35
收三个帝王冰翠，有的带价格私聊我。
【世界】我是你老板 14:35
我有！糯米粽子加我好友！

陆知衡在《御剑江湖》里守了两天，总算等到"糯米粽子"上线，可是他的好友申请依然如石沉大海，毫无回音。

陆知衡并不知道，像"糯米粽子"这种大神，好友通知都是常年关闭的……

整整两天时间，他总算等到"糯米粽子"在"世界频道"说话，此时也不管什么"帝王冰翠"，先加上好友再说。

帝王冰翠在《御剑江湖》里，是出现率非常低的一种材料。陈一糯也没料到会有人手里有 3 个帝王冰翠，赶紧他好友。

等到"糯米粽子"的头像出现在好友列表里，陆知衡才舒了一口气，熟练却紧张地打字道："你好，很高兴认识你。"

糯米粽子："价格？"

陆知衡看着这冷冰冰的两个字，只觉得内心的愤怒在燃烧。

看，他想的一点都没错，陈一糯就是这样的冷漠！不通人情！连基本的礼貌都没有！

反正这是另一个账号，他干脆不要形象了，咬牙切齿地打字："你真凶！不卖给你了！"

糯米粽子："……你好。"

陆知衡看陈一糯吃这套，不由得大为高兴，一边拿出自己枪林弹雨里修炼出的谈判技巧，开始挖坑："帝王冰翠我有，但我不能现在就卖给你。"

开玩笑，他连帝王冰翠是什么都不知道，就算是让代练去找，也总需要时间吧？眼下，他最需要做的，就是稳住"糯米粽子"，不能让她看出自己是在空手套白狼。

果然，陈一糯还是好骗的。她打了个问号，附带一句："怎么？"

【私聊】我是你老板 14:36

我可以免费送给你，只要你带我打三天游戏。

【私聊】糯米粽子 14:36

我是替我徒弟收的，那你直接联系他。

说着，便把"夕阳西下"的名片推了过来。

她竟然还有徒弟？

陆知衡后知后觉地想起来，在《御剑江湖》的世界里，不仅有师徒关系，还有夫妻关系！他颤抖着点开"糯米粽子"的个人资料面板，看了一圈，终于找到了"配偶"一栏。

配偶：无。

陆知衡大大松了一口气，顺便往后翻了翻徒弟列表。

九个徒弟名额，满满当当都是人名。每个徒弟又另有九个徒弟，那蔚为壮观的师门族谱，让陆知衡看得头皮发麻。

族谱之中，还可以显示出和每个人的好感度。陆知衡随便点开"夕阳西下"的图标，好感度竟然是 6000 多！

要知道，在《御剑江湖》的游戏设定中，两人共同进行一次副本，提升 4 点亲密度，共同刷 10 只野怪，提升 1 点亲密度。每天亲密度的最高上限是 20 点。

想要积累 6000 多亲密度，需要 300 多天，每天都一起打游戏才行。

这个"夕阳西下"一定没安好心！陆知衡已经在心里给他定下罪名，此时知道陈一糯是帮他收购帝王冰翠，更不能接受了。

【私聊】我是你老板 14:38

我改变主意了，我要做你的徒弟。

【私聊】我是你老板 14:39

只要你收我当徒弟，以后你的所有装备我都包了。

陈一糯看到这样的对话，倒也不诧异。

《御剑江湖》里经常会有这样的"金主爸爸"，水平有限，便在游戏里找厉害的人带着打游戏。

以后所有装备全包？这对她来说可是不小的吸引力，尤其是得到内部消息，剑客马上就要推出全新传奇级武器的时候。

只是……陈一糯看了看自己的徒弟列表，遗憾地打字。

【私聊】糯米粽子 14:40
可是我的徒弟位置已经满了。

"我是你老板"很快发信息过来，斩钉截铁："没关系。我可以暂时不要名分。"草率的谈判就此达成协议。

陆知衡摩拳擦掌，准备大干一场，很快就和自己的新任师父一起进了游戏。

八人组队活动：落日黄沙。

落日黄沙副本内，一望无际的沙漠在狂风的吹拂下扬起漫天黄沙。碧蓝的天空被黄沙掩映，几只飞鸟惊掠过，似乎想尽快逃离这片死地。

大漠之上，一行凌乱的脚印一直绵延到远方。陆知衡从来没亲身体验过这个活动，此时以游戏玩家的角度，不得不赞扬一句设计部的用心。

他愉快地操纵着屏幕上的"医师"，开始游戏前热身——包括齐步走、左转弯、右转弯、右后转弯等一系列高难度动作。他早早就给自己买了一身纯黑绣银龙的霸气时装，此时行走生风，颇为引人注目。

刚进游戏，"糯米粽子"便在"队伍"频道打下一句话："这个都不用指挥吧？"

众人纷纷回复："不用，随便打。"

"糯米粽子"到底不清楚自己新徒弟的底细，私聊叮嘱了一句："等会儿你给我加血就行，不用管别人。"

一分钟后。

【私聊】我是你老板 19:52
加血？是那个观音佛像的图标吗？

陈一糯觉得心头一口血就要喷出来。

她颤抖着在键盘上打字："不是……是那个下雨的图标……"

"我是你老板"："知道了。"

陈一糯忽然觉得，她徒弟对技能的认知，似乎和"第一医师"相差无几。

【私聊】糯米粽子 19:53

徒弟，你会用技能吗？不会一定告诉我。

【私聊】我是你老板 19:55

当然不会，不然我找你带做什么？

这话说得……好有道理。

陈一糯苦笑着继续打字："要不，你进队伍语音，我来指挥？"

"我是你老板"义正词严地拒绝了。

【私聊】我是你老板 19:56

不要。很丢脸。

【私聊】我是你老板 19:57

不然我们两个人开语音，你指挥我一个就行了。我不说话，就听着。

陈一糯沉吟片刻，觉得这不失为一个好办法。现在的金主，总有这样那样的怪癖。不想被队伍里的其他人知道自己的游戏短板，也再正常不过了。

很快，她就邀请了"我是你老板"进行双人语音。

语音接通，陈一糯扶着麦克风，不知为何，心里忽然生出一种紧张之感。

"喂，听得到吗？"陈一糯试着麦克风。

时隔一个多月的时间，陆知衡第一次听到陈一糯的声音，不由得心头一颤。紧接着，他便不由自主地联想到那个夜里，也是这个声音，叫嚣着要吃草莓小蛋糕，最后还说要吃大资本家。

大资本家很不开心，陈一糯说话不算，说要吃大资本家，根本没做到！

耳机里传来的声音打断了陆知衡的回忆。

"老板，听得到吗？"

陆知衡心旌摇曳地在键盘上打下"听得到"三个字，便听见陈一糯继续说："你的技能里，能用到的只有两个。第一个是那个小雨滴的图标，加血用的。第二个是观音佛像，当你发现自己被眩晕的时候，就点第二个。"

陆知衡打字："知道了。"

陈一糯也没多话，她鼠标一划，屏幕上的黑衣女剑客一个漂亮的腾跃，整个人在沙洲之上轻盈跃出，准确地落到远处的小山丘之上。

耳机里，那道熟悉的声音温和道："我准备开始了，你做好准备。"

话音刚落，黑衣女剑客起手便是一招"群星追月"，手中长剑化为九柄星点般的暗器，一一点在九只沙漠蜥蜴身上。

陆知衡还愣在原地不知道做什么，身边的其他五个人却是应声而动，瞬间便变了阵型。肉盾顶在最前面，远程的射手已经开始持续发动攻击。

"我是你老板"一动未动，却是刚好落在了队伍的最后面。

陈一糯道："老板，你就站在那里，位置正好。"

陆知衡得意扬扬：我就知道自己是有游戏天赋的！随便站个位置都是绝佳之处。殊不知，陈一糯之所以让他站在原地，正是因为这里不在怪物的攻击范围之内。

果然，陈一糯的下一句话便说了："你无聊就给我加加血，或者在那待着就行。"

陆知衡瞬间觉得自己的实力遭到了极大的藐视，愤然打字道："没事，我会玩这个角色！"

语音里的陈一糯颇为惊讶："是吗？看来是我多心了。我还担心你会和以前那个'第一医师'一样呢。"

猛然听到自己曾经的账号被提及，陆总心头一动，正想着趁此机会多问几句，却听见陈一糯忽然一句："快退。"

陆知衡吓了一跳，手上一动，直接把鼠标甩飞了。

下一秒，他的屏幕黑了。一摊浓绿色的毒液吐了"医师"一脸。"医师"的血线急速下降，马上就要被毒死了。

陈一糯扶额："你坚持住。给自己加血，就是那个雨滴图标。我马上来。"

陆知衡颤颤巍巍地点了一下小雨滴图标，血量变多了？再点一下莲花图标……"糯米粽子"亲眼看到"我是你老板"在 3 秒之内把所有技能都按了。

黑衣女剑客一个踉跄，施展轻功而来，抬手便是两剑，直接把沙漠蜥蜴砍出眩晕效果，紧接着一套碧落剑法，将沙漠蜥蜴砍翻在地。

陆知衡不认识这些技能，他心里只对"落英剑法"耿耿于怀，全然没有自己又拖累了别人的感觉，淡定地打字问道："我听说你们剑客有一个落英剑法。"

陈一糯的声音听起来很是艰难："有的。只是落英剑法连招太难，除非打那种不反击的游戏角色，否则很难使用的。"

不反击的游戏角色？

屏幕前的陆知衡一脸黑线。

自己明明反击了！难道是反击得不太明显？

不管陆知衡心情如何，这第一次"落日黄沙"副本还是顺利地打完了。"我是你老板"在陈一糯的指挥下，挑了几件适合自己的装备穿戴好。

陆知衡悄悄地打开了自己的好友面板，发现自己和"糯米粽子"的好友亲密度变成了 5。

这个数值，仿佛承载了他们今日并肩作战的回忆一般。陆知衡愉快地欣赏了一会儿，等"糯米粽子"下线之后，自己也关掉了游戏。

还得给那该死的"夕阳西下"弄什么帝王冷翠！陆知衡把新账号交给代练，叮嘱了几句。

革命的开端还是很顺利的，陈一糯似乎完全没有怀疑自己的身份。

只是，明天就是周六了。按照之前的惯例，陈一糯该来给陆修远补课了。自己到底穿哪件西装？

// 第八章

　　陆知衡躺在大床上辗转反侧，决定起来给自己倒杯拉菲助眠。

　　陈一糯也睡不着，她窝在一米二的小床上，仰天长叹。

　　又该去给陆修远上数学课了。只是，自己和陆总的关系如此之僵，那画面想想都尴尬。更何况丁副总明里暗里还在针对她，去还是不去真让人纠结！

　　她带上蒸汽眼罩想要尽快入睡，脑子里却一直乱七八糟的。

　　一会儿是陆知衡板着一张脸对她说："既然不喜欢我这种类型的，就离本总裁远点！"

　　一会儿丁副总，穿着一身职业套装，居高临下地看着她："这个测试不合格！你被解雇了！"

　　直到蒸汽眼罩都凉了，陈一糯也没睡着。她干脆甩掉眼罩，侧卧在床上，刷起手机来。

　　时间已经到了半夜两点钟。微信里，庄盼刚刚更新了一条消息。是一张她在片场满脸尘土的自拍照，配字是苦大仇深的五个字："终于收工了！"

　　陈一糯刚给她留了个言，庄盼就发来视频通话的邀请。

　　视频接通。

　　手机屏幕上，庄盼一张敷着面膜的脸忽然出现。陈一糯被这突如其来的惨白面孔吓了一跳，心有余悸道："你在搞什么，吓死我了！"

庄盼把嘴部的面膜撕开了一点，满不在乎道："你大惊小怪什么？敷面膜啊。我每天带妆十几个小时，只能见缝插针补补水。"

陈一糯也从床上坐了起来，按亮了床头灯。昏黄的灯光之下，她脸上的黑眼圈也显了出来，形容憔悴。

庄盼盯着手机屏幕看了几眼，从助理手中接过水喝了一口，有些不敢置信道："你怎么憔悴成这样？"

陈一糯挠挠头："有吗？"她顶着一双熊猫眼，头发也有些乱，"可能是因为我老板的事吧……你现在在哪儿？"

"片场，刚收工，准备回去了。"

庄盼给陈一糯展示了一下片场，灯光颇乱，只能看见黑压压一群人："你老板？什么情况？就是之前你跟我说的那个？"

"嗯，这说来话长了……"

陈一糯刚开了个话头，就被庄盼立刻打断："既然说来话长，你赶紧去敷个面膜再和我说！别告诉我，我给你寄的护肤品你都没拆！"

陈一糯心虚地眨眼，她是真的都没拆。

庄盼大学时就很爱美，奉行的格言是"要让偶像为有自己这样优秀的粉丝而骄傲"。由于她皮肤好，妆容精致，去参加偶像的见面会时，经常会受到摄像机的青睐，偶尔会给她长达几秒的特写镜头，还有一次在微博上被评为"最美女观众"。

现在，庄盼开始踏入演艺圈——起初还只能演不露脸的死尸甲、乙、丙、丁，后来渐渐能在小制作网剧里演有几句台词的角色，之前还在一部宫廷大戏里演了一个惨死的小宫女，有十几句台词。

她的台词越来越多，这次不知道走了什么运，竟然被导演赏识，让她在这部大制作电视剧里演女十四号。虽然只有一集出现，但这部剧的档次可比之前那些剧高多了。

庄盼把这一切都归因于自己的脸。

她陆陆续续地给陈一糯也寄了好多面膜，让她也赶紧美起来。

——补水、美白，并且开始准备"初步抗老"！

我才二十三岁好不好！陈一糯坚持认为自己还在少女的年纪，日常上班时集团是要求化妆的，她艰难地学会了擦粉底、画眼线，感觉已经达到自己的极限了。

至于那些护肤什么的……镜子前的陈一糯盯着自己的皮肤看了一会儿，鼓了鼓嘴。自己的皮肤还挺好的，除了这双熊猫眼……唉，归根到底，还是怪陆知衡！

视频里的庄盼还在远程指导着："你状态这么差，得用个见效快的面膜。你去拆那个红色盒子，里面有银色包装的面膜。"

陈一糯拆了面膜盒子，那面膜很厚，精华液也多，贴在脸上厚厚一层："这个效果真的好？"

两张敷着面膜的大白脸在视频里互相点了点头，庄盼得意道："当然了，这可是'前男友'面膜，敷了去见前男友，前男友都会回心转意哭着求复合的那种。"

什么！陆总又不是前男友。也不知道什么时候会出"见老板专用面膜"，只要敷完就不会被老板骂。只是，比起被骂，陈一糯更害怕的是无言的尴尬，就像她在飞机上撞见陆知衡时的样子。

——他行色匆匆，只瞥了她一眼，便侧过头去和乘务员说话。

而自己，尴尬地站在原地，低下头去，却仍然忍不住在他转身后抬起头，装作不经意地凝望他的背影。

她不知道自己是怎么了，脑子里一团糨糊，懊恼地拍着脸。

庄盼倒是欣慰地点了点头："还不错，还知道敷面膜，看来也不至于无药可救。"

陈一糯摇了摇头，呈大字形瘫倒在床上，一声长叹："不，我恐怕是真的无药可救了。"

陈一糯将这期间发生的事情——说来，从最开始的"检讨调包事件"，到"文案专员被压榨事件"，再到"小学生补课记""T市吹头记"。庄盼起先还问了几句，之后便一言不发，只安心听陈一糯叙述。

良久，庄盼卸下面膜，又在脸上涂了一层透明的胶质护肤品，才一脸恨铁不成钢地道："你的意思是，你明天不得不去见你老板，可你不知道要怎么面对他？"

陈一糯应了一声。

庄盼道："你都当面说不喜欢人家那种类型的了，还想怎么面对他？顺其自然。"

陈一糯也搞不清自己在想什么，犹犹豫豫地说："可是，我看他不说话、盯着我的样子，就觉得心里有点虚。"

庄盼一脸不敢置信："我听错了吧！你竟然说你心虚？拿出你大学时一笤帚震慑整个计算机院的气势来！"

"你闭嘴！"

陈一糯拒绝提起往事，义正词严道："我现在是个淑女！"

庄盼幽幽道："是的，当年你在计算机院全体大会上用笤帚敲黑板，全院男生都大气不敢出的时候，也是这样说的。"

"不许再提我的糗事！"陈一糯严正抗议，"想想我以前对你多么掏心掏肺！帮你点过多少次名！拿过多少次外卖！抢过多少次偶像的见面会门票！"

视频另一边，似乎有什么人和庄盼说了几句话，视频画面瞬间乱了起来。庄盼的声音混杂在乱七八糟的背景音中，全然听不清楚。

陈一糯又叫了几声，只听到庄盼的声音隐隐传来，"我明天跟你说！天，我竟然看到了偶像，偶像刚刚问我收工后要不要一起吃饭！我先冷静一下！"

颇有些混乱的片场之中，一个男人隔着一个座位，坐在了庄盼身边。所有工作人员的目光都开始闪烁，或刻意或掩饰的目光在二人身上扫描着。

"不是吧，秦夕和那个庄盼这么熟？"

"谁知道，之前也没听说庄盼还有这么大的靠山……不然怎么可能演这个只有五句台词的角色。"

清晨。

手机闹钟刚响了一声，陈一糯便迅速爬起来关掉了闹钟。她推开眼罩，眯着眼拉开窗帘。

清晨的阳光倾泻到床上。

她眼睛里有些微红血丝，但皮肤状态出奇的好。站在镜子前刷牙时，陈一糯盯着自己的脸，挑了挑眉。

　　这水润的脸颊，通透的肌肤，看来昨天庄盼说的那款面膜真的有用。她犹豫了半天，还是薄薄地擦了一层粉底，又抿上点唇釉。

　　十一月的 B 市，天气已经很凉爽了。陈一糯披上件及膝的黑色长款大衣，提包出门。

　　她一边下楼，一边低头算地铁的时间。现在不过七点十分，时间富余。说不定，还来得及在地铁站旁边的早餐铺买一份豆浆油条。

　　"滴"一声轻响，陈一糯下意识抬眸看去。

　　黑色商务车的副驾驶玻璃被摇了下来，是刘秘书。

　　他照旧笑眯眯地和陈一糯打招呼："陈小姐，早上好。"

　　陈一糯颇有些讶异："刘秘书，今天怎么……"

　　往常刘秘书都是在地铁站接她的，这次怎么直接到楼下了？再说，刘秘书怎么会知道她家的地址？

　　陈一糯迷迷糊糊地走到车旁，刚一开后座的车门，迎面便是一张面无表情的冰山脸，戴着一副墨镜，嘴唇紧抿，感觉下一秒就要杀人。

　　冷冰冰的董事长把墨镜往上抬了抬，瞥了一眼拉开自己这侧车门的女人，开口道："从那边上车。"

　　陈一糯吓得"砰"的一声把车门重重甩上。

　　她冷静了 5 秒，忽然后知后觉地发现，刚刚好像是陆总？自己刚刚把董事长的车门摔了。

　　她深吸一口气，视死如归地绕到另一边，拉开车门。这次有了心理准备，再看到董事长的脸时，反应就没有那么过激了。

　　刚被车门甩了一脸的陆总腹诽道：这个女人一定就是这么凶！为什么我一开始会觉得她软绵绵的？

　　陆总本来就一张冷脸，此时更是紧蹙双眉，眉宇间散发着一股生人勿近的气息。

　　陈一糯本来都想好了今天的战略。经历了昨天和庄盼的彻夜长谈，她决定今天一定要先声夺人，拿出自己大学时威慑整个计算机院数千码农的霸气来，就算输人也坚决不能输阵。

只是，她万万没想到，还没准备好上战场，敌人就已经出现在了面前。

陈一糯开口打个招呼："陆……陆总！"

那人便转过头来，左手拿着iPad，正在看什么英文的财经新闻，另一只手支在太阳穴上，略抬了抬下巴示意。

没得到对方回复，他不耐烦地摘下墨镜，眼神清明，没有一丝烟火气，七分清冷，还有三分陈一糯看不懂的暴躁？

陈一糯被董事长的眼神吓了一跳，颤颤巍巍道："陆总！好巧。"

话刚出口，她简直想打自己的嘴。虽不知道董事长到底是怎么想的，但突然出现在她家楼下，显然不能用"巧"字概括。

自己简直是大脑短路，口不择言。

没想到，暴君并没有发怒，而是从鼻子里"哼"了一声，转回去继续看iPad了。

陆知衡确实很暴躁。

戴着墨镜在车里看iPad！要不是一夜之间长出了比熊猫还重的黑眼圈，陆总绝不允许自己做这种没有意义的事情！

陆总偷偷用手机屏幕当镜子照了照自己的黑眼圈，感觉看不大清楚，又点开相机，切换成前置摄像头。他对着手机屏幕上自己的眼睛看了半天，感觉黑眼圈越来越重，心里越发不悦了。

在陆总身边，陈一糯的余光瞥到了陆总的动作，悄悄侧了一侧头。董事长好像在自拍？

陈一糯赶紧别过头去，没想到董事长竟然喜欢自拍。不过也是，陆总长得这么好看，喜欢自拍也是正常的！

陆知衡全然不知道自己的形象已经在往奇怪的方向发展了，一脸严肃地重新戴上了墨镜。

一路上，陆总似乎并没有要和陈一糯交谈的意思，这也让陈一糯松了一口气。不过他倒是接了几个电话，听着都是工作上的事。

这一通电话的时间格外长，待到陆总挂了电话，车已经驶进幽深的山路里。车内归于沉默后，陆总忽然道："财务部是怎么回事？"

刘秘书知道老板在和自己说话，忙从副驾驶上侧过身道："现在财务部的郭总监还在休产假，目前主要是由丁副总和几个经理管理。"

陆知衡道："丁洁本就是商学院 MBA 出身，代一阵也无妨。让她周一晨会结束之后来见我，今年的年末总结下周就开始准备吧。"

他又侧过头来，对陈一糯道："测试部也要留心。"

陈一糯颇有些紧张，实在不知道老板为什么要和自己说这个……自己现在连个正式员工都不是，上面有七个主管、三个经理，还有总监。

陆总很快解答了她的疑惑："我怕某些人拖后腿。"

陈一糯怒道："我才不会！我们部门三分之一的人都请年假了，剩下的人工作都很忙的！"

陆总一怔："怎么回事？这么多员工同时休假？"

陈一糯似乎发现自己说错了什么，草草一句"没有"便缄口不言了。任陆知衡再怎么问，也不说半个字。

难道要和陆总说，丁副总为了折腾自己，让部门很多员工都强行休假，自己每天加班还要被骂？

她被陆总逼急了，面上甚至带了几分委屈："都说没有了，别问了。"又觉得自己太生硬了些，弱弱地补了一句，"行吗？"

车缓缓停稳，陆宅到了。

陆知衡率先下车。

他看着车内的陈一糯，表情忽然柔和了几分，低声道："行。"

语气中竟有几分宠溺，只是陈一糯没有听到。

当然，就算她听到了，只怕迟钝如她，也完全感受不到其中的复杂情愫吧。她大概只会在微博上疯狂吐苦水：好想告状，向大老板打小报告！怎么办来个人拉住我！

陈一糯健步如飞，直接熟门熟路地窜到陆小朋友的房间。陆修远早已养成了习惯，现在不过早上 8 点，已经早早起来准备学数学了。

陆知衡在门口看着两人凑在一起嘀嘀咕咕的背影，只觉得心底颇为柔软。

刘秘书站在他身侧，将他嘴角的弧度尽收眼底，不由得低声问了一句："董事长，您准备的早餐怎么不拿给陈小姐……"

陆知衡摇了摇头没有说话，半晌才道："她是还没有转正吧？"

刘秘书低下头说："测试部上周报上来的转正名单上，确实没有陈小姐的名字。"

陆知衡沉吟片刻。陈一糯方才说的，测试部有三分之一的人都请年假，这实在出乎陆知衡的意料。

年底本就工作繁重，部门总监绝不会允许类似的事情发生，除非……

陆总想再仔细问问陈一糯，却心知她不会在自己面前将一切和盘托出。他慷慨地给陈一糯发了补课奖金，没有再问半句，因为他有更好的身份去问。

果然，由陆知衡问陈一糯发生什么的时候，得到的回答是："没什么，别问了。"而当"我是你老板"问"糯米粽子"的时候，就听她吐了长达 20 分钟的苦水。

"今天周六！又加了一天班！上午给大老板的外甥补习数学的时候，二老板给我发短信让我到公司加班！谁也不敢得罪，真是太惨了。"

"之前得罪了二老板，现在每天都被针对！二老板让我们部门很多员工强行休假，现在出差的出差，休假的休假……我们组以前五个人，现在只剩两个在上班，那当然要加班了。"

她顿了顿，又忽然乐观起来："不过，年底总是要忙一点，希望挺过这一个月就好了。"

此时已是十一月，B 市深秋天气很凉。陈一糯虽然早早就换上了厚毛衣，但还是有些着凉，冷不丁打了个喷嚏。

陆知衡紧皱着眉，听她这一声喷嚏，想问问是不是感冒了。他纠结半晌，却不知怎样开口，最后淡定地打开了百度，搜索"怎样关心着凉的女生"。

他在诸多网页之中逐个挑选，最终，满心关心化成一句话："多穿衣服，喝点热水。"

陆总的老干部做派一向如此。

最近几天的晚上，他都是一边喝枸杞水，一边用"我是你老板"的号给陈一糯发明天的天气预报。

陈一糯一般都是晚上 8 点登录游戏。这天，陆总依旧是 8 点就等在了观澜峰。

只是，直到 10 点"糯米粽子"的头像才终于亮了起来。还不等陆知衡发私聊过去，"糯米粽子"的消息便先一步发了过来。

　　【私聊】糯米粽子 22:03
　　我来了！雌雄双煞结束了吧？

　　"雌雄双煞"是今天的活动，时间是晚上 8:00-10:00。陈一糯现在才来，完美错过了"雌雄双煞"的时间。
　　陆知衡等了陈一糯两个小时，心里稍有些火气，仗着陈一糯不知道"我是你老板"的真实身份，完全不注重自己的形象了。

　　【私聊】我是你老板 22:04
　　怎么才来？我生气了。
　　【私聊】糯米粽子 22:05
　　今晚的活动不是雌雄双煞吗？我不参加这个。
　　【私聊】我是你老板 22:07
　　为什么？

　　陆知衡顺手翻了翻游戏榜单。在"雌雄双煞"榜单中，上一期获得第一名的是 4 区的一对男女，再上一期则是 2 区的，他打开几人的资料面板一看，几乎没有超过 90 级的。

　　【私聊】我是你老板 22:08
　　我看那些第一的队伍也不怎么样，你怎么不参加？
　　【私聊】糯米粽子 22:10
　　老板，你去看看雌雄双煞的历史榜单……

　　陆知衡闻言点看历史榜单，第一眼便愣住了。
　　第一名："糯米粽子"。

共计获得冠军次数：58 次。

蝉联冠军：57 周。

57 周，这是什么概念？超过一年的时间里，每一场"雌雄双煞"活动"糯米粽子"都是冠军？

还不等陆知衡问出口，陈一糯的组队邀请就发了过来。

陆知衡既好奇"雌雄双煞"的事，又想顺嘴问问"第一医师"的情况，可话到嘴边还是咽了下去，点击了"加入队伍"。

陆知衡不敢问。

他有些害怕，会听到让自己失望的答案。

他没有忘记，崔言让他另开一个账号到陈一糯身边，是来探听陈一糯的虚实的。但凡她露出半点跷蹊来，陆知衡绝对会毫无心理负担地把她驱逐出自己的记忆。

可是，真的会毫无心理负担吗？这些日子，跟着她一起打游戏、看风景，忽然觉得《御剑江湖》也挺好玩的。

陈一糯开始玩游戏，陆知衡也没闲着。

他一边跟在"糯米粽子"身后辅助她，一边打字："你得了那么多次'雌雄双煞'的冠军，怎么不继续参加了？"

陈一糯的声音从耳机里传来："老板，你刚玩这个游戏可能不知道。以前我们区有一个很有名的医师，叫'第一医师'。"

就算已经时隔数月，一提起"第一医师"这个名字，陈一糯依然心头一凛，浑身发冷："这个'第一医师'应该是其他服务器派过来专门针对我的。"

陆总一皱眉，觉得事情并不简单。

只听陈一糯继续说道："你也是玩医师的，但可能不知道，他有个大绝招，必须靠奇遇任务才有可能获取，绝招名叫'黄泉一指'。"

陆总：哼，我知道！不过，他仔细回忆了一番，实在对于这个"黄泉一指"没什么印象。自己有这个技能吗？只是想想从前自己释放技能的方式，陆总也有些心虚。

一句话概括：哪个键亮按哪个。

他知趣地没有多话。

屏幕上，英姿飒爽的黑衣女剑客长剑挥舞，颇为轻松地同时引过来四只沙漠蜥蜴，左一个突刺，右一个连击，牢牢地牵扯住了它们。

"糯米粽子"很少被攻击，因此，陆知衡这个医师也没什么用武之地。

陆知衡听到陈一糯的讲述，已然生出一些不祥的预感，腾出手来打字："然后呢？'黄泉一指'怎么了？"

陈一糯唏嘘一声："这个'黄泉一指'的技能效果，是献祭队伍里血量最低的一个队友，反震之力将直接'杀'死一位敌方角色。你不是想知道我为什么不参加'雌雄双煞'吗？一切都是因为这个'第一医师'！"

陈一糯的语气极为悲痛："我本来是这个区唯一一个90级以上的角色，可不知道什么时候，这个'第一医师'也到了90级。我和他匹配到一起，他起手就是一个'黄泉一指'直接把我献祭了，然后他就去和对方对打……更可怕的是，每一场'雌雄双煞'活动，只要他还是90级以上的玩家，我就永远都会和他匹配到一起去。"

陆总脸一红，只觉得自己的老脸没地方放。原来是这样？自己当时真的献祭了"糯米粽子"？排行榜上这个连续57周的记录，也是自己破坏的？

他抽了抽嘴角，没想到事情的真相竟然是这样。

陈一糯没等他回应，一个人倒是说得挺开心："后来，我们帮派的人就想把他'杀'到80级以下，这样匹配不到我，我就还能拿回第一。但也不知道这个人是怎么练级的，刚把他等级'杀'下去，第二天他的等级就回来了。"

她十分遗憾地叹了一口气，语气中还有后怕，不过更多的则是释然："既然惹不起，我就只能躲啦，所以我就再也没有参加'雌雄双煞'活动了。"

一边说着，陈一糯一边翻了翻一区的等级排行榜。果然，"糯米粽子"的97级高悬在第一名的位置上，紧接着的第二名就是"江湖第一奶"，94级。

陈一糯如劫后余生一般松了口气："你看，我就说呢。我要是今天参加'雌雄双煞'，肯定又是和他组队……"

陆知衡此时极为心虚，只是这心虚中还夹杂着一丝连自己都难以察觉的兴奋，但面上还要强撑着。

他很心虚地为自己辩解。

【私聊】我是你老板 22:17

我觉得，第一医师可能不是故意的吧。

陈一糯对着这个"吧"字乐了半天，也不知道自己在乐什么。不过，对于"第一医师"，她实在是怕了："怎么可能！老板，你也知道，医师这个职业一点都不难，你从完全不会到现在，不也只用一个月的时间吗？"

陆总第一反应：没错，很简单。

第二反应：我以前不会那是我没好好学！

不过他很快便想起了自己从前"早上五点半起来看职业选手直播录像，一边晨跑一边背诵游戏专业用语，上班路上听写角色技能介绍"的悲惨日子。

陆知衡有点无言以对。半晌，才一字一句地打字。

【私聊】我是你老板 22:20

那如果他来和你道歉，你会接受吗？

陈一糯盯着这一行小字，忍俊不禁地笑了几声："老板你每天都在想什么？他如果是故意来阴我的，才不会来和我道歉，那我也要继续带人把他'杀'到退出游戏为止。"

屏幕上的黑衣女剑客腾跃而起，衣袂如飞，一柄长剑正中沙漠之鹰的头颅。

"可是，如果他不是故意的，虽然这种情况几乎不可能，但如果真是这样，他完全不需要向我道歉。没有人应该为自己游戏玩得不好而感到愧疚。"

她最后一句话掷地有声。

黑衣女剑客迎风而起，扶摇直上，流云凌波步的每一个落足点都会留下一抹极淡的云形，无数朵云絮相连，女子长剑指天，金戈鸣弦之声震彻天地。

陆知衡的目光凝驻在女剑客身上。

"没有人应该为自己游戏玩得不好而感到愧疚。"

这个声音是陈一糯的，也是"糯米粽子"的。

他忽然有一种极为强烈的直觉：陈一糯本就应该是这样的，鲜衣怒马，纵情睥睨。她不是温室里的小羊，更不是宫廷中的波斯猫。

她是锋芒毕露的狮子，击破长空的鹰隼。

陆知衡后知后觉地回忆起，陈一糯的每一份报告都逻辑缜密、结构清楚，经手的每一份测试也都精准高效，甚至于，她提出的每一个游戏副本的雏形，操作度都极高。比如"落日黄沙"，如今已经成为《御剑江湖》中最受玩家喜欢的副本之一。

这样的人，怎么会成为一只赖在怀里撒娇的猫？

陆知衡心中有触动，也有怅然。游戏结束后，他第一次比陈一糯提前退出游戏，他实在不知道该如何面对她。

满腹心事的陆总开了一瓶白葡萄酒，他一手拿着酒杯，若有所思。良久，他抬杯抿了一口酒，拨通了崔言的电话。

"我好像做错了一件事。"

月色温柔，映在陆宅的书房里，也映在 B 市一家高级西餐厅的窗棂上。

庄盼喝了一口杯中的红酒，紧了紧身上披着的小披肩。

她有些紧张，手心甚至沁出了微汗。

她手中的杯子雕刻着华丽的花纹，举目之处，略显夸张的象牙色人像柱——陈列。侍者端来前菜，将一套刀叉摆放在她面前。

庄盼之所以这样紧张，或许是因为她第一次来这家巴洛克风格的意大利餐厅用餐。，也可能是因为坐在她对面的男人——

男人微抬下颚，捏起一杯白葡萄酒，气度儒雅向她举杯。他眉目清淡，从前的少年气早已散去，只剩下成熟男人的清雅。

这张脸，庄盼如此熟悉——秦夕。

在她的追星生涯中，秦夕是开始，也是结束。开始于大学时偶然一个广告视频，结束于昨日。

昨日，在片场，早已功成名就的秦夕竟拨开喧嚷的人潮，坐到了她旁边。

没错，这就是他。

他的资料说他最喜欢蓝色——他今天正打着蓝色的领带；他曾在采访中说自己喜欢白葡萄酒；他曾提到过自己每日都健身，所以食物都少盐少油……

庄盼觉得自己的头有点晕："我……我还有点不敢相信。"

秦夕正在用刀叉剥虾，闻言他动作一顿，展颜一笑："有什么不敢相信的。我是前天临时进组的，你之前没见到我也不奇怪。"

他身上似乎有种奇特的魔力，能让人很快放下忐忑的心情，与之交心。

两人言笑晏晏，秦夕将剥好的虾放入庄盼盘中。

只是，他的眼神分明是注视着庄盼，却更为幽远，似乎透过庄盼看到了别的什么人。

那个声音，他绝不会听错。

庄盼还在闲聊："其实我更喜欢吃火锅！还好现在也就跑个龙套，听说当红演员都很少吃火锅。"

秦夕道："你不是B市人吗？怎么会那么爱吃辣。"

庄盼笑道："我不是，我是川省人，来了这才知道原来不是所有人都爱吃辣，不过我的大学室友爱吃！"

室友吗？秦夕抿一口白葡萄酒，回忆起昨日匆匆一瞥，庄盼的手机屏幕上，那张从未见过、却让他心跳骤快的脸。

不过短短一瞬，他却如此笃定。

庄盼的周日在狂喜中度过。

陈一糯的周日在床上度过，坏消息接踵而来——房东发来短信，说让她赶紧开始找房子，这房子她要卖掉，明年开始就不租了。

至于陆知衡的周末，一如往常。陆总是没有休息日的。

他每天早上5:30自然醒，看金融杂志及报纸半小时，看游戏职业选手直播录像半小时——当然，后半小时对陆总来说如听天书。不过因为陆氏集团正在进行的《御剑江湖》项目，他保持这个习惯已经很久了。

他能背出一场比赛每个节点的双方经济、比分比例，但这对于提升他的技术来说毫无作用。

6:30他准时出门晨跑，晨跑时一边背诵游戏专业用语，一边听刘秘书汇报今日行程。7:30抓陆修远起床，吃早餐，顺带查阅与游戏有关的信息，并做好记录，同时检查陆修远昨日功课。

当然，自从陈一糯开始给陆修远补课，陆总的工作量骤然减轻。

8 点之后便是陆总的会客时间，今天来的是崔言。

陆总在家中的会客厅里坐定，秘书已准备好关于《问道》项目的资料，旁边还有一叠黑色塑封的材料没有打开。

崔言坐在他对面，双手放在膝盖上，一副乖宝宝好学生的样子。

陆知衡上下打量他一番，口吻淡然之中流露出一丝懒得掩饰的嫌弃："怎么又穿这条裤子？"

崔言无语望天："大哥，不是所有人都像你这样从不连续两天穿同一条裤子的！"

他低头看了看自己身上纯黑的西裤，有点抓狂："而且你到底是怎么看出它们的区别的！我的 30 条黑裤子我自己都分辨不出来好吗？"

崔言可以说是这个世界上最懂陆知衡的人之一。如果问他陆知衡有什么缺点，他一定会不加思索地说出第一点：重度强迫症。

陆知衡的所有文件都按字母排序，无数件看起来没有任何差别的西服，都按照剪裁和颜色的细微差距被排上编号，每天按照编号取用。

并且，他的记忆力强到过目不忘，不管是公司的股价波动，还是崔言这一周分别穿了哪七条一模一样的黑裤子，他都倒背如流。

他还有一个随身笔记本，上面记录了《御剑江湖》所有职业所有技能的效果和冷却时间，《御剑江湖》每个地图的刷新时间和怪物分布，《遇见江湖》的所有道具以及获得途径，且陆总本人对此倒背如流。

但很可惜，他还是不会玩这个游戏。

陆知衡的第二个缺点：重度洁癖。

崔言坐在陆宅会客厅的柔软沙发上，不过他心里确信，当他离开陆宅的下一秒，陆知衡一定会立刻让人把整个沙发套高温消毒一次然后烘干。在陆知衡的世界里，只要穿了一次的鞋子就会粘上细菌，必须重新高温消毒。

他对于食物的洁癖更为严重。他几乎不吃外食，所有食物都由厨师烹制。洗菜都用蒸馏水，坚决不让自来水中的化学物质进入自己体内。

在崔言被陆知衡压迫得最惨烈的那几年，他常常做梦梦到陆知衡被自己五花大绑，然后自己狞笑着把他的嘴捏开，疯狂地往里面灌自来水。

崔言"嘿嘿"直笑，等他回过神来的时候，陆知衡正面无表情地看着他。

他浑身一凛把自己的嘴捂上了。

陆总淡定地瞥他一眼，摊开面前的资料："别捂着嘴，多脏——你手边的抽屉里有消毒纸巾。"

崔言接来擦过手后，开始同陆知衡说起《问道》的事来。

"秦夕那边的态度如何？"陆总已经看过资料，此时直奔主题。

崔言挠了挠头，一秒钟恢复正经："他说看了剧本，是部好戏。态度比之前软化了一些，但还是说不接。"

陆总沉吟道："他若是存心推脱，大可以用个更好的理由，这个理由实在不充分。"

"你的意思是？"

"他说的可能是真的。他遇到麻烦了，或者知道自己即将遇到麻烦。"

"那……"崔言从没这样想过，他之前只觉得秦夕不接《问道》，是不给自己面子，也对不起两人之间的情谊。可如今想来，秦夕性情温和，从不与人翻脸，那日电话里也似是有难言之隐。

"就怕不是赏光，而是拖累了。"

是什么样的事，能将秦夕都卷入进去，甚至为此不想再接电影？

陆知衡眉头微蹙，打开桌边的黑色塑料袋。薄薄几张纸的材料，字句平常，他再一一看来，也察觉不到什么异常。

"我让人继续查吧。"陆知衡揉了揉太阳穴，"预案里备选的演员谈得怎么样了？"

崔言道："差不多了，都愿意接。我们要等秦夕到什么时候？许可证早就下了，再拖也拖不起了。"

陆知衡头疼道："年前吧。我再试一试，你看下这份方案，有没有要补充的。"

崔言接过几页纸，细细看起来。

陆知衡顺手扯了张消毒湿巾擦手，一边对崔言道："你带回去看吧。"

"什么情况？你这是赶我走？"

陆总摸了摸鼻子，镇定道："你想待着我也没意见。对了，你之前说关于陈一糯的事……"

他最终也没有说出口，反倒激起了崔言的好奇心。

崔言追问道："怎么了？发现自己还挺喜欢母狮子的？"

陆知衡眼看压不住他，立马撒出了杀手锏："没怎么，等会儿10点陆知意要来。"

"什么？"崔言从沙发上跳起来，一手捏着几页资料，一手抓着自己的手机，脚下已经开溜，"那我先走了！明儿公司见！"

陆知衡叹了一口气，看崔言溜之大吉的样子，唇角倒是浮上一丝笑意来。

第九章

陆宅会客厅的沙发上，陆知衡与一个妆容明艳的女子相对而坐。

女子驼色羊绒毛衣，略深一些的长外套，一顶内扣的贝雷帽压住大波浪的栗色卷发。唇色依旧鲜艳，眉骨略高，眼窝深邃，与陆知衡如出一辙。

这样的骨相，在陆知衡脸上，是星眉剑目；在陆知意脸上，则是明艳之中带着凌厉。

如若陈一糯在此，便能认出，这女子便是她上次在 T 市旗袍店里遇到的那位。那时，这女子说与陆知衡相识近三十年，她还以为两人是青梅竹马。

陆知意把小指上戴的尾戒摘了下来，在手里把玩，一边道："元旦我要去看一眼爸，你去吗？"

陆知衡下意识便道："不了。" 他同父亲的关系一向算不得亲密。自有记忆起，父母二人聚少离多，后来甚至说话都很少，他去美国读书之后，母亲彻底搬离了大宅。

陆知意说，母亲搬走的那天，最后一句同父亲说的话是："明天记得帮我给兰花浇些水。"

父亲则久久地看向她，眼神浑浊，最终也不过一个"好"字。

其后陆母便搬去 T 市，再之后，陆知意也常住那边照料母亲。

陆知衡多少是有些怨父亲的。

陆父在家中积威多年，因为长居高位，对于母亲、他与陆知意，从来都是下命令的口吻。母亲忍到第十五年，从没在他口中听过一句情话。

也正是因为这段联姻式的婚姻，令陆知意、陆知衡二人对感情都极为淡薄。

陆知意早年便生下了陆修远，却至今漂泊浪荡、随心所欲；而陆知衡则不近女色，27 岁的年纪从没尝过情事。

不得不说，是父母的失败婚姻留下的影响。

陆知衡道："我不去了，我会记得打个电话回去。"

陆知意点头道："记得给妈也打一个，你上次那通电话，妈高兴了很久——我让小刘帮你记在日程上，免得忘记了。"

陆知衡便摆摆手："不用，我记着。家里有些虫草，你替我带给父亲吧。"

陆总最不善于处理家事。他同陆父多年以来只说工作，每年的春节，都好像陆氏集团的股东大会一般。二人只谈投资和回报，似乎一旦说到其他的话题，就会立刻无话可说一样，自然他也早习惯了这样的关系。

他从抽屉里取出一叠文件，面无表情地往桌上一放："给你。"

陆知意的眼风瞥过扉页的加粗字体："不是吧，今天也不是什么大日子，专程来送钱？"

文件里是各式股份转让合同，以及多处房产合同，价值连城。

陆知意便问："怎么了？集团出事了？"她虽说不是商界中人，可到底是陆氏的女儿，商业嗅觉非常人可比。

陆知衡如今转让名下部分财产，实在不得不让她多想。

陆知衡却否认了，只摇了摇头，一字一句道："是上次那条裙子的价格。"

二人都知道，T 市那条黑色银线的裙子到底代表什么。

陆知意道："是吗，那我那条裙子可是够贵的。"她信手翻过厚厚的一沓合同，似笑非笑地说，"你决定了？就是这个人了？"

还不待他回答，陆知意便笑着一推陆知衡，道："那你还不带回来？先给我看看，上次都没看仔细。"

陆知衡一脸尴尬道："其实我们还没……"他本想说，两人之间还什么都没有。只是忽然想到，陈一糯醉酒之后已经对自己这样那样了，自己也对她这样那样了，"什么都没有"未免言不符实。

陆知意意味深长地"哦"了一声，嫌弃道："所以人家还不一定喜欢你，你自己一个人就计划好了？想得真美。"

陆知衡黑着脸，一言不发。

陆知意倒是笑得花枝乱颤："我还以为今年过年你能带个人回家，没想到还是单身，看你还有什么脸在妈面前催我！"

陆知衡："你是我姐，本来就先催你。"

陆知意："姐像你这么大的时候，谈过的男朋友都可以绕 T 市一圈了。谁像你，长这么大了还不开窍。"

陆知衡被她戳中心事，强行转移话题："对了，陆氏影业投资的《问道》明年就要开拍了。"

"和我有什么关系？"一提到工作，方才花枝乱颤的陆知意瞬间变了脸色，"随他折腾吧。"

陆知衡坐在柜台前，支着下巴，语气颇为无奈："你和崔言这么闹着也不是办法。再说了，你可是陆氏影业的第一大股东，也多少帮我看着些？"

"这股东我宁愿不做，省得每次董事会都不得不看到那张脸——怎么，《问道》遇到什么麻烦了？"

陆知衡便道："是男主演，本来定了秦夕，他拒绝了。"

陆知意对这些并不关心："演员那么多，秦夕这样的虽然少，但也不是非他不可吧？"

她正和陆知衡说着，刘秘书恰好敲门进来，也不避讳陆知意，径自向陆知衡汇报："董事长，秦夕那边回话了。"

"怎么说？"

"联系到了他的经纪人，也是那个说法，说秦夕要休息一阵，不接任何片子。"陆知衡瞳孔骤缩。

11 点，陆知衡送走陆知意，连忙开始吃午餐。

时钟指针嘀嗒滑过，与此同时，缩在一米二的小床上梦周公的陈一糯正睡得迷迷糊糊，实在被手机铃声吵到头痛，才闭着眼接了电话。

"陈一糯！不要告诉我你还没起！"

庄盼熟悉的吼声在耳畔轰然炸开。

陈一糯一个激灵，瞬间清醒，一看手机屏幕上的时间——11:08。

天！庄盼今天约了她11:30吃饭！闹钟怎么忽然不好用了，自己明明定了10:30的闹钟。

陈一糯完全不知道自己在半梦半醒之间关掉了闹钟，一个翻身赶紧下床，一边往洗手间里冲，一边对着手机道："我起来了！马上！"脚下拖鞋还穿反了。她5分钟洗漱，反正是冬天，防晒霜也懒得擦，随意套了件白色套头毛衣加牛仔裤，拎着包就出了门。

她和庄盼已经几个月没见，不过大学四年里每天素颜相对，早已是见面完全不需要刻意化妆的"闺密"。只是，当陈一糯在商场门口搜寻的时候，注意力完全被一个奇怪的人吸引了。

那人头上戴着遮住半张脸的大檐帽和黑色口罩，还架着一副巨大的墨镜。全身上下一身纯黑，鬼鬼祟祟地躲在柱子后面。

陈一糯一脸黑线："你吃错药了？你这样我可不要和你一起走。"

庄盼摘下墨镜，确定接头人是陈一糯，才如释重负地抚了抚胸口："你不知道，我现在眼睛毒得很，这一路有很多狗仔。"

"狗仔？"

庄盼面无表情，振振有词："虽然现在可能不是拍我，但万一我以后红了呢？总要提前预演一下吧？"

两人一边说话一边往饭店里走。

庄盼神秘兮兮地让服务员找个隐蔽的位置，在陈一糯耳边说了几句："等会儿我可能有朋友要来。"

陈一糯好奇道："不会是男朋友？"

"乱说！哪有！其实是……我还是先不告诉你了，我们先吃饭。"

两人都喜欢吃辣，最能吃到一起去，再加上很久没见，有说不完的话。庄盼说着剧组里的趣事，陈一糯则聊工作里遇见的事，气氛热火朝天的。

待到火锅加了两次汤，吃好喝好后，陈一糯拍了拍肚子，瘪嘴道："完了，我肯定又要胖两斤，我们走吗？下午你什么安排？"

庄盼拉她坐下："没什么安排，再等等，我朋友马上就到了。"

"也行，"陈一糯看了一眼时间，"下午陪我看看房子去，我房东要卖房了，我得找新的地方住。"

昨天接到房东电话的时候，陈一糯心里还颇为奇怪。房租一向都是三个月一付，下一次交房租应该是在一月份，怎么提前一周打电话来了？

房东阿姨带来了一个噩耗般的消息："我这套房子准备卖了，买家已经看好了，下个月就打算签合同。"

"不是吧，我们当时可是签了一整年的合同！"陈一糯有点慌。

房东阿姨沉下语气来："我知道你一个女孩子在外地不容易，只是我儿媳想给小孙子换个学区房，好不容易名额批了下来。"

陈一糯挂掉电话，拄着下巴愁得不行。

房东阿姨将心比心，她知道自己卖房匆忙，实在对不起陈一糯，跟陈一糯承诺了，可以让她一直住到二月份交房手续办完，且剩下的两个月不收租金了。

陈一糯在温馨的小出租屋里坐立难安。

当初她找到这个房子，实在费了很大的劲儿。这里离公司近，坐地铁四站路，上班也就20分钟，周围商场什么的都不缺。现在让她临时另找住处，实在是难。

再说12月的天气寒风刺骨，这样冷的天气，还要奔波找房，想想就觉得浑身发冷。

还好陆总慷慨地发了一笔补课奖金，不然，就靠自己这点实习期工资，哪还有钱搬家、找新房子？

她在手机上查了几家中介的电话，计划着下午的时间。

只是，她左等右等，没能等到庄盼的朋友，却等来了丁副总的电话："小陈，你们组上次提交的晴雨系统，技术部那边现在有个小改动。你现在去和他们对接一下，小问题，用不了多长时间。"

自从她当面怼过丁副总之后，丁副总改变了对她的策略，开始和声细语地安排她加班。

"盼盼，真等不了，我得加班去了……"陈一糯苦着脸叫了辆车，"下次再见，有机会的！"

此时的陈一糯不知道，该遇到的人，不管隔了多久，总会遇到。

周日中午 12:30，陈一糯从火锅店踏出，上了去往公司的出租车。与此同时，陆知衡离开陆宅，司机将商务车驶出，向陆氏集团而去。

如果丁副总的电话晚打过来 10 分钟，陈一糯便会在火锅店多坐 10 分钟，她也就不会错过那个风尘仆仆的人，之后的一切或许大有不同。

只是，命运的刻钟早就已经决定好了一切。

陈一糯扫码付了打车费，然后往集团正门走去。10 秒之后，陆知衡的黑色商务车驶入停车场，陆知衡下车，一路往电梯间走去。

两双手几乎同时，按下了电梯按钮。

陈一糯刷着微博。自己的微博辅助账号已经拥有了近十万支持者，涨势迅猛。她几乎每天都会发微博。

她点开看前几天的微博评论。

"@我的老板为什么这么奇特: 以后可能不会更新和大老板有关的微博了。不过对于二老板和部门主管，我依然有很多话想说！"

这是一条公告性质的微博，可评论里的热度却不降反增。很多人对大老板的离开深感遗憾，纷纷评论："不要啊！难道只有我觉得作者和大老板的互动很甜蜜吗！跪求更新有关大老板的内容！"

"每天来等待关于大老板的更新，作者不要这么残忍！"

当然，还有那些黑粉，质疑这是个营销号："这明显就是一个营销号出来搞推广，估计也就当代女性乐此不疲？"

还有人怀疑她是个男生。

陈一糯后知后觉地翻了翻自己之前的微博，好像确实没有明确地提过自己的性别，再加上程序员这个职业，本就是男性居多，难怪读者们会误会。

她镇定地编辑新微博："对不起，大家误会了我和大老板的性别。我们的性别是相反的！"

评论很快占领了高地："不相信！作者肯定是男生！"

陈一糯回复："等我和大老板领了结婚证，你就知道我是女生了。"

这条回复很快就上了热搜。

陈一糯在网上一向放得很开，说这话毫不脸红，浑然不知道危险已经迫近。

今天是周日，除了技术部日常加班之外，其他部门大多放假，因此平时人满为患的电梯间人也不多，零星五六个而已。

电梯不知为何，在地下一层停留了很久，等得大家怨声载道，电梯间的人也越来越多，足足十几个了。

电梯终于缓缓上升，"叮"的一声徐徐打开了门。

陈一糯随着人群往前走，眼睛还没离开手机屏幕。才走了两步，便"咚"地撞上了前面那人的后背。

"上电梯？"陈一糯揉了揉额头，莫名其妙地往电梯里一瞥。

这一瞥，直直对上一道熟悉的目光。

目光的主人散发着寒意，电梯外的众人如梦初醒，此起彼伏地问好："董事长中午好！"

"陆总中午好！"

陈一糯混在人群里张了张嘴，但没出声。

陆总对众人点了点头："一起上吧。"

众人又是一番奉承，夸得好像陆总亲自开疆辟土，建立了不朽霸业一般，一个个鱼贯而入。

陆知衡听这些奉承话早就免疫了，穿耳而去，毫不挂心。他的目光扫过人群，发现本来队伍中间的陈一糯不知何时已经缩到了最后一个。

她也不上电梯，朝众人笑了笑："没事，我等下一班。"

电梯门缓缓闭合，陈一糯准备逃跑。她也搞不明白，自己也没做什么对不起陆总的事，怎么陆总每次看她的目光很奇怪。

陈一糯面色古怪，把忽然映入脑海的一段剧情删掉，电梯里忽然伸出了一只手，弹开了电梯门。

人群分列两边，陆总面不改色地收回手臂："陈一糯。"

陈一糯一个哆嗦，瞬间知道董事长生气了。

她好歹给陆总做了几周"秘书"，对于他的性格最了解不过，此时哪敢捋虎须？她尴尬地笑了几声："董事长。"

"要我请你上来吗？"

陈一糯内心翻了十八个白眼，只能小心翼翼地踏上了电梯。

电梯门缓缓关上，匀速上行。因为董事长在的缘故，十几个人没有一个敢张口聊天的，气氛诡异。

陆知衡好像毫无察觉，他低头看了看腕表上的时间，开口道："昨天中午吃的什么？"

电梯里几个人面面相觑，唯有陈一糯心知这句话是跟自己说的。

她往人群里缩了缩，闷声道："公司楼下的爆辣虾滑锅。"

电梯里的气氛完全凝固，众人纷纷感觉，剧情跌宕到有点看不懂了。

陈一糯不是早就失宠了吗，她和董事长至少有一个月的时间没有"同框"了吧？好奇心正熊熊燃烧着，挤了十几个人的电梯里，连呼吸声都细不可闻——大家不约而同地屏住呼吸。

陆总眉头一皱："就为了虾滑锅，所以昨天没在家吃午饭？"

周六是陆修远的补课日，陈一糯一般都在陆家吃午餐。只是陆知衡吃得很清淡，每天都是什么清炒茭白、水煮菠菜，还没有公司楼下的冒菜火锅好吃……

只是这话，陈一糯怎敢和陆总说？

她解释道："不是，我昨天下午来公司加班了，随便吃一口。"看陆总面上阴晴不定，赶紧补充一句，"那个水煮菠菜很好吃！还有芹菜汁！"

陆总道："等会来 28 层拿。"

陈一糯没反应过来："拿什么？"

陆知衡面不改色："芹菜汁。"

陈一糯闭上眼睛，深恨自己多嘴！天，又是芹菜汁……

陆知衡嫌弃地瞥了一眼陈一糯袖口上溅落的火锅油点，努力克服着自己的洁癖，威胁道："再被我发现你吃这些垃圾食品——"

"绝对不会！我以后每天都吃公司食堂！"

陆总满意地点了点头，让陈一糯下电梯了。

到了 28 层董事长办公室，还未坐定，陆总便拨通内线："以后食堂一律开始供应芹菜汁。"

他把任务安排下去，一边看着秦夕的资料，让刘秘书安排了几天后的见面，一边想到陈一糯方才在电梯里的样子。

可能真是芹菜汁喝多了？怎么好像面有菜色，憔悴了一些。罢了，让食堂也稍做一些川菜吧。

还有崔言说的那个办法真的靠谱吗？"投其所好"，那么陈一糯想要的，应该只有设计部捂了一个月的《御剑江湖》新武器了吧。

或许是天气变冷了，抑或是到了年关日程太忙，刘秘书觉得陆总最近的情绪实在飘忽不定。

怎么说，就是感觉陆总的神态忽然变得有些柔和？

刘秘书吓得一个冷战，觉得自己可能产生了某些幻觉。可是眼前这个在办公桌前正襟危坐的大老板，确实嘴角挂着一丝"柔和"的微笑。

一脸柔和的陆知衡正在观澜峰上等陈一糯。

这几天，在陆知衡心里，观澜峰已经成了二人的秘密约会地点。每天下线前的一句"明天十点老地方见"，成了陆总每天极为期待的事情。

只是，眼看着已经过了 10 点，陈一糯的头像却还一直暗着。

陆知衡耐下性子，看起手边的公司文件，只是半个小时过去，好友列表里那个唯一的头像却一直没有亮起来。

陆知衡只觉得自己平静如水的心境被打破了，看了一会儿《御剑江湖》的财务报表，眼前的数字依然像精密的齿轮一般运行，可唯有陆知衡自己知道，自己心里仍有一丝杂念。

他有些惶惑这样的变化，这种陌生的感觉，令他下意识地选择了逃避。

逃避问题的陆总选择用"隐晦"的方式解决这个问题。

一上午的时间，刘秘书被叫进董事长办公室五次。

第一次，董事长一脸镇定地问："今天没人迟到吧？"

刘秘书颤颤巍巍地打印出来全公司的打卡记录，诚恳地表示，只有一个财务部叫高琳的迟到了，已经按照规定扣了工资。

董事长一脸漠然，内心暗想道：那她没迟到，是来上班了。那为什么不登录游戏？

第二次，董事长全神贯注地翻阅着各部门年鉴报告，对敲门而入的刘秘书和颜悦色道："各部门新年这几天都很忙吗？"

刘秘书被老板脸上的微笑吓住了，手忙脚乱地整理出各部门制订的新年计划，每个部门的豪言壮语和相当漂亮的数字都令人眼花缭乱。

陆总礼貌性地翻了翻，只是，在测试部的计划中，似乎也没什么特别值得注意的东西——这么说，也不是工作太忙所以才没登录游戏。

第三次，陆总依然旁敲侧击，只是看向刘秘书的目光中，已经颇有恨铁不成钢之意。

最后，陆总通过全公司的午餐外卖单，终于找到了自己想要的信息。整个测试部的外卖单此时都捏在他的手里——他一张一张地翻过去，没有陈一糯的。

陈一糯的口味之刁他是知道的，公司食堂做饭清淡，她绝不会在食堂吃饭。那么，究竟是什么原因，会让她在工作不算忙的情况下，不仅不上游戏，连午饭都没吃？

陆知衡眯了眯眼，下意识地蹙起眉。他对刘秘书吩咐几句，后者终于领会了董事长的意思，当着陆总的面拨通了丁副总的内线电话。

电话响了三声，直接接通，丁洁颇具穿透力的声音传来，带着她声音中惯有的几分飞扬的盛气："喂，刘秘书？我是丁洁。"

陆知衡伸出手去。

刘秘书本以为陆知衡要接电话，没想到后者只是按下了"免提"键，然后示意刘秘书继续。

在大老板的视线压迫之下和二老板打电话，刘秘书感觉自己承受了非比寻常的压力。

如若换成陈一糯在此，只怕微博上那个"我的老板为什么这么奇特"的微博号又要多出新素材了。

只是，刘秘书在总部一直任董事长秘书，因而只需要对大老板负责就好。

刘秘书说道："丁副总好，我是小刘，今天都忙什么呢？听着心情不大好。"

刘秘书洞察人情的功夫可是一绝，不然也不能被陆知衡引为左膀右臂。丁洁接电话时明显都没喘匀，只是盛气一分都没减，听着哪里是心情不好，明明是舒畅到飞扬。

果然，听刘秘书这样一说，丁洁缓和了几分语气："没有，测试部这些人不会做事，效率太低，简直不知道是怎么进公司的。"

因为陆知衡方才按了免提的缘故，丁副总的声音回荡在28层整个董事长办公室里，同时，电话那边微小的呼吸声也被陆知衡察觉。

他的神色越发凝重，几度想出声，却最终还是按捺下了冲动。待到刘秘书一挂电话，立刻道："你让丁洁来见我。"

刘秘书习惯了自己老板突兀的要求，刚准备再拨个内线过去，却听陆知衡又道："你下去叫她，好好看着点。"

刘秘书下楼的时候还满心疑惑，可是一进到12层测试部的办公室里，顿时什么都明白了。

丁副总按说在26层有自己的办公室，可为了方便对接下属部门，副总的办公室一般都设在某一部门内。如公司另一位产品副总王副总，因为是技术部出身，便将常驻办公室直接设在了14层的技术部。

而丁副总的办公室，好巧不巧地就在12层。

刚一进测试部办公室的门，刘秘书便看到，整个办公室里的员工都精神得像打了鸡血一样，都在侧耳偷听。而一边的副总办公室里，丁副总的声音极为清晰。

"一个晴雨系统，让你测试了这么久都做不出来，你自己说说你是能力问题，还是态度问题？"

刘秘书一听这话，瞬间全都明白了。

怪不得董事长这么着急地让自己下来，原来里面的人是……不过，刘秘书并没打算马上打断丁副总。他在门口站了站，听着下文。

在他的印象里，那位陈一糯也不是好欺负的。

丁副总让陈一糯一个人负责整个晴雨系统的测试，这件事就是在离12层最远的总经办也能听到风声。起先刘秘书以为丁副总只是吓一吓陈一糯，立威而已，却没想到丁副总真要拿这事做文章。

刘秘书等了半天，也没等来陈一糯伶牙俐齿的反击。倒是丁副总继续咄咄逼人之态，兼以痛心的语气，从里到外把陈一糯贬得一文不值。

陈一糯终于说了第一句话。很平静的语气，似乎全然没被上司劈头盖脸的这一通乱了阵脚。

"丁副总，抱歉。之前组内其他三个成员都提前休年假了，按照我一个人的工作效率，我预计还要 30 个小时才能完成整个系统的测试。这是我的工作日志。"

副总办公室里，诡异的安静持续了十几秒，紧接着便是一声震天的拍桌声，丁副总的声音甚至变了调："这就是你不完成工作的借口？我只看结果，不看过程！你这样的态度，我现在就可以把你开除！"

陈一糯的声音冷静响起："如果在一个五人工作组中，有四人都在年底最忙时休假或公差，而您却要开除唯一一个工作的员工，那我无话可说。"

"谁给你这么和我说话的权力？董事长吗？你以为攀上了陆总就可以在集团里耀武扬威？"丁洁的声音满是嘲弄。

她全然没有压低声音，而是恨不得整个测试部都能听见这话："不过，从 T 市回来之后，怎么不见你去董事长办公室了？被打回原形的感觉怎么样？还要继续和我狐假虎威吗？我告诉你，你现在还没转正，我想开除你，根本不用通过人事部。你要是想走人，现在就可以。"

刘秘书越听越觉得这些话不堪入耳，在他的印象中，丁副总大多数时候都公私分明，几乎从未将私人情感带入到工作中来。可是不知道为什么，一旦涉及陈一糯，丁副总就百般刁难。

刘秘书面上还带着一成不变的笑意，知道丁副总已然怒火中烧，继续下去一定会牵扯陆总，当机立断地叩响了副总经理办公室的门。

丁副总的怒火骤然被打断，正要发作，刘秘书低声一句："副总，是我。"

办公室的门打开，丁副总面上带着假笑："刘秘书，怎么了？"

她此时见到刘秘书，已然察觉到几分不对，如若对方真是为了陈一糯而来的话……

丁副总深吸一口气，目光投向在自己对面安然站立的陈一糯。

她越来越看不透眼前的女人。

几个月前，陈一糯还会因为自己的一句话而在电梯里奋然反驳，而今，却好像被磨平了棱角一般。

不，不是磨平了棱角。她将自己的锋利尽数掩藏，全数投入到工作之中。

晴雨系统的测试，本来就是丁副总找的借口而已。她以此为理由，不仅让陈一糯在跨年休假时加班，还可以在年初计划中表明，因陈一糯的工作失误，导致整个进度变慢。

只是，明明 5 个人的工作量，陈一糯竟然一个人做下来了……

丁副总心里有些发慌。

她一向都是离陆知衡最近的女人。五年前，陆知衡对身边所有的女性都不假辞色，似乎对他来说，不管是男人还是女人，商业价值才是唯一的区分标准，而任何事情唯有结果才是最重要的。

只是，这个陈一糯一出现，就打破了陆知衡的太多习惯。

这次，如果刘秘书真的是为陈一糯而来……丁洁不敢想。她只是维持着面上的笑，连一向盛气凌人的声音，都带着些色厉内荏的意思："我正在训员工，让你见笑了。"

刘秘书知道自家老板的意思。

如若为了给陈一糯撑腰，老板自己便下来了，此时指派自己下来，多半是有大事化小的意思。

因而，刘秘书只礼貌性地问候了二人，而后对丁副总道："副总，董事长找您。"全然没有提到陈一糯的事。

仓促之间，刘秘书望了一眼陈一糯。

后者神态冷静，安静站在一边，处之泰然，最后只留下一句话："既然副总有事，那我先回去做事了。今天我会加班，争取早日把系统测试做完。"

刘秘书带着满心对陈一糯的叹服回了 28 层。

10 分钟后，微博上，"我的老板为什么这么奇特"忽然更新了一条微博。

"@我的老板为什么这么奇特：有没有哪位热心网友给我二老板寄点乌鸡白凤丸？她可能提前二十年进入更年期了。"

// 第十章

陈一糯加班一周，艰难地搞定了晴雨系统的测试。

她发信息试探丁副总的态度，丁副总这次倒是回得很快。

"既然晴雨系统没什么问题，就开始测试气温系统吧。"

陈一糯无话可说。

陈一糯默默地在日程表上的"晴雨系统"上打了个大大的勾，然后用工作电脑打开了气温系统的测试后台。

没办法，领导让加班，完全不需要任何理由。

她刚打开电脑，门口就传来一个女人的说话声，时大时小，断断续续，还有高跟鞋的噔噔声，听起来颇为凌乱。

声音越来越近，陈一糯也听得越来越清楚。是女人的哭声。

那人直接向测试部而来，她踉踉跄跄地进门，对着手机正哭得凄惨："……你这样要我怎么办，你考虑过我吗？"她正啜泣着，一回头，便看到正襟危坐的陈一糯坐在工作区，头上戴着耳麦。

高琳吓得一个哆嗦，赶紧背过身去，电话也不打了，擦干净眼角的泪痕。

陈一糯似乎没有注意到她。

她在门缝中瞥了一眼，陈一糯似乎在加班，戴着耳麦应该听不到自己刚才说了什么……高琳一咬牙，转身便走，假装自己从来没出现在办公室过。

测试部办公室里。陈一糯缓缓摘下耳机，眼中有思索之意。

只是，5分钟之后，她便已经无暇去考虑高琳的事了。

《御剑江湖》的官网上，几个铁画银钩的大字挂在首页头条。

武器出世——九斩轩辕剑！

通体漆黑的剑身，运气之时有银光闪烁，见血即尽数化为赤色。光芒耀眼，握在手里太有气势了！

这是《御剑江湖》的第一柄新武器。陈一糯早就听设计部的同事透过口风，只是没想到能在元旦之前就问世。

只是，再看看九斩轩辕剑的获得方式，陈一糯忍不住想骂人！

跨年宝箱会随机散落在"世界"各地，打开跨年宝箱，便有可能获得武器碎片，100个碎片可以合成一柄绝世武器。

只是，打开每个宝箱都需要宝箱钥匙才行。

每个钥匙的售价是：20元人民币。而且，更气人的是，打开跨年宝箱得到武器碎片的概率很低，更有可能得到的是金币、钻石之类的东西。

这样一柄武器，竟然至少要小几千块人民币！怎么不去抢！

还好她提前收到了大老板发的奖金，不然岂不是要望洋兴叹！陈一糯在游戏里花钱一向很舍得，本来这次做好准备，一定要拿下这柄神器的。

只是，一想到要搬家，陈一糯就头大如斗。

租房都是押一付三，加上搬家费、中介费……她自欺欺人地闭上眼不看自己卡里的余额，可心却越来越凉。

看上去……她是和这武器无缘了。

陈一糯意兴阑珊地登录上游戏，"我是你老板"早就等在了观澜峰。

陆知衡本以为陈一糯得知武器面世的消息会很兴奋，可没想到她是这种恹恹的反应。

他之所以给陈一糯发奖金，正是因为知道她一定会想要新出的武器，只是她这样闷闷不乐的样子，令陆知衡起了试探之心。

他便问她："做什么呢？"

陈一糯颇为心灰意冷："浏览微博。"

陆知衡从没用过微博，不过这已经是他第二次从陈一糯口中听到这个词，他这次记下了这两个字，回去让刘秘书研究。

陆知衡一边在自己随身的本上写下"微博"两个字，一边道："怎么了？听着心情不佳。"

陈一糯也不避讳"我是你老板"，一声长叹："唉，我完了。"

"我是你老板"打字问道："你怎么完了？"

陈一糯长叹一声："我应该是和武器无缘了！"

她把房东临时卖房的事说给陆知衡听，又道："老板刚发的奖金，这下要搬家了，怎么敢乱花钱？"

"我是你老板"："为什么搬家就不能乱花钱？"

【私聊】糯米粽子 14:22
你这种老板是不会理解的……搬家如果找中介的话要付中介费，还要付新房子的押金，还要找搬家公司把所有家具什么的都搬走！一把武器的钱根本都不够用。

【私聊】糯米粽子 14:23
唉……看来我和神器是真的有缘无分。

陆知衡最见不得陈一糯这副样子，他略略蹙眉，问道："那也没关系，春节前不是还会发年终奖吗？"

糯米粽子道："我没转正成功，没有年终奖。"

陆总皱眉，拨通刘秘书的内线电话："把测试部的职工在籍档案给我拿过来一份。"

不过，转正这件事，走流程的话也要好几天。陆总喝了口枸杞水，缓缓在键盘上打字。

【私聊】我是你老板 14:30
别担心，都会有的。

两天后，"我是你老板"约陈一糯在西湖的茶楼见面。女剑客飞檐走壁，刚刚在二楼雅间坐定，对面就发来交易申请。

"我是你老板"请求同您交易：神器碎片100块。

陈一糯深吸一口气，果断地点击了"拒绝"按钮。

【私聊】糯米粽子 19:41

老板，这个我不能要。

【私聊】我是你老板 19:42

我说过，今后你的装备我都包了。

武器碎片，并不是只要有钱就能得到的。打开跨年宝箱的时候，有可能获得武器碎片，同时也有可能获得其他物品，更何况，跨年宝箱的数量极为有限，至少到目前为止，陈一糯还没看到任何一个人合成了武器。

眼前的人，竟然已经集齐了100个武器碎片。

而且，直接交易给自己。陈一糯也不是完全不心动，只是这么贵重的东西，她决不能收。

【私聊】糯米粽子 19:44

你留着自己用吧。我真的不要。谢谢你了。

【私聊】糯米粽子 19:45

快合成出来！我还不知道医师的武器长什么样子！这应该是全区第一把武器吧？

"我是你老板"又发起了几次交易，陈一糯通通点了拒绝，下一秒便邀请他开启语音。

那熟悉的声音在陆知衡的书房里回响："我确实很喜欢新出的神器，但我会自己买的，只是晚用几天。"

陈一糯似乎又在吃薯片，咯吱咯吱的声音，陆知衡却不觉得烦。

那声音带着少女的活泼和清凉，没心没肺的："你快自己换上！你先用上武器更好，我们就可以大杀四方了。走走走，兑换武器去。"

陆知衡最后也没去兑换武器。

两个人还是像以前那样，进了"落日黄沙"的频道。队伍里明明是八个人，他们两人却习惯性地挂着私密语音。陈一糯一边吃薯片一边拆部门经理的台，陆总静静聆听，偶尔给陈一糯加点血。

大漠之外，便是绿洲。

河水涓涓，将一望无垠的大漠划分开来，那水流越来越粗，直到形成了完整的河道。泉水叮咚，鸟兽聚散，人烟稀渺，这是"落日黄沙"频道最后的结局。

陆知衡看着屏幕上并肩而立的两人。

男子一身白袍，腰间玉带，手中碧箫，正负手远望。女子则黑衣黑靴，凌空而立，手中长剑如血。

武器当然要送。

陆知衡这点自觉还是有的。

自从发现了自己曾经被"糯米粽子"追"杀"的真相，陆知衡就觉得有些心虚，他下意识地想补偿陈一糯，可又觉得自己的想法站不住脚。

陈一糯每个周末来陆宅补课的时候，陆知衡都有种想自揭身份的冲动。

干脆告诉她，自己就是"第一医师"，然后任凭发落算了。只是，每当看着陈一糯一脸苦大仇深地啃着白水煮青菜，然后龇牙咧嘴地喝下一整杯芹菜汁，陆知衡就觉得，这样的日子还是很有意思的。

他实在不想破坏这样的现状。

只是，陈一糯也有不听话的时候。

这个周日，陈一糯按例在陆宅吃午餐。今天陆知衡让做了一道藤椒钵钵鸡。满满一小碗藤椒圈，均匀地撒在汤汁里。

串串只有鸡肉串和蔬菜串，健康养生。

陆知衡看着陈一糯兴奋地吃串串的样子，实在无法把眼前的小女生和《御剑江湖》里叱咤风云的"糯米粽子"联系在一起。

陈一糯吃得开心，额头上沁了薄薄一层汗，略长的刘海黏在额上，她左甩右甩也没甩开。

"别动。"陆知衡声音低沉。

他倾过身来，探出手，为她轻轻拨开额前碎发。

他对上那双有些慌张的眼神，心跳蓦地一滞。

翌日上午，刚进办公室，陆知衡就传唤刘秘书，马上拟定测试部绩效奖金，今日立刻发放。

最终，陈一糯虽然还没转正，却领到了和正式员工一样的5000元绩效奖金。年末奖金会在春节前发放。

刘秘书瞥了眼绩效奖金上的名单，心里已经有数。他很快把消息隐晦地递到了财务部，当天下班之前，陈一糯的账户里就收到了这笔意外之财。

还等什么！

陈一糯哼着歌，开始疯狂打开游戏里的宝箱。

世界频道上，有人试着打开了几个箱子，都在抱怨武器碎片的出现率太低了。平均开两三个箱子，才能有一个碎片。

陈一糯一阵肉疼，但还是果断地打开了第一个箱子。

"恭喜您获得武器碎片。"

"恭喜您获得武器碎片。"

"恭喜您获得武器碎片。"

她连着打开了五个，全都是武器碎片，直到第六个才变成坐骑的技能卷轴。第七个箱子，又是神器碎片……

这是什么惊人的出现率？

自己和世界频道上那些人玩的，真的是同一个游戏吗？

陆总才不会承认自己让技术部的人更改了武器碎片的爆率。他刚下班回到家，就收到陈一糯的私聊。

【私聊】糯米粽子 19:07
我集齐100个碎片啦！

陆总春风得意，虚伪地恭喜。

【私聊】我是你老板 19:08

那一起去兑换武器？

他一直没兑换武器，就是想等陈一糯一起。

陈一糯兴高采烈地和他组好队，往长安城的铸剑师处策马而去。

5分钟后，世界频道连发出两条公告：

"恭喜'糯米粽子'集齐100个武器碎片，获得第1柄武器：九斩轩辕剑！"

"恭喜'我是你老板'集齐100个武器碎片，获得第2柄武器：玉屏洞箫！"

世界频道瞬间炸开了锅。

【世界】小女子有点甜 19:16

什么情况！这就集齐了！

【世界】剑客潘多拉 19:16

膜拜！不愧是《御剑江湖》第一人！

陆知衡看到世界频道上夸陈一糯的，简直比夸自己还开心。

两人都已经装备好了武器。

女剑客手中的九斩轩辕剑通体漆黑，银光如电；医师一柄玉屏洞箫捏在指尖，光泽莹润，如暖玉生辉。

二人穿行过熙熙攘攘的长安市井，并肩而行的背影很快就被围观群众截图下来，发到了《御剑江湖》的游戏论坛上，群众展开了激烈的讨论。

"'糯米粽子'不是最讨厌医师的吗？"

"她和'第一医师'的恩恩怨怨，至今还是群众们茶余饭后的话题，怎么这么快身边就多了一个新的医师？"

在陈一糯不知道的地方，无数留言飞速流传。

第一个版本是："第一医师"是"糯米粽子"的原配，而"我是你老板"则横刀夺爱。

另一个版本里是："我是你老板"和"糯米粽子"早就相识，不过"我是你老板"抛弃了"糯米粽子"，才让"糯米粽子"从此对医师避之不及……

总之，观众的想象力是无穷无尽的。

陈一糯只觉得今天的游戏打得都比平常快。

【私聊】我是你老板 20:18
元旦放假打算做什么?

陈一糯最近受整个测试部办公室的养生风潮影响，开始喝枸杞水。究其原因，大概还是 28 层的芹菜汁太难喝了。

她抿了一口枸杞水，对着话筒道："估计要加班。二老板说部门还有事情没做完，估计肯定要落到我头上。"

陆知衡知道，陈一糯口中的"二老板"就是丁洁。

他对丁洁已经暗示过几次，不过后者不为所动。看来，不能再这样下去了。

陆知衡很快就做出了决定。

而在网络世界的另一端，微博上，数十万读者终于等来了"我的老板为什么这么奇特"的作者的更新。

"@我的老板为什么这么奇特: 我再也不说大老板了! 大老板宇宙第一好，刚发完钱又发钱! "

陈一糯不知道，大资本家从来不做亏本的生意。

陆知意想见陈一糯已经很久了。

拜她古灵精怪的儿子陆修远小朋友所赐，陈一糯在他的口中简直就是上天入地无所不能的女战士。对于自家弟弟是怎样被女战士收服的，陆知意更是大为好奇。

只是陆知衡的态度，似乎有些奇怪。

明明前几天已经答应了邀请陈一糯来家里吃饭，却又在关键时刻把自己支走了。

前天自己又提了一起吃饭的事，陆知衡依旧答应了，可到了晚上又发来微信："算了，你还是先别见她了。"

分明三个小时前，他还状似不经意地告诉自己，陈一糯喜欢吃辣。

陆知意从来没见过陆知衡这样反复无常的一面，这样的纠结，怎么看怎么像是患得患失？

陆知意可不是温吞的性子，她骨子里是陆家人一贯的雷厉风行。凡是她想做的事，就算是陆知衡也阻挡不了。

这天是本年度最后一个工作日，明天就是新年元旦了。

上午10:30，陆知意身披驼色羊绒外套，出现在陆氏集团28层董事长办公室。

陆总正在一边浏览电脑上的视频，一边做着笔记。见陆知意进来，他连忙把正在看的视频最小化。

陆知意全然没有在意，走到他办公桌前，看他方才正在处理的工作。

陆知衡下意识地一挡，陆知意却早就抽出上面的第一张纸来，纳闷道："这都是什么鬼画符？"

只见那张纸上，画满了各种各样奇怪的图标，小雨滴的、小佛像的、小弓箭的……

陆总面无表情道："是《御剑江湖》的资料。最近集团准备筹备新游戏项目，和《问道》的影视项目联动。"

陆知意随即在沙发上坐下，信手翻了翻堆成小山的材料，感慨道："每次只有这种时候我才觉得，你找不到女朋友也是情有可原的。"

陆知衡黑着脸，让秘书进来送两杯茶。

刘秘书送进来的是一壶刚沏好的红茶。

陆知衡偷偷瞥一眼正补妆的老姐，咳了一声，对刘秘书道："不要这个，要那个'罗汉沉香'。"

刘秘书接收到了董事长的信号，恍然大悟："是陈小姐送来的那种？"

陆知衡不耐烦地"嗯"了一声。

一旁的陆知意听了，眼睛一亮，刘秘书刚推门出去，陆知意便迅速窜到老弟身边，眼中燃烧着好奇。

"看来进展不小！已经开始收礼物了？我老弟行啊！"

陆知衡点了点头，骄傲道："我也和她说了，我不缺东西。"

"不缺东西"的陆总绝对不会告诉老姐这包茶的真相。

而陈一糯则全然不知道，自己之前友情捐献到12层茶水间的三包茶，早就永远地消失在了12层，已经被董事长据为己有了。

　　同样是本年度最后一个工作日，陆知衡和陆知意优哉游哉地喝着茶，另一边的测试部却进入了最后的生死之战。

　　几周前，丁副总下了死命令，让测试部在年底之前测试完整个气温系统。测试部全员连续加班，直到今天中午，才堪堪完成手里的任务。

　　整个12层格外寂静，一丝人声都没有。测试部里，众人团团围在一起，根本看不清里面的情形。

　　在这落针可闻的安静之中，每一个人都屏住了呼吸。

　　漫长的5分钟过去，一瞬间，震耳的欢呼声响起，整个12层霎时爆发出欢乐的浪潮！

　　陈一糯被围在正中间。她正坐在测试部的主服务器前，手执鼠标，盯着眼前的长屏幕上数据闪过，最终定格在一个超乎寻常的数字！

　　超额完成任务！

　　她耳边已经回荡起同事们惊喜的欢呼声，以及终于结束了漫长加班的轻松和喜悦。

　　大家都开心地想要下班后一起聚餐，陈一糯欣然答应。只是，还没来得及高兴一会儿，喧嚷的欢呼声瞬间小了很多，高跟鞋的声音越来越大，丁副总出现在门口。

　　"上班时间，吵什么？"丁洁没有皱眉，语调还是那么冷厉。

　　赵主管便替大家回道："领导，我们刚刚完成了对气温系统的测试。"

　　丁洁环视众人，面上阴晴不变。

　　在众人都以为她会发怒的时候，她却露出一个笑容来，对大家道："各位真是辛苦了，测试部的奖金，我做主，每人再多发三成。"

　　她的目光落在陈一糯脸上，最后只轻声一句："还没转正的就免了吧。"

　　丁副总这句话说完，本来其乐融融的测试部办公室忽然鸦雀无声。

　　最后还是赵主管小心翼翼地道："领导，陈一糯做的工作挺多的……"

　　又有人低声道："就是啊，要不是陈一糯，我们根本做不完。"

　　丁副总的面色逐渐沉了下去。

正当她要发火的时候，一个娇媚的女声传来："一个个像圣人似的，真想给某人抱不平，倒是把自己的奖金分给人家！"

说话的是"花蝴蝶"肖涵。

自打从 T 市团建回来之后，肖涵在陈一糯这儿处处吃瘪，索性一句话都不和她说了，陈一糯也乐得清净。

肖涵也曾试着拉拢测试部的其他同事，一起孤立陈一糯。

只是丁副总左一个晴雨系统，右一个气温系统，这些繁杂的工作，倒有小半是陈一糯扛下来的。其他同事自然也不会听肖涵的挑拨，反而更愿意和陈一糯来往。

只是眼下，沉默了两个月的肖涵好容易找到了可乘之机，立马出击。

"怎么，都哑巴了？"肖涵修身的白衬衫勾勒出玲珑有致的身段，下身是黄色 A 字裙，脚踩高跟鞋。"赵主管，方才你不是要给陈一糯请功吗？不如把你的奖金分一半给她？"

赵主管也只是在力所能及的范围内提一提，又怎么会为此放弃自己的利益？他低下头，不敢看陈一糯，沉默地退回人群之中。

"还有你，是叫 Cindy 吧？你不也是个新来的实习生？还真以为自己说得上话！"

丁副总抱着臂，饶有兴趣地看肖涵怼天怼地。

肖涵给高琳使个眼色，后者本就与她同气连枝，此时绕场一周，最终到了丁副总面前："领导，走吧。今天你给我们测试部涨了工资，我们全员请您吃午饭，好不好？"

她这一句话打破了办公室内的尴尬，大多数人纷纷附和起来，拥着丁副总往外走去。

唯有陈一糯和零星几个同事，还留在原地。她明明一步都没有动，却已经从人潮的中间，到了人潮的边缘。

这样的冷暖，陈一糯在测试部已经看到太多。

就算是这样，每次经历这样的情景，都会让她心里更凉一些。

难道这个世界上，真的只有利益至上吗？当自己的利益受到侵害的时候，没有人会站出来为别人而发声？

她回到自己的办公桌前趴在桌上，觉得有些累。

一个下午过去，同事们来而复返，凑在一起叽叽喳喳说话。丁副总又来找了她一次，口头表扬了她完成"晴雨""气温"两大系统的功劳。

只是，面对"笑面虎"的丁副总，陈一糯忽然有种不祥的预感。

翌日，陈一糯的预言果然成真。

丁副总临时批准了陈一糯之前提交的一份提案——性格系统，并安排陈一糯在年末最后一天加班。

这是本年度的最后一天。陈一糯一个人踩着牛皮小靴子，来到空荡荡的陆氏集团大楼。

平日里都要排队才能用的电梯此时空无一人，她百无聊赖地上了12层，趴在自己的办公桌上。

虽说性格系统是自己的新想法，实施起来还是很有干劲儿的。只是全公司的人都在放假，只有自己一个人孤军奋战的感觉实在是不太好。

与此同时，大厅里留守的保安忽然一个激灵，瞬间立身而起。腰间的对讲机响起急促的声音："大堂请注意！大堂请注意！董事长的车已经进了停车场！马上做好准备！"

VIP电梯有条不紊地开始运行，身披黑色羊绒大衣的陆知衡，在这个全公司都休息的假日来到了公司。

他在电梯里站了很久，缓缓按下了一个按钮。

陈一糯面前的电脑屏幕上，是观澜峰的九重云巅之处。

暮云缱绻，微光透过云层的折射，映照在水势湍急的沧明河之中。

黑衣银剑的女剑客负剑而立，背影颇有几分萧索。

沧明河是北方各州唯一的一条不冻河，就算是在最为寒冷的冬季，河面也很少结冰。这并非因为气候温暖，而是因为水势之急，足以破冰。

陈一糯最喜欢登高观澜。

此时，她正支着下巴，一个人孤零零地坐在办公室里。

今年的最后一天，她似乎就要在办公室里度过了。

本以为加班加点地完成气温系统的测试之后，可以舒舒服服地跨年。没想到，丁副总竟然在最后一个工作日的下午，让她马上开始做性格系统。

陈一糯看得出丁副总的刻意针对。

只是，既然好不容易有了机会，可以开始做自己向往已久的性格系统，陈一糯还是决定抓住这次机会。

她桌上的电脑上挂着《御剑江湖》的页面。

黑衣银剑的女剑客正盘膝而坐，面对沧明河湍急的流水，似有所思。

陈一糯心里盘算着，性格系统要从何处入手？是游戏里的人物，还是每一个玩家？江湖之中哪有绝对的善、极端的恶？一切轮回都有其因果，而每一个剧情人物的背后，有无数被掩埋的故事。

在《御剑江湖》的设定之中，玩家到商行可以购买不同的物品。只是，在陈一糯的脑海里，不同城市的商行可能定价不同，每一家店的掌柜也可能有忠有奸。有人是江洋大盗，隐姓埋名做个商贩；也有人辛苦数年，经营的店铺却在玩家的斗殴之中化成一片火海……

在她的脑海之中，无数错综复杂的剧情已经开始上演。

这才是真正的交互性网游！才是真正活着的、生长着的江湖！

她在笔记本电脑上噼里啪啦地敲击键盘，将零碎的想法悉数记下。

只是，在《御剑江湖》的界面之上，观澜峰下似乎传来了一阵阵喧嚷的声音。

陈一糯凝目看去，一个淡定的声音隐隐传来：

【附近】我是你老板 13:21
下来。

陈一糯眉梢一动，自九重云巅向下俯视，入眼的唯有云海而已。雾色和云絮浓稠在一起，看不清半个人影。

她忙打字道："你在哪儿？"

那声音似乎闷闷的，透着一股憋着气的不爽快："就在你下面。"

黑衣女剑客轻身而起，几个轻盈的转身，便将四周探查了个遍。终于，在崖下一块黑色巨石的后面看到了一袭道袍的医师。

"你怎么不上来？"她问。

男人掩饰着脸上的心虚，说出口的话倒很是坦诚："上不去。"

陈一糯面上犹带着笑意，也不说破，只说："你这里的风景也很……独特。"

极目远眺之处，全是黑黝黝的岩石，面前的视野正好被卡在死角。别说"观澜"了，就是听听波涛的声音都费劲儿。

只是，他不是说今天有事不玩游戏了吗？黑衣女剑客与道袍医师相对而坐，周遭岩石林立，显得颇为阴冷。

"我是你老板"很快发来了组队申请。

陈一糯对着耳麦道："今天不是说不来了吗？"

那人道："本来有事，现在没有了。"

陈一糯全然没察觉到话里有话，只觉得自己本来一个人孤零零地在办公室待着，此时忽然有了个伴一般，一时开心道："要玩游戏吗？"

那人便说："好。"

简单的一个字，透过屏幕，便只是再寻常不过的答话，看不出半分宠溺了。

两人便一路往游戏频道入口走去。

黑衣银剑女剑客大步流星走在前面，身侧跟着个温润如玉的道袍青年。两人带着绝世武器一起游街，很快便引了围观人群。

陈一糯早就被围观习惯了，眼前这点阵势完全不能引起她的在意，倒是陆知衡颇有些与有荣焉。

想当年，自己只有被"糯米粽子"蹂躏的时候才能被这么多人围观。

陆总丝毫不觉得这逻辑有什么不对，颇为骄傲地执箫前行。

陆知衡自己也不知道，自己为什么要在跨年这天跑来公司加班。若说是为了陪伴某人，可他这样不声不响的，某人并不知道他的存在。再说，只是陪打游戏而已，何苦亲自来公司？

他和陈一糯一起到了副本门口站定，陈一糯的声音在耳机里回荡："还打落日黄沙吗？不知道今天能不能组到那么多人。"

落日黄沙是八人组队游戏。平时，二人都在一起，也有固定的队伍。只是跨年这天，很多人都没玩游戏，因此队伍也凑不齐了。

陆知衡打字道："随意组人也行。"

陈一糯点了点头，在组队频道发出了邀请。

　　下一秒，队伍里剩下的五个位置被迅速填满，为首那个名字的出现，令陆知衡眯了眯眼睛。

　　"夕阳西下"。

　　陈一糯的大徒弟。

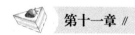

第十一章

陈一糯知道，老板好像一直不喜欢"夕阳西下"。

第一次组队的时候，队伍里本来有"夕阳西下"，老板一定要把他踢出去了才肯开始玩游戏。

她有些为难，在队伍语音里道："夕阳。"

队伍语音里，很快出现了一个清越的男声。电波对音质略有影响，只是仍能听得出来，是个极好听的男声："师父，你都好久不带我一起打游戏了。"

陆知衡眸光一凛，遏制住自己想要踹电脑的冲动，长吁了一口气。

陈一糯道："你都玩这么久了，哪里需要我带？"

那男声委屈道："看来师父不想要我了。"

那声音朗润如玉，带着水一般的潺潺。

"夕阳西下"此人，很少在游戏中发语音，但他偏偏在陈一糯这里很多话。

陆知衡垂下眼，烦躁之余忽然觉得这声音有些熟悉。他心中陡然一紧，紧紧抵着嘴唇，一边在队伍频道里打字，很大度的样子："无妨，一起吧。"

刚在队伍频道里装完大度，陆知衡赶紧小心眼地私聊陈一糯。

【私聊】我是你老板 13:54

别在队伍频道里语音。

【私聊】我是你老板 13:54

那个男人真吵。

　　强行把陈一糯从队伍语音里拽了出来，换成和自己的双人语音，陆知衡才稍微松了一口气。

　　陈一糯全然不知道老板心里想的是什么，不过从一开始完全不待见夕阳，到现在可以相安无事地一起打副本，也算是老板的一大进步了。

　　黑衣女剑客手中长剑高举，银色光芒璀璨闪耀，率先上去打怪物。大漠之中，几人纠缠交战，飞沙走石，金铁交鸣。

　　T 市。

　　陆氏影业今日全公司放假，大门已锁，就连楼里的保安大多都放假回家了，只留下两个人看着大门。

　　可对面的糖球娱乐则不然，似是有什么重要人物要接见一般，门口规规矩矩地排了两列人，停车场里最好的两排车位也都被清理了出来。

　　果然，作为业内最顶尖的影视公司，从来没有休息的时候。

　　陆氏影业的保安们窝在温暖的小亭里窥探着对面的动向，纷纷觉得，糖球娱乐果然是娱乐产业的龙头，瞧瞧人家加班这觉悟。

　　忽然，一个西装革履、手拎硕大公文包的精英男士脚步急促地跑了过去，一边对着手里的电话喊着："你别告诉我，你还在家！"

　　电话那边似乎说了什么，精英男气得眼镜都歪了："董事会的人还有 5 分钟就到！这次可是全体董事都到场了，就为了你明年那部好莱坞的剧本……"

　　他三步并作两步，冲向一辆黑色丰田埃尔法，迅速跳上了副驾驶位。司机随时待命，此时一脚油门，黑色的商务车疾驰而出。

　　跨年日，整个 T 市都堵得水泄不通，平日里 15 分钟便能开到的路程，足足堵了半个小时。

　　车终于艰难地开进了听澜公馆，庭院深深，冬日本应萧索，可入眼之处绿意丛生，两侧常青木倚天相接，清泉四季长流，就连露天的锦鲤池都仍是金红耀眼，一片生机——那整个鱼池时时加温，冬夏皆宜。

这是 T 市中心唯一的别墅公馆。整小区只有 32 户，都是独栋别墅，去年才揭牌入住。听说，就连"听澜公馆"那四个烫金的大字，都是大人物亲自提的。

此时，火急火燎的张睿从埃尔法车上跳下来，熟门熟路地在大门上狠狠按下指纹。

别墅大门应声而开。

张睿来不及换鞋，急急地往屋里窜，一边叫："秦夕？秦夕你人呢？"

客厅里没人，只在桌面堆着三个双倍辣火鸡面的空泡面桶。

书房里没人，倒是横着一瓶红酒，撒了一地。

卧室里。

张睿三两下把秦夕从床上挖了出来，而后者顶着凌乱的头发，眼睛还盯着被抢走的电脑屏幕，手里的鼠标仍在飞快地点击，还在说着："等会儿，我打副本呢。你按一下 R 键。"

张睿现在只想买块豆腐撞墙而死。

"祖宗，快收拾一下走了！咱们已经迟到半个小时了！金华电影节就剩两个月了，你怎么也不着急！"

顶着鸡窝头的男人"哦"了一声，翻身下床，一边把鼠标也塞进张睿手里，似乎对电影节毫无兴趣，反而饶有兴趣地问道："董事会都来了？都有谁？"

窗帘拉开，久违的阳光洒满整个卧室。光线映在男人的脸上，他的眼睛眯了眯，似乎不太适应这骤然的亮光。

一束光映过他的侧影，剑眉如刻，眼如沉星。那一张口的声音带着隐隐的沙哑，却依旧不掩清越。这张脸出现在大街小巷，无数黄金档热播的电视剧里，出现在数十亿票房的史诗级荧幕上，出现在各大奖项的颁奖台上。

秦夕。

两年前，他主演的电影《炎黄》，将华语电影三大奖收入囊中，甚至获得了奥斯卡的最佳外语片提名。

这个名字在一夕之间，从无人问津的荒芜之地直冲云霄。更为讽刺的是，他的经纪公司甚至都忘记了自己旗下还有这个艺人。

一夜爆红，且直接步入传奇的层次，秦夕却鲜少在公众面前露面。他不参与综艺节目和真人秀，采访也很少。只是，他在微博上的互动不少，经常更新自己的健康日常。

水煮鸡胸肉和沙拉的健康餐、健身房里挥洒汗水、远足、滑雪、读书充电……一众粉丝为偶像的自律生活疯狂点赞，甚至把"今天你为秦夕点赞了吗"这个话题顶到微博热搜榜第一。

秦夕两个字，在大众眼中，代表着标杆一般的生活态度。日常早睡早起、适量运动、充电读书……从里到外，堪称真正的偶像。

可是，如若粉丝们得知偶像真实的样子……

张睿嗅了嗅空气里浓郁的酒精味，厨房里堆着的垃圾食品的残骸。

他不敢去想这个可怕的命题。

张睿认命地替他操作电脑上的人物，一边道："都来了。周董、郑董，还有……"他低着头，不敢再说。

忽然，电脑屏幕一暗，一只蜥蜴冲了上来，咬在屏幕上一袭袈裟的僧人身上。

张睿吓了一跳，只听秦夕道："蠢，先跳，再翻滚，然用后罗汉金钟。"

秦夕洗完脸，随意抓了两把头发，对着镜子露出一个桀骜的笑容。他刮着胡子，手上一下比一下狠，声音却清越如山泉，似是满不在乎的口吻："你刚刚是想说，还有高千佑那个老废物吧。"

张睿一凛。他能感觉到自己的手猛然颤抖着，却说不出话来。

正站在镜子前刮胡子的男人动作一停，低声啐了句"晦气"，原来是刮破了脸。

他从抽屉里摸出创可贴，擦了把血迹，将创可贴随意贴在下颏上，漫不经心道："张睿，睿哥。你别抖啊。"那双眼睛从镜中回望张睿，尾音略略上挑，带着令人毛骨悚然的释然，"他已经不是当年的他了。那个能把我绑在片场不吃不喝，在酒桌上逼我一口喝半斤白酒送到医院洗胃的高千佑、高董……早就没了。"

秦夕面对着镜子，满意地看了看自己下巴上的创可贴。他一眨眼，眸中那些锋芒毕露的桀骜尽数散去，只剩下如玉般的温润。

他笑了笑，声音轻快："现在该我灌他了。谁让我秦夕爬出来了？来，睿哥，笑一笑。我身边的人，怎么能笑这么僵？"

他低头，张睿还颤颤巍巍地操作着电脑游戏。秦夕居高临下，在键盘上随意按下几个键。

最后的老板被高高挑空，而后轰然倒地。屏幕上的人是个和尚角色，一身雪白袈裟，却是满身刺青。那和尚立在远处，执起佛珠念了一句谶语。视野渐渐升高，显出他的名字来。

在贫瘠大漠的背景之下，那四个小字显得有些荒凉。

——夕阳西下。

打完副本之后，"夕阳西下"便匆匆下线。陈一糯也觉得没意思，和"我是你老板"说了一声，便挂在药王谷采药了。

至于她自己，则是继续思考着关于性格系统的完整设定。

这和之前的晴雨系统、气温系统大不相同。

之前的系统，只是在某一个方面为《御剑江湖》的世界增加更复杂的设定，而性格系统，相当于将整个《御剑江湖》的剧本重写。

《御剑江湖》里有多少个角色？多少个剧情？恐怕没有人知道。而想要让这些剧情丰满起来，以数据为基础，最终呈现为感人的故事，这可不是个小工程。

甚至，像是做一个全新的游戏设定一般。

陈一糯工作起来极为认真。她已然察觉不到时间的流逝，面前的纸上写满了字，一张又一张，在不大的办公桌上铺陈开来。

上面有文字，有零零散散的数据，还有一些她惯用的计算机语言，甚至还有她为了方便表达而画的简笔画。

陈一糯自己都觉得自己的画作辣眼睛。

不知道为什么，她画的花像是太阳，画的海洋像是气流，所有的小动物都没有脚，看上去活像个惊悚片。

她沉浸在工作之中，洋洋洒洒，直到肚子一声轻响，才堪堪回过神来。

什么？竟然都晚上8点了！

陈一糯揉了揉眼睛，看错了吧，怎么可能？

明明之前打完游戏的时候才是下午，天怎么说黑就黑了？

她还没反应过来，鼻子就嗅到空气中一缕甜香的味道。这味道香喷喷，勾得陈一糯食指大动。

甜香气息越来越浓，之后才是一阵脚步声。而后陆知衡提着一个金属食盒，出现在测试部的办公室门口。

"陆总？"陈一糯惊讶地站起来。

陆知衡能出现在测试部办公室，实在是提起巨大的勇气。

他已经在 28 层董事长办公室待了一下午。直到下午 5 点该下班了，他便收拾桌子，准备等陈一糯一起下班。

只是，左等右等，陈一糯就是不下班。

陆总纠结之中，第一个电话打给了崔言。

崔言倒是接得很快，电话刚一接通，就是一句："马上到！你一定稳住现场，我 5 分钟就到！"

陆总莫名其妙，"喂"了一声。

崔言这才后知后觉地看了一眼手机屏幕："陆哥！咋了，我刚还以为是秦夕经纪人。"

陆知衡："怎么回事？"

电话那边传来急促的喘息声，还有崔言指挥司机的声音："前面从后门绕一下！那边红绿灯少！"他得了空才和陆知衡说，"别提了，我刚回 T 市，才下飞机。秦夕和他们公司的高管打起来了！我得赶紧去看看！"

陆总说了个"哦"，忽然不想和崔言说话了。人家忙着拯救秦夕，自己呢？等了一下午却不敢下楼见个人！

陆总挂掉电话，又给自己做了半天思想工作，拨出了第二个电话。

"我正在约会看电影，等会儿给你回电。"陆知意直接挂掉了电话。

陆知衡气得七窍生烟。

所幸，他身边还有刘秘书。

刘秘书劝道："董事长，陈小姐现在肯定还没吃饭，不如我去打包点她喜欢吃的东西，给她送过去。"

陆总觉得自己身边终于有个能用的人了，大感欣慰，嘱咐道："一定要清淡的，最好是粥或者去油的汤，养胃。"

晚餐到了，陆知衡也终于克服了自己内心的障碍。他对着镜子练了半个小时表情，自我感觉还不错，终于下到 12 层。

他今天是特意打扮过的，崭新的驼色羊绒衫，领口露出挺立的衬衫领子，皮鞋锃亮。

见到陈一糯惊讶的模样，陆知衡赶紧把刚才找的借口说了："我来视察，没想到真有员工加班。"他把食盒递过去，故作镇定道，"既然你没吃饭，就给你吃吧。"

看样子，这是陆知衡自己的食盒。

陈一糯哪好意思，她赶紧摆摆手："不用，不用，我正好下班了，去楼下随便吃一口就行。"

"下班？"陆总一怔。这可不在他的演练范围之内，只是他知道，好不容易才迈出这一步，怎么能轻易放陈一糯跑了？因而坚决反对。

"不行。你刚刚是在做性格系统的策划？跟我说说。"

一看董事长这强行留人的态度，陈一糯瘪瘪嘴，只能乖乖坐下。

陆知衡从隔壁办公桌上拖过来一把椅子，两人并肩坐在陈一糯的办公桌前。

陆总打开食盒，里面是炖得很香的小米南瓜粥，还有几盘小菜，看上去很是清淡。

陈一糯乖乖给自己盛了一碗，转头一看，陆知衡正盯着自己的那碗粥。她朝陆总笑了笑，也给他盛了一碗。

两人挤在小办公桌前，每人捧着一碗粥小口喝着。

陈一糯一边喝粥，只觉得思绪有如泉涌："我们之前的剧情里，都只有人物主线，但其实每个人物都是由无数支线构成的。就像我们现在窝着喝小米粥一样，当《御剑江湖》里雨水多发、气候寒冷的时候，米价也应该要变高。"

她信手抄过一张自己打的草稿，和陆知衡讲道："比如剑客隐娘，其实可以给她设计一段剧情，可以很好地解释她为什么从不用剑。再比如，在医师这个职业里，设计一个不会治疗技能的医师……"

陈一糯绝对不会说，这个医师角色的原型就是"第一医师"。只是，她明明只是用最寻常的语气说话，为什么董事长的脸有点红？

陈一糯怀疑自己看错了。

果然，下一秒，董事长就恢复正常，神情之中又现往日的睥睨，指点江山道："这些支线既可以塑造出每个游戏角色的喜好，也能让游戏的交互性更强。"

陈一糯觉得和陆总聊天简直太顺畅了！他的一句无心之语，就能让自己又打开新的思路。

"没错。玩家可以给游戏角色赠送各种道具，如果赠送到喜爱之物，可以触发奇遇剧情……"

"比如？"

"比如送绣坊绣女一块破布，可以触发前尘往事？送路边乞丐一些食物，也可以触发奖励……送剑客一柄断剑，他说不定会铸出一把绝世好剑，当然，也可能直接化作铁水……每个角色都有隐藏的想要收到的礼物。"

"那你呢？"陆知衡的声音幽远，"你喜欢什么样的礼物？"

他全然不知道自己心里在期待什么样的答案。女人都喜欢什么样的礼物？包包？首饰？玫瑰？他身边的女人大多都妆容得体、举止成熟，一身行头从上到下，无一不是珍品。

可陈一糯……她就像草木葳蕤里恣意生长的一根苗，没人能知道她会开出什么样的花朵来。也正是这份洒脱的神秘感，才勾得陆知衡魂牵梦萦，明明不愿承认，心里却早就做出了决定。

陈一糯的回答令陆知衡始料未及。

她轻轻笑了一声，陆知衡只觉这笑声就响在自己耳侧，令他全身都热了起来。

他揉了揉耳朵，便听她道。

"我想看一次烟花。"

陆知衡认真地回看，女孩的脸在灯光的映衬下显得极为柔和。而那声音也如涓涓的歌声一样，又带有小溪奔赴江河的洒脱。

"可烟花留不下任何痕迹。"陆知衡不解。

在他的信条之中，唯有结果才是最重要的。而烟花就算过程绚烂，也注定将要归于虚无。

陈一糯笑道："哪有那么多有痕迹的东西，至少它绽放的时候，每个人都很开心就够了。"

她声音明丽，尾音带着上扬："再说，这只是愿望。又不是所有愿望都能实现，不用那么较真啦！"

陆知衡的手随意插进自己的口袋里，本来是他准备的新年礼物。

可他现在忽然觉得，似乎这件礼物并非最好的选择。

"说不定可以实现。"陆总往后倚在椅背上。

陈一糯懒懒散散地趴在办公桌上。她扎了个丸子头，昏黄的灯光从她颈后映过来。

这样的场景，陆知衡从没有想象过，他和女孩挤在小办公桌前，灯光暖暖，桌上，小米南瓜粥的热气还氤氲着。

陆知衡忍不住伸出手，想碰一碰陈一糯头上的小丸子。

手还伸在半空中时，陈一糯蓦然回头。

陆总的手僵在半空之中。

他觉得有点热，伸出去的手生硬地收了回来，松了松自己的领口，一边把目光赶紧移开："跨年夜，说不定真的会有烟花。"

陈一糯本就是跳脱的性子，闻言深感同意，点头道："我也觉得。这次我要许什么愿呢……"

趁着她闭上眼睛，开始计划许愿的时候，陆总拿出手机，给刘秘书发过去一条信息。

陆知衡从没有许愿过，他只相信实力和努力。可是，但凡真能多那么一丝幸运，自己只愿……

时近午夜，陈一糯的微信响了起来。陈一糯看到屏幕上醒目的名字，心里一惊——母亲大人！

"我妈给我发了视频……"她看了陆知衡一眼，"我出去接？"

陆知衡道："没事，我不介意。"

陈一糯尴尬地接通了视频。下一秒，出现在屏幕上的并不是母上大人的脸，而是她家养的小柯基的屁股。

母上大人的声音倒是很响："陈一糯，我给你发了那么多微信你都不回！赶紧赶紧，我要在家族群里发红包了！你准备好。"

小柯基的屁股扭了两下，转过头来，狗头凑得离摄像头越来越近。

陈一糯："哦。"

母上大人干脆利落地挂掉了视频。

陈一糯愤愤不平："看来我在家里的地位还没有药药高。"

陆知衡："药药？"

"就是我妈养的狗。"

陈一糯划着手机屏幕，把刚才母上大人发过来的微信看了一遍。

母上大人又发了一条："准备好了吗？"

陈一糯："准备好了，发吧！"

家族群里，母上大人连续发了十个大红包。陈一糯手速很快，噼里啪啦地一个个点开。

然后，她打开和母上大人的聊天框，点击了转账。

陈一糯掐着指头算了笔账，点击转账，输入金额：3000。确认。

陆知衡支着下巴看她。陈一糯不好意思地笑了笑："第一年工作，也没存下什么钱。"

陆知衡有些感怀，他忽然想到自己的父母。

陆父性情冷厉，和陆知衡一样理智、冷静，感情颇为淡薄。母亲出身世家，偏偏性情叛逆，拒绝了家族安排的和陆父的婚姻，离家出走。

故事的结局并不算圆满。陆母很快被找了回来，被迫与陆父圆婚。这么多年过去了，二人早已分居，陆母久住 T 市，和陆知意常待在一处，而父亲仍住在陆家祖宅里，和隔壁的崔老爷子为伴。

他不想承认，自己心里有些羡慕陈一糯。

自己与父母关系颇为淡薄，像这样开着视频热热闹闹地抢红包，是全然不曾想过的事情。

他沉思之下，想起下午和父母分别通的电话。

父亲照旧是冷厉口吻，简单三句就挂了电话。母亲则同他说起后院的梅花、他小时候爱吃的冰糖葫芦，以及久远到开始模糊的回忆。

陈一糯几声"陆总"，他都没有听到。

陆知衡的手指在桌案上敲击着，陈一糯的目光不经意间便被那颀长的手指吸引了。

她脑海中忽然想起，那日在陆宅之中，这双手曾经温柔地为她拂去额头前的乱发。

那触感真实，而且极为熟悉。

就好像这双手曾细细地描摹过她的眉眼。

就好像那手臂曾经紧紧拥抱过她。

毫无预兆地，一声闷雷般的声音响起，下一秒，璀璨的烟花瞬间绽放在整个夜空！

花雨斑斓，缤纷四散，星星点点闪耀如炬；紧接着便是飞瀑一般的银色流星雨，在空中屡换颜色，进而化为百花齐放之像。

陈一糯惊喜地从办公桌前跳起来，凑到落地窗旁边："陆总，陆总！快看！"

她略张了嘴，目不转睛地看着。

——光华璀璨、火树银花，令人心折。

陈一糯不知道她此时，也是别人眼中的风景。

陆知衡无声地看着陈一糯雀跃的样子，心底一阵柔软。他闭上眼，无数场景在脑海中如走马灯一般划过。她气喘吁吁来交文件的样子，她神采飞扬大杀四方的样子，她在理发店睡着的样子，她喝多酒傻乎乎的样子，还有她……

陆总只觉得脸上越来越热。他猛地醒了醒神，后退一步，将自己从这恼人的绮思中拖出来。

陈一糯透过窗户看烟花，只是她的目光分明是在追逐璀璨的焰火，最终，却缓缓落在陆知衡的倒影之上。

元旦只有一天假期而已。假期结束后的工作日，测试部贴出了一则让人大跌眼镜的人事调整通知。

"将测试部员工陈一糯调动到设计部，本通知即日起生效。"

陈一糯简直不敢相信自己的眼睛。

什么？自己连简笔画都不会画，人物只会画火柴人，小动物更是都没有脚，怎么可能调到设计部去？

如果不是这通知上白纸黑字地写着"陈一糯"三个字，还加盖了人事部的公章，陈一糯真的会怀疑是不是有人故意恶作剧。

无论如何，当她收拾好个人物品，搬到 13 层的设计部的时候，不出意外地受到了设计部同事的热烈欢迎。

原因无他。在去 T 市团建之前，为了赶工做出"落日黄沙"几个区，陈一糯曾经给陆知衡做过一段时间的打杂"秘书"，那时每天各个部门跑上跑下，早就把设计部跑熟了。

而且，她在设计部也有不少熟人。比如阿桃——就是在 T 市和她住同一个酒店房间的姑娘。在新办公室，两人的办公桌也是紧挨着的。

看着新同事们善意的目光，陈一糯在心里给自己点了一排蜡烛。

希望大家看到她的画工之后，也能这样友好地对待自己。

陈一糯完全不知道，自己被挑来设计部，其实只是大老板的一念之差。

昨天半夜两点，陆知衡拨通了刘秘书的电话，郑重地问出了新年的第一个问题："集团哪个部门工资最高？"

刘秘书困得哈欠连天，却仍然保持着职业的反应："技术部和设计部工资都不低。"

"技术部……"陆知衡皱了皱眉。技术部男性太多，整个部门才只有两个女生，绝不能把陈一糯调过去。"那就设计部吧。明天出一份调动，把陈一糯调到设计部。"

在调到设计部的当天下午，陈一糯就交出了自己的第一份作品——新的游戏活动场景设计。

太阳上有个歪歪扭扭的小脸，向四周射出发射性的光芒。生怕别人看不懂这是太阳，陈一糯还贴心地在旁边用文字标注了两个字——"太阳"。

然后便是绿色的草地，一行飞鸟若隐若现。这飞鸟是真的看不出来，乍一眼看过去，只有几个逐渐变小的椭圆形，活像鱼吐的泡泡。还好陈一糯全都一一标注了"飞鸟""麦田""小房子门口的石头小路"。

设计部主管差点吐血，紧急致电经理，经理又赶紧找来总监，几个中高层愁容满面地凑在一起开会商讨，到底要拿陈一糯怎么办。

陈一糯自己也很愁。她忐忑地交了作品，上网搜索"成人零基础设计速成班"，记下了几个电话，决定下班之后去看一看。

总不能真的只交这样的作品吧？

她伸着脖子，想看看设计部会议室里几位高层都在商量什么，只是被磨砂玻璃挡着，什么也看不到。

设计部的中高层凑在会议室里，热火朝天地商讨着新年第一个重要难题——如何安置陈一糯这尊大佛。45分钟的唇枪舌剑之后，于经理的提议高票通过：让陈一糯负责美工的作品前期策划和验收，不涉及美工的具体工作。

通俗地来说，陈一糯的工作就是策划具体在哪里画什么。就和她交上来的作品一样——空中需要太阳，只需要画个椭圆，标出"太阳"二字，设计师就会按照构图画出光芒璀璨的烈阳。标出"飞鸟"，设计师则会点缀上成群的鸟群。

两张对比图被递到了28层陆知衡的办公桌上。

第一张图是陈一糯的原版简笔画，第二张图则是设计师按照构图重新画的精装版。

陆总赞许点头："陈一糯画得很好。"便拿起第二张图来。

于经理死死盯着自己的脚尖，也不抬头，艰难道："那个，董事长是另一张。"

陆总神色莫测地拿起了第一张小学生简笔画，默默端详了半晌，咳了一声："也不错，挺可爱的。"

虽然陈一糯的画技堪忧，不过她做起策划来是一把好手。

在测试部时，她一直想做"性格系统"，如今调来了设计部，刚好可以把自己的想法和设计部的人探讨探讨。

每一个新设计的角色，都有喜怒哀乐四种形态，人物的动作和神态也越来越多。

设计部每周二例会。

从前测试部的例会，一向都是丁副总一个人发言，点名批评某些不积极的员工，再制订下一周的工作计划。陈一糯习惯了这种一言堂似的例会。第一次参加设计部例会的时候，竟然有些不习惯。

大家围着圆桌坐好，每个人依次发言，把新的灵感和草稿拿出来一起分享。陈一糯也跟着插了几句话，还挺有参与感。

下班后，陈一糯例行公事去上设计速成班。

这是她的第三节课。零基础要从素描学起，她之前画了整整两节课的线条，整个胳膊都是铅笔的铅灰色。不过，速成班也给她带来了很多微博素材。

"我的老板为什么这么奇特"这个微博号现在有18万读者，他们惊奇地发现，这个作者最近好像受了什么刺激。

她每天下午六点更新一副自己最新的画作，今天也不例外。

"@我的老板为什么这么奇特：今天例会上我提出了新的构想，并且简单画了草图以便同事们理解。同事们表示，我画的草图还不如直接在纸上写字？本设计作者不太服气！难道我画的人物看不出喜怒哀乐吗？"

热门第一条评论为："能看得出喜怒哀乐！只是看不出来是个人而已。"

微博发出后的三个小时，一条评论的点击量开始逐渐增多，直到慢慢攀上了顶端："作者的图片露出了桌上的背景！这个贴纸是陆氏集团正在做的《御剑江湖》项目。作者不会是陆氏设计部的吧？"

陈一糯早晨起来才看到这条评论。她大脑嗡的一声，迅速瞥了一眼这条评论后的点击量，她深吸了一口气，坚决地点击了"删除评论"。

只是，从这次之后，陈一糯便很少在微博上发图片了。她的作品无处展示，自然只能展示给同部门的同事们。

设计部的同事们迎来了从业以来最为恐怖的一周。

陈一糯笑盈盈地给阿桃看自己的新作品——第十八只没有脚的小鸭子。阿桃颤抖着表示"画得真好"，陈一糯谦虚道："你可以提出点建议，我进步得更快。"

阿桃："你可以给它们画上脚。"

陈一糯淡定道："可是我不会画。"

阿桃心如死灰地给陈一糯的其他十七只鸭子都画上脚，陈一糯在一边看得啧啧称奇。

陈一糯面上不说，心里一直挺急的。

她找速成班的老师开了书单，这几天开始看设计类书籍。只是，设计部几乎全部是美院毕业，陈一糯和他们完全不是一个画风。

她以前是熬夜玩游戏，现在则是熬夜练画画、练构图。画技没提升几分，黑眼圈倒是越来越重了。隔天在公司食堂遇到了陆总，陆总几乎没认出她来。

当然，陈一糯也没看到陆总。她浑浑噩噩地在角落里喝粥，眼前都是花的。

陆总知道，这次是真的把陈一糯逼急了。看她，连麻辣烫都不吃了，随手端了碗小米粥，双眼无神地喝着，陆总心里一阵揪心。

到了下午，刘秘书驾临13层设计部，给陈一糯拎了一罐爱心燕窝。

吃了大资本家的燕窝，陈一糯更为心虚，每天熬夜的时间更久了。一周之后，终于横平竖直画出了人生中第一个作品——一个正方体。

陆知衡沉默地看着眼前的作品，通知刘秘书："明天不用送燕窝下去了，陈一糯的绘画天赋，应该不是燕窝能补得回来的。"

他忽然觉得自己好像做错了什么，大概，陈一糯的绘画天赋就和自己的游戏天赋差不多？

陆知衡忽然觉得可以理解了。

陆总不仅在公司里等不到陈一糯，在游戏里也等不到。

好不容易好友列表一亮，"糯米粽子"终于上线了。

陆总赶紧问候一声，再加上两人默契十足的一句："老地方等你。"

只是，几秒后，陈一糯的回应很快发了过来："老板，今天不行，要做师徒任务。"

什么？师徒任务！

陆总的面色阴沉得仿佛能滴出水来。他有种很不好的预感……点开陈一糯的个人信息面板上一看，"组队中"三个小字，让陆知衡瞬间压低了眉头。

组队中，2/5。

也就是说，陈一糯正在和别人单独组队！

陆知衡气得水都喝不下了，怒气冲冲地点击了"加入队伍"。

"对不起，您的入队申请已被队长'糯米粽子'拒绝。"

"对不起，您的入队申请已被队长'糯米粽子'拒绝。"

"对不起，您的入队申请已被队长'糯米粽子'拒绝。"

连续点了无数次加入队伍，陈一糯终于被老板这锲而不舍的精神打动了，无力地点击了"同意"。

一进队伍，陆知衡便听见陈一糯有气无力的声音："老板，我在做师徒任务，只能和徒弟做。"

陆知衡咬牙打字道："那我也要做你徒弟！"

陈一糯的声音听起来更加虚弱了："我徒弟的名额满了。"

陆知衡喘匀一口气，忽然觉得自己确实太冲动了。当时自己找到陈一糯的时候，好像确实说了"我不要名分"之类的话。

他正准备说句什么话挽回一下自己的形象，可是，当他的目光偶然间瞥过队伍列表时，本来想好的说辞被尽数忘在脑后。

队伍成员："糯米粽子""夕阳西下""我是你老板"。

"夕阳西下"就是那个和陈一糯的亲密度已经达到 6000 多，一起玩了快两年游戏的她的大徒弟！

5 分钟后，陆知衡被无情地踢出了队伍，同时发过来的还有一句陈一糯的私聊。

【私聊】糯米粽子 14:21

等会儿带你打游戏。

好吧，陈一糯可真是摸准了他的命脉。这种敷衍地随意哄哄，他才不会上心。陆总在心里冷哼了一声，把游戏界面拖到一边，强行看起工作文件来。

只是，才过了不到一分钟，他又不由自主地点开游戏界面，查看陈一糯的状态。

组队中。

组队中。

还是组队中……

漫长的 20 分钟过去，当"糯米粽子"信息面板上的"组队中"三个小字消失的一刹那，陆知衡瞬间发过去组队邀请。

【队伍】我是你老板 14:41

打游戏吗？

陈一糯看着眼前成堆的设计类书籍，叹了一口气："等下吧，今天工作有点多，估计要晚点了。"

陆总盯着屏幕上那行小字，良久才道："没事，我们就在这儿采药。我也要去忙一下。"

陆总的"忙一下"绝对不是托词，他的确有一件紧急的大事，非现在忙完不可。

// 第十二章

　　5分钟后，产品副总王庆被叫到董事长办公室，陆总一本正经地请人坐下，让刘秘书倒两杯清茶，开口道："确实有些技术方面的事，和王副总商量一下。"

　　陆知衡虽说接管了整个集团，可他的日常工作还是以策划和战略制定为主，很少干涉技术方面的事情。这应该是他第一次如此正式地与王副总讨论技术方面的事。

　　王副总颇有些局促。

　　他四十多岁的年纪，因为搞技术的关系，中年便已经有些谢顶的苗头，眼下也有常年熬夜导致的斑点。

　　王副总表示洗耳恭听，准备聆听董事长的真知灼见。

　　说了一番冠冕堂皇的话之后，董事长不着痕迹地提出了自己的意见："所以，每个角色可收徒弟的数量，也应该从九个增加到十个。"

　　王副总点了点头，继续等待董事长的重要意见。没想到，董事长直接闭上了嘴，带着鼓励的微笑看着自己。

　　自己是没领会到董事长的点吗？

　　王副总搜肠刮肚地想了一遍，感觉董事长好像除了增加徒弟人数之外，没有提出任何意见。

170

带着一丝小心翼翼地试探，王副总清了清嗓子，诚惶诚恐道："您的意思我明白，增加徒弟人数这件事，我现在就安排他们去做。至于其他的，我没太明白您的意见。"

陆总："其他的我没什么意见。"

王副总满脸问号地从董事长办公室里出来，还是无法相信，董事长把自己叫过来，竟然就是为了增加一个徒弟人数？不可能，一定是有什么重要的信息自己错过了。

翌日，《御剑江湖》游戏版本更新。增加了春节礼包，调整了武器碎片出现率，又修正了某些职业的特定技能。

至于徒弟人数从九人增加到十人这条更新消息，混杂在诸多更新消息里，丝毫不起眼。

只是，陈一糯登录游戏的一瞬间，私聊消息多得差点让她的电脑卡死。

随意点开两个，全是"求收徒"之类的内容，晃花了陈一糯的眼睛。

她艰难地屏蔽掉所有非好友的私聊，才终于得到了一丝清净。

屏幕上，黑衣银剑的女剑客足尖轻点，一路径直往北去，横跨整个沧明河，在悬崖峭壁之上来去如风，几次借力，便跃到了观澜峰之上。

果然不出她所料，青衫佩玉的儒雅医师已经先到了。

他面前摆着一副残局，黑白棋子正惨烈地厮杀着，公子执棋于指尖，一手支着下巴，目中有思索之色。

女剑客几步上前，撩袍坐到他对面，两人很快组队到一起。

陈一糯抱怨道："今天收到超多收徒申请，差点把我卡得退出游戏。"

青衫公子眉眼一凝，淡然道："看来我有义务为你解决这个问题。"

陈一糯一愣："什么？"

那人便很快落子于棋盘之上，也不再看石桌上纠葛的残局，而是抬起头与陈一糯对视。

他说："师父，该给我一个名分了。"

当日，"糯米粽子"收徒的消息传遍了整个服务器。

无数人扼腕叹息，感叹"我是你老板"的好运气。不过，世界频道上也有些不和谐的声音。

自从"糯米粽子"和"我是你老板"两个人一起兑换了武器之后，两人的合影照片就被上传到了《御剑江湖》论坛之中。

　　两人的绯闻一路窜到了头版第三条。不，准确来说，是三个人的绯闻："糯米粽子""第一医师"和"我是你老板"。

　　这错综复杂的三角关系，在群众眼里可称得上是年度大戏。

　　"曾扬言'杀'尽全服医师，如今却陪你一起抬头看星星。"这是最火的那个帖子的题目。被"扬言杀尽"的自然是"第一医师"，而一起看星星的则是"我是你老板"了。

　　比起世界频道上的无端瞎猜，"红尘"帮派里倒是讨论得一片热火朝天。

　　"我是你老板"很快就进入到"红尘"帮派里。陆知衡心情大好，正准备和众人打个招呼，便见屏幕上出现陈一糯一句苍白的解释。

　　【帮派】[帮主]糯米粽子 10:34
　　大家不要怕，他和"第一医师"不一样！

　　陆总内心一寒。

　　随着他对《御剑江湖》的了解逐渐加深，他察觉到自己从前玩游戏的时候有多敷衍。找了十个代打还是输给"红尘"的惨案还历历在目，陆总回忆起来，只觉得触目惊心，不忍再想。

　　只是，给"红尘"的人造成了这么深的心理阴影，也让他始料未及。

　　然而，陆总的心理素质极强。

　　如今的他，全然不觉得自己和从前的"第一医师"有什么关系。自己现在可是知道每个技能的作用，打游戏的时候还能准确地给队友加上血，会移动位置，有技术！算是有技术吧。

　　他义正词严地打字。

　　【帮派】[帮众]我是你老板 10:36
　　没错，相信我。我和"第一医师"不一样。

这句话简直太洗脑了，陆知衡每天都强调。说多了，连自己都觉得自己和"第一医师"没什么关系。甚至还加入了"第一医师谴责小组"，和众人一起谴责"第一医师"当初的险恶用心。

"他一定是别的服务器派过来的！"

"没错。"

"'第一医师'很久没出现了，说不定在策划什么新的阴谋！"

"没事，他敢来我们就继续'杀'！"

还好这种大型角色扮演现场没有人看到，才让陆总敢脸不红心不跳地自导自演下去。

至于加入"红尘"之后其他的变化，那个"夕阳西下"似乎平时就不怎么在帮派里说话，陆知衡加入"红尘"之后，几乎没见"夕阳西下"出现过。

看来他还挺有自知之明。

而且，自己已经成了"糯米粽子"的徒弟，自然顺理成章地接手了她所有的师徒任务。眼看两人的亲密度直奔破千，陆知衡心里越发开心。

陆知衡开心之下，又做了一些让陈一糯更开心的事情。

第二日中午，陈一糯拖着困乏的脚步上了28层，在电梯间还偶遇了丁副总。

与丁副总足足两周没见，陈一糯都快忘了从前的阴影，此时骤然一见，身体自发进入防御机制。

只是丁副总也无暇和她说话，自顾自地上了电梯。

陈一糯刚进董事长办公室的门，就看到陆知衡正在愉快地抖腿。只需一眼她便能看出陆总现在的心情极好，因而问道："怎么这么高兴？"

陆总一秒变正经，正襟危坐："没有。"

陈一糯撇了撇嘴："偶像包袱很重。"最后的音被陆总瞪了一眼，吓得哽在喉咙里不敢再拖了。

陆知衡看她不敢笑的样子，心里开心得很。他中午带了饭，此时亲自把饭盒打开铺了一桌，道："怎么，刚才遇到丁洁了？"

他今天带了酸菜鱼，饭盒刚一打开，氤氲的热气便散了出来，配上酸菜鱼独有的清香，令陈一糯食指大动："嗯，遇到了，不过没说话。"

陆知衡给她拆了筷子，往她头上轻轻一拍："自己也不知道动手，"他便把筷子递过去，"我把丁洁调到 T 市的项目上了。你的'性格系统'，在设计部做起来吧。"

"真的吗？"陈一糯开心得几乎要跳起来。

陆知衡从鼻子里"嗯"了一声，嫌弃道："小点声，吃饭。'食不言，寝不语'。"

陈一糯撇撇嘴，也不知道是谁先说话的。不过心里却很是雀跃。

她吃得开心，陆知衡的心思却很重。

他将 T 市的新项目资料给丁副总过目，并明言自己需要她到现场把把关。丁副总早就习惯于这样的出差安排，毕竟，她可是陆知衡麾下的得力大将。

可唯有陆总自己知道，心里的别扭从何而来。

T 市的项目，崔言早已替他看过。自己在上次去 T 市团建的时候，也去看过了现场，按理说，只需要 T 市一位经理级以上的管理人员签合同就可以了。

他却偏偏在这个节骨眼上把丁副总派过去，实在是有些大材小用了。

不过，陆总很快就把这事置之脑后了。

派丁副总出差的效果很明显——陈一糯这顿饭吃得很香。饭后主动喝了一杯芹菜汁，还摸着圆溜溜的小肚子，又吃了一碗炖燕窝。

陈一糯的画技差，陆知衡和她半斤八两。之前陆知衡曾提出过要陪陈一糯一起进步，然后两个人玩了一中午的你画我猜，硬是一个都没猜中。

陈一糯指着陆知衡笔下的抽象波浪线组成的源泉，有气无力道："你说你画的是电话？"

陆总一脸理所当然："对啊。波浪线代表电话线，也代表通信电波，将所有个体组成一个整体。"

他一副大惊小怪的样子："这很难猜？倒是你画的这个，小袋子旁边有个大箱子，这是什么？"

陈一糯欲哭无泪："洗衣粉，它旁边的是洗衣机……"

两人的战绩长时间处于零比零状态，谁也猜不出来对方画的是什么。可陈一糯毕竟是设计部的员工，还是要为自己找回场子的。

她艰难地画了个球体，然后一声长叹，把笔丢在一边："算了，我是真的画不出来。"

陆总刚想开口安慰几句，便听见她乐天派地鼓励自己："不过我做策划还不错，你有看我们部门交上来的人物稿吗？很多新神态和动作都是我的想法，我觉得可以和'性格系统'衔接上。"

陈一糯说得不错。

设计部新交上来的作品，让陆知衡产生了很多新的灵感。

《御剑江湖》这个项目已经上线两年，算上前期的筹备工作，已经整整四年时间过去。这么长的周期里，游戏最巅峰的红利期已经过去了。

《问道》电影的立项，令陆知衡想到了版权联动的可能性——有没有可能，借着《问道》电影的推出，直接做出《御剑江湖》的第二部游戏？

到时候，无论是陈一糯已经测试过的"晴雨系统""气温系统"，还是正在开发中的"性格系统"，都可以直接应用在第二部游戏之中。

只是，这一切都建立在《问道》大火的前提下。

陆知衡想了无数种方案，准备说服秦夕接下《问道》。只是，事情的发展和他预想中的全然不同。

他约了秦夕及经纪人在公司见面。

陆氏集团 28 层，中午。

陈一糯捧着每天的"陆氏芹菜汁"，优哉游哉地等电梯准备下楼开始工作，而秦夕和经纪人正站在匀速上升的 VIP 电梯之中，向陈一糯奔赴而来。

"叮"一声，电梯门徐徐打开。

秦夕架着墨镜，率先步出电梯。

他穿着一身西装，身形却不显得过分瘦削单薄，反而有几分泰然。他脸部线条锐利，此时戴着墨镜，更显出刀刻斧凿般的下颌来。在不大的电梯间里，如同自带镁光灯一般，令人不自觉地聚焦到他身上。

陈一糯等在一边，待几人下了电梯后才进入电梯，低头按下 13 层的按键。就在二人擦肩而过的一瞬间，秦夕双目骤亮，猛然回头！

下一秒，他大脑尚未反应过来，身体已经下意识地疾走几步，伸手便要拦住电梯。

"秦先生——"

陆知衡的声音透着几分不悦。他倚在办公室门口，面色不善，冷眼看着秦夕反常的举动。

秦夕心跳难抑，深呼吸几口，闭上眼时，脑海中仍然是方才匆匆一瞥时女子的容颜。

他几乎不敢相信自己的眼睛。

秦夕强行舒缓了呼吸，向前几步迎上陆知衡。两人握手时都刻意加了力道，四目相对，已然是火花四溅。

秦夕握着陆知衡的手，眉骨压低，蓦然抬起眼时，眸色骤然一暗："刚才那位是贵公司的员工？"

陆总一字一句："是又如何？"

秦夕紧盯着他的双眼，紧抿的嘴角勾出弧度："《问道》这戏，我接了。"

陈一糯手里捏着一张地图，嘴角向下撇着，深一脚浅一脚地踩着高跟鞋走在路上。

她连着看了三天的房子，脚都快要走断了，也没找到一处合心意的。

城中村的老房子直接放弃，环境脏乱，垃圾堆得到处都是。公司附近的小区都太贵了，完全住不起。倒是有个小区离公司只有三站地铁的路，环境和价格都不错，可是在七楼，没有电梯。

选来选去，都没有自己现在住的房子好。可房东要卖房，陈一糯毫无办法，只能无头苍蝇似的在 B 市乱转，也不知道造访了多少家房产中介，依然没找到合适的房源。

她无语望天，脚掌越来越痛，眼看四周没什么人，干脆脱了高跟鞋，靠在路边的公交车候车亭里，唉声叹气地揉着脚。

候车亭里只有两三个人，这种时候也不要管什么形象了——等会儿脚痛得抽筋岂不是更没形象？

正在陈一糯毫无形象地揉着脚的时候，一声轰炸的引擎声传来，分明还没出现在视线之中，可那声音却让人猛然抬头。

下一秒，一辆银色跑车奔驰如电，从陈一糯面前迅速划过。

陈一糯抬起头来，只能看到那辆超跑的尾灯——还蛮特别的，像连着的三个小箭头。

不仅是她，其他人的目光都循着那辆银色超跑而远去。陈一糯不禁在内心感慨，跑车真的好看，要是自己以后有钱了……

忽然，在人们的错愕之中，银色超跑一个急刹车，停在原地。

车胎摩擦柏油路的声音有些刺耳，但已没人在意这些——因为银色跑车正在迅速倒车！

那辆车倒到公交候车亭，稳稳停住。

副驾驶的玻璃缓缓降下，开车的人侧过身来，露出一张眉目清隽的脸来。他说："上车。"

陈一糯左顾右盼，那男人的目光却如鹰隼一般，直直盯在自己的脸上。她完全搞不懂发生了什么，往旁边一躲，拎着高跟鞋就想走。

男人似乎低笑了一声："陈一糯，别走。"

陈一糯听他叫出自己的名字，只觉得整个人都不好了，这一切到底都是什么情况？她走了过去在车窗前站定。

男人的眼睛在她脸上凝望良久，最终露出一丝笑容来。

陈一糯忽然觉得，眼前这张脸实在很熟悉，好像在什么地方见过。

男人见她目不转睛的样子，挑眉道："你确定不上车，就在这里说？"

这个挑眉！

陈一糯忽然想起了这个人。他和庄盼微信头像上的人一模一样！

——秦夕！

她脱口而出："什么情况？你怎么会知道我的名字？"

不怪她一开始没认出来。秦夕平日的形象极为温和，眉宇间的儒雅是抹不去的。可眼前的人，儒雅尽褪，神色之间唯有飞扬的睥睨。

秦夕又问："这说来话长了，赏脸吃个饭？"

陈一糯下意识疯狂摇头，她退了一步："还是算了，我们又不认识。"

秦夕无可奈何地挠了挠头发，这个动作让他的气质平添了几分少年气。他叹了一口气："如果你愿意给我一个小时的时间，我会从头开始说起。可是，看起来，你只给了我这一句话的时间。"

身后，已经有人开始对这辆银色跑车指指点点，间或几个扎堆的女学生凑在一起窃窃私语。

"那个开车的男的好帅，好像有点眼熟……"

"我也觉得眼熟，那个下巴有点像江潜。"

"你别说，还真的有点像！"

陈一糯一个头两个大。

江潜，正是秦夕在电影《炎黄》里扮演的角色。要是被人发现开车的人是秦夕……后果简直不堪设想！

秦夕也知道此地不宜久留，但陈一糯拒不上车，他也颇为无奈。

秦夕道："如果只有一句话的机会——你能帮我个忙吗？"

陈一糯下意识问："什么忙？"

秦夕凝视着陈一糯的脸，就仿佛凝视着一件失而复得的珍宝一般。他一字一句道："你能……和我交往吗？陈一糯，我喜欢你。"

直到入了夜，陈一糯躺在自己的小床上，又一次睡不着觉了。

上一次她这样失眠，还是在去陆知衡家的前一天晚上。

那时，庄盼还和她一起用手机视频聊天来着。

庄盼……陈一糯的手不由自主地点开微信，在星标好友里找到庄盼的名字。

她的头像依旧是秦夕的照片。

陈一糯点开那张头像看了好久，脑海之中两个秦夕逐渐融合。

一个秦夕正在手机屏幕上温柔地朝她笑，另一个秦夕则驾驶着一辆酷炫的车，神色睥睨地对她说："上车。"

她在庄盼的聊天页面停留了很久，打了几个字，又停下。最后一闭眼全部删掉了，她实在不知道如何和庄盼说起这件事。

秦夕最后那一句"我们明天见。"让陈一糯心里有点发慌。

翌日，阳光晴好，设计部里却有些人心涣散，一切都是因为——春节就快到了。

年末是陆氏集团最忙碌的时候，财务部忙着年结，设计部和技术部都在忙新年的游戏更新，就连董事长办公室的人，都在准备年终的董事会验收。

陈一糯昨夜没睡好，一边揉着惺忪睡眼，一边上了电梯。

秦夕的出现实在让她感到震惊，昨夜很晚才睡着。今早出门匆忙，大衣里鼓鼓囊囊的，低头一看，才发现大衣袖子里还塞了条围巾。

陈一糯尴尬地把粉色小熊围巾从袖子里抽出来，一本正经地围好。

她不知道，等待自己的是什么。

正在28层加班的陆知衡也不知道，当自己一时兴起，去设计部巡查的时候，会看到围着粉色小熊围巾的陈一糯，一脸迷茫地抱着一大束红玫瑰。

那束玫瑰中间夹着一张描了金边的卡纸，还不待陈一糯去看，卡纸便被一双骨肉均匀的手捏了过去。

陆知衡看着卡纸上的几个字，面上不动声色，心里却是翻江倒海。他捏着卡纸的手因为用力而泛出青白——秦夕！他怎么敢！

陆知衡不知道自己的怒火从何而来，又或者他自欺欺人地不愿去想。

此时，他只想把这恼人的卡纸和碍眼的玫瑰花全都丢掉。

"董事长……"陈一糯弱弱地抬头，有些心虚。

陆总强迫自己冷静下来，他将那卡纸窝在手里捏成一团。就当陈一糯以为他要发怒的时候，他却深呼吸一口气，眸光略低，望向陈一糯。

"不许去。"

陈一糯以为自己听错了。

陆知衡的语气依旧如从前一般，可她偏偏从话里听出了一丝委屈，还有一点点……傲气？

陆总转身就走，陈一糯愣在原地，身后满满一办公室的人纷纷陷入石化。

陆知衡还没走出去几步又驻了足，也不回头，冷冰冰地一句："给我。"

说的是那捧玫瑰。

还不待陈一糯反应过来，他便回身向陈一糯走来，从她手上接过花，无声地"哼"了一声，正色道："是不是年底都太闲了？工作太清闲，所以有闲情逸致看热闹？"

他眼风扫过设计部的众人，大家赶紧低下头假装自己在认真工作，可耳朵还是高高竖起。

凄惨的小白兔陈一糯被大资本家抓到把柄，一顿狠批。

大资本家："每天想点正经事，房子找了吗？'性格系统'开始做了吗？设计课也不好好听！"

陈一糯反驳道："我好好听了！"

陆知衡越看那玫瑰越碍眼，恨不得直接扔到垃圾桶里去。

"是吗？那中午来 28 层喝芹菜汁，我顺便考察一下你的业务能力。"

一小时之后，陈一糯趴在桌上做"性格系统"策划的时候，忽然一个激灵：陆总是怎么知道自己在找房子的？

陆总不仅知道她在找房子，还准备一劳永逸地解决这个问题。

他本就有陈一糯如今的地址，那处小区的地产商他刚好认识。一个电话拨过去，很快就和物业老总对接。接下来的事就交给刘秘书了——买下该小区 13 栋 303 的房子。

"价格不论。"

陈一糯完全不知道，一个上午的工夫，自己的房东就已经换人了。虽然过户手续要过年回来才能办理，但刘秘书已经让法务团队起草好了合同，今天下午就签。

陆知衡心里对秦夕恨得牙痒痒。不仅是秦夕，他也记上了崔言的账——他非让秦夕来演《问道》，现在好了，别人开始明目张胆地勾搭自己的人了。

陆总完全不觉得"自己的人"这个说法有什么不对。

那束玫瑰本来被陆知衡随手搁在办公桌上，那抹颜色极为妖艳，就好像一双明艳的嘴唇。陆总脑海里又想起了数月前在 T 市的那一幕，只觉得身上有些发热。

那天陈一糯的嘴唇颜色真好看。

今天的也不错，只是有点淡，看来她最近休息得不大好……

就在陆总神游天外之际，陈一糯窝在自己的办公桌里，正在艰难地措辞发微信中。

她刚才收到了一个新的好友申请。随手通过之后，对方发过来的第一句话便是："中午好，花收到了吗？"

"秦夕？"她慢慢打字。

对方回得很快，发了一个小熊点头的小表情。

陈一糯觉得自己的脑子有点乱。

殊不知，秦夕才是心事最乱的那个。

他心里千回百转，可这样隐秘的心事却实在难以宣之于口。他在微信的页面上停留了很久，最终还是什么都没说。

他想，既然相识是在游戏之中，还是在那里一吐为快吧。

T市的头等舱候机室里，秦夕将电脑放在膝上打开了《御剑江湖》的页面。

他凝视着好友列表里暗着的名字，久久不语。

休息室中已经有人认出了他，小声的交谈和隐晦的镜头迅速闪过。秦夕不以为意，略抬起头，唇边笑意温和。

大众视野中的秦夕就该是这样的——温和、谦逊、低调。

张睿端了杯热水过来稳稳放在桌上，秦夕低头捧起水杯啜了一口。

可又有谁能想到，就是这样的优质偶像，在激流险滩里独行，面具早已长在了脸上。他之所以只喝热水，不过是因为三年前洗胃时胃部受了刺激，任何一点刺激性的食物都会让他直接吐出来。

可他却依然在夜里酗酒，吃极辣的食物。

就好像对自己的身体毫不在意，对这个人世也没有留恋一般。他日夜拍戏，透支身体，近乎自虐地消耗着最后一分元气。

可就在这几天，秦夕消极的生活态度忽然变了。

张睿明显地感受到，在秦夕的内心，某个严防死守的关口忽然打开。秦夕不再是从前那个对世事无所畏惧的秦夕了。

——秦夕去T市是见高千佑的。

他要开始讨债了，也该开始报恩了。

三年前，那个最为痛苦的夜里，他吞下120片安眠药，精神已经开始涣散。

老旧的宿舍里灯光晦暗，他在这里又住了一年。时间的交替对他来说已经失去了意义，从高处跌落的绝望，以及无可抗拒的压力，都让秦夕对生命毫无眷恋。

秦夕刚一出道便签约了大公司，选秀节目上以超高人气夺得冠军，拍的第一部戏就是电视剧的男一号，星途璀璨，未来无限。就在他意气风发地洽谈某知名导演的电影的时候，高千佑盯上了他。

就算这么多年过去，那种感觉依旧极其清晰。

电视剧杀青宴上，高千佑把他定为目标。

他对上中年男人皱纹横生的脸，以及那一双混浊的眼，往旁边躲了躲，提高了声线："高总，您醉了。"

高千佑在娱乐圈声名狼藉，秦夕这样的他见多了，自有一套办法："我确实有点醉了，小秦送我回酒店吧。"

秦夕彼时初出茅庐，从没见过这样的场面。

他抬头望向众人，可方才还言笑晏晏的人纷纷低下头，一句话都不说了。

他最后抬眼望向导演。

拍摄期间，导演对他关照颇多，断言他一定会大红大紫，甚至还想把他收为徒弟。

两人早早就说定了下一部电视剧的合作。

导演在酒桌上艰难地站起来："高总，我们这儿还有点关于宣传发行的事没说完，要不……我让小张送您？"

高千佑冷哼一声。

他是投资方，又是公司的高层，底气足得很："不用了，我也正好有事和小秦说，是关于你们这部戏上星的。"他连戏都懒得演，仿佛已经笃定自己的胜利一般，"最近卫视的审批很严格，你们这批文一直没下来，先前卫视预留的档期要是赶不上，可能就播不了了。"

高千佑的目光有些戏谑，一字一句地，带着令秦夕反胃的为难："王导，你说是不是？"

他最终不得不和高千佑一起离开。

似乎在他站起身的那一瞬间，无数人心中暗暗松了一口气。

整个酒店包厢里又萦绕着默契的言笑晏晏。

在他身边，高千佑的声音像沙漠里阴冷的蜥蜴："别看了，走吧。"

高千佑的手在秦夕的腰线划过，却没注意到，秦夕的双拳已然紧紧攥起。

那一夜，酒店房间之中，秦夕一脚把高千佑踢翻在地，手里的水果刀还在颤着。

　　刚刚进入娱乐圈的青涩新人仿佛在一夜之间看透了人性薄凉，他举着刀面向高千佑，少年清冽的声音已尽是沙哑："这里没有摄像头，敢碰我一下，我杀了你。"

// 第十三章

那一晚之后，秦夕搬离了公司给他租在市中心的 180 平方米的平层，重新住回了 10 平方米的公司宿舍。

高千佑纵横娱乐圈十几年，从没吃过这样的瘪。

据说，高千佑被秦夕吓破了胆子，在以后的数年里都不能行事。

只是，刚刚杀青的电视剧直接消失在人们的视线中，秦夕的脸也开始消失在大街小巷，粉丝后援会直接解散，所有的通告也都被撤掉。

在那之后，他的黑料频出，从选秀时的黑幕开始。还未崛起的新星直接陨落，在极端粉丝的煽动下，"秦夕滚出娱乐圈"这个微博话题排在热门搜索榜的榜首，整整 50 个小时。

他有整整一年的时间没有任何工作。

在日夜都不甚分明的公司宿舍里，他每天做的就只有一件事：看电影。从睁眼后的第一秒，到睡前的最后一秒。光影在他的脑海里交织，嵌入骨髓，甚至成为本能的存在。

他偶尔也玩玩游戏，不过更多的时候，都是盯着游戏里浩大天地和壮美的景色，默默发呆。

那时他还存有一丝希望，相信总能熬过这段最艰难的时光。

后来，曙光来了。

公司说，有工作可以安排给他。

那天他清晨 5 点就醒了，对着镜子仔细把胡茬刮干净，在衣柜里挑出一年多没有穿过的正装，意气风发地踏入了公司总部大楼。

他却没想到，在会议室里看到的人是高千佑。

一年没见，那人依旧如诡谲地狱里的毒蛇，阴恻恻地对他吐着信子。

高千佑给了他一份低俗电影的剧本。十八线导演的低俗电影，影片中有大量暴力和裸露镜头。

"你不想接？这让我们很难做。"高千佑举起另一份合同，惋惜地啧了啧，"对公司安排的工作毫不配合，你好好看看你当初的合约。5000 万的违约金，我并不介意打这个官司。"

赔偿 5000 万的违约金，然后与公司解约，又或者出演这部完全是折辱性质的低俗电影。

秦夕在混沌之中自嘲一笑。

他在公司晦暗的宿舍里抱紧自己。灯都暗了，笔记本电脑屏幕的光线成了这间小屋里唯一的光源。

他拿起手里安眠药的时候，神色淡然。

本来也没什么可留恋的。

秦夕环顾四周，阴冷的房间里，没有一丝烟火气。

与其说留念人世，还不如留念游戏里的江湖浩大。他吞掉一整瓶安眠药，趁着最后一丝清醒，打开了游戏界面。

他操纵自己的人物到了观星塔。

这是他从前最喜欢的地方。身披袈裟的小和尚几个漂亮的腾跃，跳到塔尖之上，这里从没有人来，因为几个跳跃点极为刁钻。只是景色也很好——俯瞰世间万象，人烟熙攘，天地寥廓。

秦夕的意识已经开始涣散。他仿佛已经成了那个立在观星塔上的小沙弥，高处不胜寒，他身上生出一丝凉意。

就在意识涣散的那一秒，忽然有个人声传来。

观星塔上，除了他之外，还有一个人。

那是个女剑客，黑衣黑发，手里拎着一柄长剑，正对月自酌，口中仿佛还哼着什么熟悉的小调。

　　秦夕开了附近语音，女剑客的声音由笔记本电脑扩散到整个房间。

　　她正唱着的曲调本该是凄凉的，唱词也是如此，却偏偏被少女的声线唱出活泼的意思来："何须回看，早知预感比情话先命中。何言看破，无须假装挽留有用……"

　　这是秦夕自己的歌。

　　他喃喃出声。

　　女剑客这才发现身边还有个人，几步跳到他身边："小和尚，你说什么？小和尚，你还在吗？"

　　秦夕抵抗住侵袭而来的眩晕感，一字一句地说："你喜欢这首歌？"

　　"也不算。"娇俏的女声传来，这模棱两可的回答令秦夕苦笑。

　　只是，她下一句话却让秦夕如获新生："我最喜欢的是秦夕的《相信》，你可以去听听看！"

　　她自顾自地又哼起《相信》的调子。

　　秦夕的声音已经有些虚弱，他的声音发颤，又有点想哭："我也很喜欢这首歌。"

　　女剑客的声音有几分得意："是吧？我每次写代码的时候感觉自己写不出来，都听这首歌。世界上没有写不出的代码，也没有跨不过去的坎。"

　　她的声音萦绕在整个房间里，暖暖的。娇俏有之，温柔有之，可对于此时的秦夕来说，这声音如同最后的救赎，激起他对于人世的最后一丝渴望。

　　"小和尚，我要复习去了。对了，你要是喜欢看风景的话，除了观星塔之外，还有另一个地方的风景更好，就在凉州的沧明河上。那里的峭壁可以跳上去，最高的山峰叫观澜峰。不仅可以俯视整个凉州，还能看到大陆十三州的影子。"

　　"如果你跳不上去的话，我可以教你。"

　　她的声音缥缈，在秦夕耳边久久回荡。秦夕的意识越来越弱，可偏偏那个声音极为坚定。

　　"我最喜欢的是秦夕的《相信》！"

　　"世界上没有写不出的代码，也没有跨不过去的坎。"

原来世界上还有很多人，听过你的歌，喜欢你的歌。

秦夕，请一定活下去！

观星塔、观澜峰……浮生美景、江湖壮阔，你怎能失约?

他用最后的一丝气力，拨通了张睿的号码……

回忆太过沉重，只是对于如今的秦夕来说，三年前痛苦的回忆都已经成为他披荆斩棘一路走来的资本。

候机室中，他对头像暗下去的"糯米粽子"说了几句话，然后缓缓合上电脑闭目养神。

认出陈一糯不过三天时间，可这三天对于秦夕来说却是极为漫长的三天。今早，他临时回 T 市处理高千佑事件的后续，现在又要马上赶回 B 市。

事情经过很简单，他没忍住把高千佑揍了。

就在公司的高层会议室中。

股东们知道秦夕被雪藏的往事，但当事人对此讳莫如深，因此没有人知道当年到底发生了什么。

秦夕的桀骜，众人早就知道。只是如今秦夕的合约即将到期，公司又实在没有能绑住他的条件——毕竟，秦夕当年翻身靠的是崔言的那部《炎黄》，而崔言可是陆氏影业的总经理。

如今续约在即，没人敢去触秦夕的霉头。

牺牲一个高千佑也就罢了，反正秦夕对公司也没什么仇恨——所有人都是这样想的，包括高千佑自己。高管甚至承诺，只要高千佑肯乖乖让秦夕出气，等秦夕续约之后，就把高千佑派到海外公司。

T 市到 B 市的飞行时长只有两个小时。

飞机上，秦夕不出意外地被机组人员认出来。他在公众面前一向形象好，这次也是全程微笑地给支持者签名，和他们拍照合影。

张睿坐在他旁边，一路如履薄冰。

他们这次回 B 市是为了几天后的春节联欢晚会。秦夕已经参与了多次彩排，回 B 市后的两天，时间也被烦琐的彩排占满。

正是因为如此，当秦夕下了飞机直奔陆氏集团总部的时候，张睿心里简直有苦说不出。

"秦哥，明天一早就开始彩排了，咱们今晚还是早点休息。"

秦夕回头瞥他一眼，司机虽然是自己人，但他也不好多说。

"让小周把我的车开过来。"用公司的车实在不方便。

只一个眼神过去，张睿就浑身一凛，一个字也不多说了。

商务车稳稳停在陆氏集团总部楼下。秦夕自己的座驾已经开了过来，他利落地下车、换车，然后点开微信聊天界面，缓缓打字："还不下楼？"

只是，这条消息还没发出去，陆氏集团大楼的自动门便向两边打开了。

陈一糯镇定地走了出来。

秦夕连忙开车门下车，和人打招呼："正在给你发微信。"

他的话没说完，陈一糯身后便闪出来一个人影，西装熨烫得很是笔挺，半点褶皱都没有。

"秦先生，好巧。"说这话的人如果是陈一糯，秦夕一定会带着喜悦的笑脸同她握手。只是，当这句话从面无表情的陆知衡口中说出的时候，秦夕脸上的微笑顿时挂不住了。

在陈一糯看不见的地方，两人的眼神激烈交锋，陈一糯则有些尴尬，不知道该说什么。

是要先礼貌性地和秦夕道个歉，说自家老板不知道抽什么风非要跟着自己？还是先安抚一下陆总，然后自己趁机溜走？

可惜，两人都没有给陈一糯溜走的机会。

秦夕问她："想吃什么？"

陈一糯还没来得及拒绝，便觉得陆知衡的手搭在了自己的肩头："吃西餐怎么样？还是以前你喜欢的那家日料？"

秦夕道："我今天约陈小姐吃饭，无关的人和事不如改天再说？"

陆总何时退让过，他搭在陈一糯肩上的手更用力了些，镇定道："那就西餐。小刘，开车。"

陆知衡一下午也想明白了。

陈一糯这样的性子遇上秦夕，还不被生吞活剥了？她哪有秦夕的段位？虽然不知道为什么秦夕一见陈一糯就凑过来，玩什么深情人设，不过陆知衡知道，这种情况之下，绝不能给两人单独接触的机会。

如果非要接触，也必须得是自己在场的情况下！

陈一糯觉得整个世界突然很玄幻。

她面前的餐布下是十几柄精致的银质刀具，耳边悠扬的小提琴声不绝如缕，侍者上了前菜，然后无声退开。

她对面的男人是曾获奥斯卡提名的演员，现在正举着装着氤氲热水的酒杯，用温柔的口吻问她："最近在忙什么？"

只是，陈一糯还没来得及说话，便听见另一边一个男声传来："她最近在学画画。"

说话的是陆知衡。

陆知衡黑色衬衫，身披黑色西装，依旧是一贯的商业精英男的搭配。而秦夕则穿了件白衬衫，脸上有几分少年气。

这画面真的很美，如果不是两个人一直在隔空喊话的话。

但凡秦夕问她的话，陆知衡都抢先作答。

而陆知衡偶尔和她说几句话，也被秦夕截走。

陈一糯已经10分钟没说一个字了，两个男人你问我答，好不热闹。

果然，秦夕又道："我让张睿给你送点设计类书籍，在公司时可以看看。"

陆知衡："不用了，我们公司闲杂人等不能入内。"

陆知衡："'性格系统'做得怎么样了？"

秦夕："要不要考虑换一个年底不用加班的公司？"

陆知衡："你是指你在的那个以剥削劳动力而出名的公司？"

秦夕："似乎也比让程序员出身的员工做设计来得靠谱。"

陈一糯心里苦，她只想安静地吃个饭，这两个人简直是前世敌人。

秦夕她不了解，只是陆总平时明明一副沉稳的样子，怎么现在看起来也就5岁的智商。

陈一糯内心坚决发誓，再也不想和这两个人同框了。

只是，事情的发展往往不是她所能控制的。

第二天下班之后，陆知衡径直来了13层设计部办公室。

这是春节前最后一个工作日。陆氏集团的春节假比法定假日多了两天，员工们早就收拾好箱子准备回家过年，刚好可以错开春运的高峰。

年关将至，整个陆氏集团总部陷入了最后一波加班浪潮。跨年夜毕竟只有三天的假期，春节才意味着一整年真正的结束。因此，各部门都紧锣密鼓地加班，想给这一年画上一个圆满的句号。

陈一糯也终于收到了人事部的通知——鉴于她入职以来表现优秀，予以提前转正。从现在开始，她就是陆氏集团的正式员工了。

更让她欢呼雀跃的是，在发年终奖的时候，实习生可是没有份的。本以为今年肯定收不到年终奖，如今看来，简直是一笔意外横财。

陈一糯也已经定好了高铁票，准备回家。只是她订票的时间有点晚了，二等座已经被订空，只有一等座还剩几个。她看了看余额宝里的数额，纠结了一晚上，决定就算是一等座也咬牙坐吧。

打开订票软件——很好，一等座也没了。只剩下三倍价格的商务座，还有最后一张票。

明天陈一糯就要坐高铁商务座回家了，这对于经济状况本就不佳的她来说，无异于雪上加霜。如果没有那撞大运的年终奖，还真不知道怎么在B市活下去。

不过，倒是还有一个好消息。房东阿姨打来电话，似乎房子的新买主不介意继续出租。

陈一糯不用搬家了，这真是省了好大的麻烦。

陈一糯当然不知道房子已经易主，这套房子的房产证已经躺在了陆知衡的书房抽屉里。

陈一糯收拾包准备下班，在门口被陆总堵了个正着。

陆总一脸理所当然的表情："哪天回家？"

陈一糯脚下一步一步往门外挪："明天早晨。"

陆知衡也不知道自己在烦什么，随口道："我派个人送你。"

"不用，我坐地铁就好了。"陈一糯已经溜到门口了，随时准备奋起离开。

陆总坚持道："年底人流量大很危险，怎么一点都不会照顾自己？"

正当陈一糯苦着脸挨训时，门口却传来一道戏谑的声音："陆总这么喜欢强人所难。"

听到这个声音，陈一糯只觉得有点腿软。自己刚才为什么不赶紧和同事们一起下楼？这种场景又要再现了！

陆知衡加上秦夕！

陆总直接黑了脸："你刷谁的员工卡上来的？"

陆氏集团的电梯都要刷卡才能乘坐，秦夕这个外人竟然大摇大摆地上了13层，这让陆知衡心里很气。

秦夕："我刷脸的。"

陆总冷哼一声："你可真闲啊，春晚彩排也不排了，金华电影节也不准备了，《问道》也不进组了？每天来陆氏闲晃？"

两人一遇上，果然又是针尖对麦芒。陈一糯已经挪到门口位置，观察着最佳逃跑路线和时机。

秦夕不以为意："年初三就进《问道》的剧组，不过，我不认为这和工作有什么冲突。"

他的下一句话让陈一糯浑身一凛，不敢置信地回头。

秦夕眼神深邃，眼风从陆知衡的身上，缓缓移到陈一糯身上："陆总不知道吗？我在追求陈小姐。工作和感情的事本就并重，不该混为一谈。"

陈一糯回桐城的第一天，得到了家里人的热烈欢迎。陈母一改往日的强势态度，一上来就嘘寒问暖，陈一糯颇有些不适应。

不过她的不适应也没持续几天。就在她第二天睡到上午10点才起床之后，陈母瞬间恢复了小学教导主任的强硬做派，取消了陈一糯的一切特权。

"你看看你，回家什么也不干，天天睡到这个点才起床，整天玩电脑……"

陈一糯赶紧把电脑合上，顺便瞥了眼手机上的时间。

"看手机，你眼睛长手机上好不好！"陈母一脸的恨铁不成钢，在陈一糯的床沿坐下。

陈一糯内心一阵冰凉，这说明这场谈话会持续很久。

陈母叹了一口气："碗也不知道刷，地也不知道扫，看看你这房间，干净了一整年，你回来才一天就乱成这样。你说你回来干什么？你刘姨家的闺女每年回来大包小裹地带东西，去年还把婚结了。妈真担心，你说你这样怎么嫁得出去……"

陈母足足说了半个小时，然后打发陈一糯出门买酒。

"记住啊，就买'勇闯天涯'，一瓶就行。度数高的你爸喝不了。"

"知道，知道。"

陈一糯的酒量奇差无比，她虽然不知道自己曾经在酒后对大老板动手动脚，但也对自己的酒量心里有数——原因无他，她有个和她一样一杯就倒的爸爸。

可偏偏陈父还挺喜欢喝酒的，喝一杯啤酒刚好微醺，再多喝可就要醉了。

除夕之夜，一家三口围坐在一起。电视上放着春晚，桌上十几道菜，山珍海味一应俱全，陈一糯偷了只螃蟹正吃得起劲儿。

陈母做饭的手艺是一绝，陈一糯早早就拍了照片发到了好友圈子里。很快就收到了好几条回应，大家在微信里互相拜年，好不热闹。

5分钟之后，她的消息评论里多了一条。

陆知衡："螃蟹怎么蒸？"

陈一糯回复："大老板过年好！洗干净之后切点姜片直接蒸就行。"

那边没有再回复，陈一糯继续吃螃蟹，一转眼就消灭了两只。

她胃口很好，吃完螃蟹又专心致志地对付起桌上的鸡鸭鱼肉，此时手机屏幕又亮了几次，是陆知衡发来的私聊。

陆知衡："怎么洗，是直接洗活的吗？"

陈一糯回复："你冲一冲就行了。"

微信那边久久没有回复，直到陈一糯一家吃完了团圆饭，坐在沙发上看起春晚，陆知衡才又发过来消息。

是一段语音。

陈一糯点开语音，只听手机另一端的陆知衡镇定道："是直接冲活的吗？可它们都开始爬了怎么办？现在已经爬到窗帘上了。"

陈一糯冷静道："你发个视频过来我看看。"

处理好陆知衡的螃蟹爬墙事件，陈一糯终于能安安生生坐下来陪家人看春晚了。

她心虚地忽略陈母的问询目光，打着哈哈："是我公司的老板，有点工作的事找我。"

她话音未落，陆总的视频又拨了过来。陈一糯颤抖地接起视频，陆知衡的声音刹那间响彻整个大厅："刚才忘了问，蒸螃蟹要蒸多久？"

陈一糯简直不敢抬头看父母的眼神，压低了声音："20 分钟吧，记得壳要朝下。"

陆知衡艰难地把螃蟹蒸上了，盖上锅盖，看了眼腕表上的时间。他今天穿了件深色羊绒衫，颇为随体，丝毫不显得臃肿。进门的时候还被老爷子教训了，说他穿得太少，不爱惜身体。

"爸，还有 20 分钟就可以吃了。"

客厅的圆桌上，已经整整齐齐摆了数十道色香俱全的佳肴。老宅的年夜饭一向是从饭店定的，花样繁多，可入口到底不是家常菜的味道。

这也是陆知衡第一次下厨。

"刚刚是给朋友打电话？"陆父面上严肃依旧。

陆知衡应了一声。

陆父没再说什么，两人喝了几杯酒，直到气氛活络了一些，才终于道："也好，有朋友照顾着你，我也放心了。等会儿也跟你妈拜个年。"

他拨通母亲的电话时，指尖都是抖的。三声绵长的"嘟"声之后，一个和蔼的声音传来："喂？"

陆知衡低声道："妈，是我。"

他问起 T 市的旗袍店，问起母亲的身体，问起陆修远的近况，问起陆知意的约会对象。

可他却没有看到，身后那已显老态的父亲，此时早已泪如雨下。

从前的陆知衡是不会问这些的。对于家人，他只想做个"有用的人"，在关键时刻分析问题、解决问题。

只是世间哪里有那么多需要解决的问题？更多的时候，他们只是需要多一些陪伴而已。

他忽然想到陈一糯的性格系统，以及某一天她忽然提出的更为复杂的"情

193

感系统"。

原来,从前的自己淡薄于情,所以《御剑江湖》里是没有情的。这里有竞技、有热血,也有精美的制作画面和宏大的世界背景,只是,偏偏缺了一丝人情味儿。

缺了七情六欲、爱恨交织,也缺了柴米油盐里最简单的幸福。

陆知衡忽然发觉,从前的自己做任何事都带着目的。可是此刻,他忽然很想打个电话给陈一糯,什么也不说,只静静听她的呼吸声——没有目的,就只想听听她的声音。

时间迫近零点,陆知衡纠结半晌,还是拨出了那个号码。

陈一糯接得很快,只是那语气之中还带着几分迷糊:"喂?陆总?"

陆知衡家中没有守岁的习惯,陆父已经睡下。陆知衡自己一个人在客厅的沙发里斜倚而坐,他的目光透过落地窗,投在无垠的月色之上:"陈一糯,新年快乐!"

陈一糯"嘻嘻"笑了两声:"快乐!"

陆知衡不动声色:"我是第一个和你说新年快乐的人吗?"

陈一糯皱着眉头想了好一会儿:"嗯,一二三四五……"陆总面色一寒,刚想说话,却听陈一糯一个转折,"上山打老虎。吃了鱼之后你就是第一个!"

这都什么跟什么!陆知衡蹙眉,想到了一种可能性:"你喝酒了?"

陈一糯气鼓鼓的:"喝了很多!"那声音还不太高兴的样子,"不是都告诉你了?"

陆知衡只觉得自己的心软软的:"喝了多少?"

陈一糯得意道:"一整杯!嗝——"

陆知衡只觉得最后这个酒嗝可爱极了,恨不得马上出现在她身边才好。陈一糯还是凶凶的:"喂,你怎么不说话!"

陆总一声低笑:"什么时候回 B 市?"

陈一糯又开始掰着手指:"一二三四五……"不过这次后面跟的是,"初五!初五晚上几点来着?"

"回来这么早。"陆知衡有些诧异。

陈一糯订票的时候,以为春节回来要找房子,所以特意早几天回来。如今

194

房子不用搬了，票却也改不了了。

不过，喝了酒的陈一糯才不会解释这么多。她脖子一梗，一副理所当然的口吻："当然，我是最早的！回去加班，看烟花……"

陆总啼笑皆非。

醉酒之后还想着加班的事，是自己平时"剥削"太过了？至于陈一糯之后提到的"烟花"二字，却让陆知衡心头一动。

电视里，遥遥传来主持人倒计时的声音。

陈一糯跟着一起兴奋地数着："五、四、三、二、一！新年好！"

陆知衡哑然失笑："新年好！"

就在数到零的刹那，祖国大地之上无数烟花划破长空，在夜幕之中腾跃，绽放出最璀璨的颜色。

陆知衡凝望着窗外闪烁着的火树银花："你看到了吗？"

陈一糯屏住了呼吸："看到了，很美。"

两人之间久久无言，片刻之后，烟花暂歇，陆知衡的耳边，清丽的声音悠然响起："不过，还是跨年那天的更好看。"

电视上的春晚仍旧播着节目，此时正在唱歌的男歌手十分眼熟，可陈一糯看人都有些重影，哪里能分辨得出来是谁？

她听陆知衡的话，乖乖把手机关机，跟着爸妈吃了一口饺子，又用残存的意识给父母发了准备好的红包。

陈一糯一夜好眠。

可远在数百公里外的 B 市，却有两人彻夜没睡。

陆知衡辗转反侧，耳边一直萦绕着陈一糯口无遮拦的话："还是跨年那天的更好看"。

这女人，原来酒量真的这么差！陆总只觉得自己的心被陈一糯一句无心之言搅了个彻底，只要一闭上眼，眼前便浮现出她上一次醉酒后的举动……陆总觉得血液里有火在流淌着。

另一边，张睿正开车飞驰在路上。年三十的夜里，马路上空无一人，本来拥挤的 B 市几乎成了一座空城。

车后座上，还没卸妆的秦夕疲惫地倚着，他一直在拨打那个号码，可回应他的却永远只有那句："对不起，您拨打的号码已关机。"

年初五，陈一糯拎着半人高的大行李箱，带着父母准备的土特产，风尘仆仆地踏上了回 B 市的高铁。

一出站台，她霎时揉了揉眼睛。鹤立鸡群的男人分开人流，迅速向她走来，而后极为自然地接过她手里的行李箱。

"陆总？"

陆知衡来接陈一糯，是经过深思熟虑的。

事实上，这不仅经过了他自己的深思熟虑，还被整个"尽快搞定陈一糯委员会"全票通过。

该委员会组建于几天之前。

秦夕的出现让陆总终于发现，自己完全不能接受任何其他人接近陈一糯。秦夕不过才认识她几天而已，怎么敢直接说"追求"她！自己都和她认识这么久了，还不是一直不敢说。

不对，好像有什么东西不太对劲的样子……

陆总对着镜子仔细端详自己的脸。喂，陆知衡，能不能别一想到陈一糯就眼角含笑？很丢脸的好吗！

不管如何，陆知衡在三天之内把自己身边所有感情经历丰富的朋友们聚集在了一起，麾下主力选手有两个。

首先是崔言——对女人的心思无所不知。其次则是陆知意，她的感情经历很好描述：女版崔言。

另外还有几个无关紧要的，比如陆知意的某位被称为"情感大使"的闺密。当然还有刘秘书，他负责在陆知衡皱眉、抿唇的沉默之时，通过微表情的变化，把他的真实意图翻译给其他人。

唯一觉得尴尬的是，陆知意和崔言二人因为某些往事原因，拒不见面已经很多年了。这次为了陆知衡的终身大事坐在一起，可还是互相看不顺眼。

崔言是想溜之大吉，任何陆知意在的地方他都想跑开。而陆知意则像个女战士，非把崔言说得无地自容才满意。

"所以董事长的意思是，现在要追求陈小姐。"

刘秘书开门见山。

崔言没有任何反应，似乎对此早有预料。陆知意淡定地玩着裸色指甲，星座博主面上毫无波澜，头上的巫师帽软塌塌地垂下来——唯有陆知衡本人，猛然站起来，坚决摇头。

"所以，您并不想追求陈小姐？"刘秘书目瞪口呆。

"也不是，"陆知衡的眉头微动的频率太快，刘秘书破解失败。"我无所谓要不要追求陈一糯，但我不想秦夕追求她，所以只能我追求了。"

"哦，"刘秘书恍然大悟，把第一句话重说了一遍，"所以现在要追求陈小姐。"

崔言一马当先："要追求一个人，首先一定要完全渗透进她的生活里，不仅要让对方留下深刻的记忆，最好留下每天都能见到的礼物，触景生情。"

陆知意嫌弃道："别听崔言瞎扯。你必须先解决她的问题，让她对你产生依赖的感觉。"

"情感大使"接着道："你必须要让她养成习惯，把这一切都变成日常。"

刘秘书将大家的发言记录在案，最后总结陈词："还有最重要的一点——"

四人异口同声："一定要浪漫！"

这就是陆知衡捧了一盆仙人掌来接陈一糯的理由。

崔言说得很对，首先要渗透进对方的生活。就从高铁站接人开始吧。

"尽快搞定陈一糯"委员会的四人耳提面命，让陆知衡来接人的时候，一定要带一束花。

陆总很当回事，提前一天去植物园辨别花的种类，经历了一个小时的仔细筛选，最后才选定这株最美丽的仙人掌。

陆总觉得仙人掌这种植物简直太完美了。它的花语是坚强，每一根刺都充满生物的美感，放在办公桌上可以消除辐射，陈一糯每天都能见到，可以触景生情，而且还可以炒菜吃，清润降火。

陈一糯一脸震惊地看着陆总举着仙人掌向自己走来，走路带风。

陆总把仙人掌往她怀里一塞，顺手接过了陈一糯手里的行李箱。走出去三五步，才听到陈一糯问："你怎么知道我今天回 B 市？"

陆总面无表情道："是你自己告诉我的，求我来接你。忘了？"

陈一糯小声呼道："怎么可能！绝对没有。"

陆知衡站定，回头看向陈一糯。

他分明心跳如擂鼓，脸上却仍旧是云淡风轻的表情："看来，你对自己喝醉之后的事情真的没有任何印象。"

"五天之前，除夕之夜，你喝了酒，让我今天来接你的车——不然我怎么会知道具体车号。"

陈一糯一听"除夕"二字，心里顿时觉得有点凉。那天她确实陪陈父喝了两杯，最后两人一起醉在沙发上。陈母好不容易才把二人扶回房间。

她捂着脸，对自己的酒品不忍直视。

陆知衡本来没看她，可就在陈一糯不敢置信的沉默中，他的目光已经悄无声息地移到陈一糯身上。

这时候羞涩什么？当初明明做了更过分的事情……

陆总淡定驱车送陈一糯回家，倒是陈一糯，一路上特别不好意思。陆知衡特别怕她发表"那我把油费还你？"之类的言论，一路上把音乐声开到最大，震耳欲聋的音乐听得陈一糯头昏脑涨。

不过这次他想多了，陈一糯囊中羞涩，没钱给他油费。

陆总认为这是一个良好的开始，他准备乘胜追击，在工作日的早上来接陈一糯。只是，当陆知衡的车第二次出现在陈一糯楼下的时候，陈一糯陷入了恐慌和自我反省之中。

自己又做错了什么事吗？看他的表情倒看不出心情不好的样子，不过陆总的心思比海深，难道是自己给陆修远的知识点讲错了，导致了什么严重的后果？难道是之前交的策划案有什么问题？难道是秦夕又在骚扰陆知衡？

陈一糯小心翼翼地拉开窗帘的一个角，仔细扫视楼下每一辆车。确定方圆500米之内没有看到陆知衡和他的小仙人掌的影子，才迅速收拾包下楼，直奔地铁站。

陆知衡无心插柳地治好了陈一糯的"赖床综合症"。

从工作日的第二天开始，陈一糯就提前半小时出门，完全错开陆知衡来接她的时间。

陆知衡发觉之后也提前半小时来接。

陈一糯只能提前一个小时……两人好像参加了早起俱乐部，起床晚的人要遭受被仙人掌扎之苦。

最后陆知衡主动结束了这场博弈，崔言提出的计划正式宣告失败。

陆总放弃计划的那天清晨，微博上断更一周的搞笑作者"我的老板为什么这么奇特"终于更新了。

"@我的老板为什么这么奇特：大老板每天早上在楼下堵我的日子终于过去了！终于不用清晨五点起床，然后做贼似的冲向公司了！真不知道我除夕晚上喝多了到底和老板说了什么，可以说是被疯狂针对了！"

崔言提出的计划流产，陆总沉下起来，琢磨着陆知意提出的第二个计划。

"解决她的问题，让她对你产生依赖的感觉。"

陆知衡觉得现在陈一糯就很依赖自己，她拿着自己发的工资，住着自己的房子……只是，陈一糯自己不这样认为，陆总也并不打算把房子的事告诉她。

她的问题大概就只有缺钱了吧？

这件事陆总曾经和委员会的众人讨论过。

他低头啜了口红茶，眉心颦蹙："这种事是不是太不浪漫。"

"情感大使"轻轻地叹了一口气，面无表情地道："不，这是世界上最浪漫的事。"

陆知衡想送钱不是一天两天了。上次送钱，是给全部门的人都加了工资。奖金发多了太惹眼，因而陆修远成了撬动这一环的支点。

陆知衡和陈一糯诚恳谈话，表示陆修远最近学习状态不好，他妈妈很着急，想让他多上上陈老师的课——最好每天都能上。时间的话，下班后去陆宅上一小时就行。

陈一糯近期经济很紧张。她过年回家发现老爸的老寒腿又严重了，斥巨资在卧室里安了除湿器，又新买了磁力泡脚盆，再加上发给二老的春节红包，身上剩下的全部家当加在一起只够付下个月房租的。陆知衡这个提议简直解了她燃眉之急。

陆知衡对这个结果很是满意，陈一糯也是如此，唯一做出了巨大牺牲的，就只有陆修远小朋友了。

每天放学后多加一小时的数学课，对三年级的陆修远来说太痛苦。然而，陈老师的数学课，翘课率是零，也不容许任何上课走神的情况出现。

陆修远在不知不觉之中，学习成绩一路走高。在数学和游戏知识双重精神摧残之下，陆修远小朋友进步神速，早早就预习完了三年级下学期的课本内容，开始向四年级进发。

当然，玩游戏也强了不少，能带着同班的小伙伴们突飞猛进，甚至还因此受到了几个小女孩的青睐。

无心插柳，那网红博主提出的第三个计划竟然完全实施成功。

"养成习惯，把一切看作是日常"竟然莫名其妙就做到了。至少，陈一糯现在已经养成习惯，每天下班之后去陆宅给陆修远上课。

暮色四合的 B 市高架上，陈一糯窝在副驾座椅里。陆知衡专心开车，偶尔调节一下车内音响的音量。

陈一糯坐得不舒服，手下意识地摸到车门上，按下记忆座椅的 2 号键。副驾的座椅缓缓移动，椅背放低，座位渐高，头枕微微往前折。嗯，这才是她舒服的角度。

不知不觉，她对身边人的了解越来越多。

陆宅的厨师每天晚餐都会做几道川菜，冰箱里常备陈一糯喜欢吃的金果猕猴桃——从前陆知衡是从不吃的，他嫌酸。不过跟着陈一糯吃了几个，又不觉得和记忆里一样酸了。

陈一糯轻车熟路地进了陆宅。陆知衡解开大衣扣子，将外套按照次序挂好，给陈一糯倒了杯热水。陈一糯捧着杯子喝了一口，陆知衡把腕表摘下来，放在表盒里："今天修远回来得晚，你先休息一会儿吧。"

陈一糯吹着热水："对了陆总，能不能借电脑用一下？我今天还有些工作没做完。"

陆知衡便带她去书房。

陆知衡的书房是真正意义上的书房，木书架从地板一直接到天棚，四壁都是书，只有一面墙上挂着几幅画。电脑桌就贴墙而放。

陆总说："你在这用吧，修远回来了我叫你。喝酸奶吗？"

陈一糯抿嘴道："草莓味儿的！"

陆知衡迅速移开目光。

陈一糯打开了工作邮箱，处理今天没完成的工作。而设计部微信群里，此时却是一片八卦之音。

"你们听没听说，策划部准备开发新游戏，听说是《御剑江湖》的续作。"

"真的假的？想要超越《御剑江湖》也太难了吧。"

"而且我的脑袋真的已经空空如也，画不出来了。我所有的古风灵感都已经在御剑里了……"

陈一糯自顾自地喃喃道："不会吧，也没听到消息啊。"

她下意识地把工作邮箱最小化，在陆知衡的电脑桌面上一扫，果然看到了《御剑江湖》的图标。

冥冥之中，她的指尖轻轻点击。

系统加载得有些慢，陈一糯右手捏着鼠标，一通乱点，另一只手挂着下巴想入非非。

这是大老板的书房！这台电脑肯定也是大老板的工作电脑……里面肯定有很多机密吧，大老板对自己也太放心了。

就在界面刷新出来的一瞬间，她的鼠标一抖，刚好点在了"自动登录"上。

她忽然有些心慌。

难道大老板也玩《御剑江湖》？陈一糯自欺欺人地别过头去，不想看电脑屏幕。可她眼珠一转，又有点心痒痒。

她只看看陆总的游戏角色的名字是什么，这样以后遇到的话也不至于毫无准备。

"《御剑江湖》加载中，已完成82%。"

"加载成功。"

屏幕上，一袭白衣的俊逸男子背影卓然，立于万千荷花之间，荷叶微动，水波潋滟，人烟熙熙攘攘，独他脚下无尘，清冷如玉。

只是，这背影，怎么总觉得有些熟悉……

陈一糯连按键盘，鼠标一甩，三两下便操纵人物跳了出来。

傍晚是《御剑江湖》里在线玩家最多的时间段，杭城又是主城之一，往来玩家络绎不绝。

侠客们大多行色匆匆，策马而过，可陈一糯眼睁睁地看着前面一个一身盔甲的侠士，在经过她面前的时候狠狠一勒马脖子，强行让马停了下来。

这也不怕把马脖子勒断了。

陈一糯默默调侃，却发觉身边的人越围越多，她甚至都挤不出去了。

什么情况？

【世界】李砸缸 7:21

最新消息，第一医师和糯米粽子决斗了！

【世界】全村的希望 7:22

什么情况？

【世界】米饭饭 7:22

很有可能。糯米粽子和夕阳西下都三周没玩游戏了，很可能是被第一医师跨省决斗了。

陈一糯完全摸不着头脑。这都是什么？自己确实三周没玩游戏了，不过这和"第一医师"有什么关系。

不过想到《御剑江湖》的论坛，她也就释然了。

如果说《御剑江湖》是武侠的世界，那么《御剑江湖》论坛则是小道消息的圣地。里面各种流言蜚语、虚假宣传层出不穷。

陈一糯的"糯米粽子"，作为《御剑江湖》里的第一人，自然也就成为了论坛的宠儿。

就按照《御剑江湖》论坛里这些人的想象能力，陈一糯对这种"现实决斗"的小道消息丝毫不感兴趣。

只是，游戏里围着她的人越来越多，她想点轻功技能飞出去，却被人用抓取技能直接控制住了。

想抓我？陈一糯冷哼一声，手指在键盘上疾速跳动，鼠标随手一甩，便借着唯一的控制技能按出连招，轻松立于那人头上。

"这种技术，还来找我的茬。"她得意地拍了拍手，"知不知道我可是……"她的小得意戛然而止。

自己现在登录的……似乎是大老板的游戏账号！

陈一糯按了按太阳穴，整个人都凑到了电脑屏幕上。

这确实是大老板的账号。

白衣儒客，腰间一柄玉笛，人物头上还顶着四个大字——

"第一医师"。

第十四章

什么？"第一医师"！

陈一糯一口气没喘过来，眼前都有点发黑。

她把鼠标一推，强行平复自己的心绪。

还没等她喘匀了气，门口就传来陆知衡的声音，由远及近："给你，草莓味儿酸奶。"

话音刚落，陆知衡已经进了书房。他换上一件家居的羊绒衫，深蓝色的修身常服，袖口露出一截白皙手腕。他还没察觉陈一糯发现了什么，语气一如往常，把酸奶放在陈一糯手边："给你个勺子，以后别舔酸奶盖了。"

陈一糯浑身颤抖，一言不发。

陆总莫名其妙，眼神瞥了过来，正对上亮起的电脑屏幕。

完全没有被发现之后的恼羞成怒，陆知衡脸上反而多了一丝难为情。他讪讪地把手收了回去，说："你发现了……"

陈一糯气得发抖，只听陆总继续道："我其实早就想告诉你的，其实……"听他的声音，竟然还有几分羞涩。

"陆知衡，你觉得这样很好玩，是吗？"陈一糯直接站了起来，声音都是颤抖的，"我早该知道，在你这种人眼里，我只是个消遣而已。现在玩够了吧？

'第一医师'！"

什么？"第一医师"？

陆知衡一愣，不敢置信地凑到电脑屏幕之前。

没错，屏幕上仙风道骨的白衣医师一头青丝随风而动，端的是风流倜傥，只是陆总一眼就认出来了那个名字，正是"第一医师"。

怎么会这样！

他的计划明明不是这样的！

那天，在"尽快搞定陈一糯委员会"散会之后，崔言私下又找上了陆知衡，告诉了他一个重磅消息："秦夕本人也在玩《御剑江湖》。"

陆知衡挑眉道："你怎么知道？"

崔言说："前天吃早茶时张睿和我说的，说玩了个什么和尚角色。"

陆总心里已经有了猜测。他当着崔言的面打了几个电话，让技术部门去调取信息。不过，他心里早就有了怀疑的目标。

陆总在《御剑江湖》玩家论坛的搜索界面上，冷静地敲下了"夕阳西下"四个字。

很快，论坛上就出现了一条关于"夕阳西下"语音合辑的帖子。大多是路人妹子录下来的。毕竟，"夕阳西下"以声音好听闻名《御剑江湖》。

陆知衡点下播放键。经过修饰的声音中有些微电流声，不过都不用细听，那个声音出来的第一秒，陆知衡的脸色便猛然阴沉了下来。

这就是秦夕的声音，他绝不会听错。

秦夕就是"夕阳西下"。

陆知衡想到秦夕第一眼看到陈一糯时自己心里的预感，想到他对陈一糯毫不掩饰地追求，又想到"夕阳西下"和"糯米粽子"之间6000多的亲密度。

我说为什么一直看"夕阳西下"那么不顺眼。

只是，看起来陈一糯还不知道秦夕就是"夕阳西下"，不过看秦夕那破釜沉舟的勇气……

不，绝对不能被秦夕得手。

陆知衡愁云惨淡，崔言倒是跷着二郎腿坐在沙发上，抖腿抖得开心。

陆总瞥了他一眼，崔言吊儿郎当道："我说哥，你担心什么？你不是也有个游戏账号在陈一糯身边的吗？"

陆知衡一怔，只听崔言继续说："还是说，你在游戏里也没有秦夕重要？"

崔言等来的是一束有杀气的目光，刺得他差点把手里的茶杯摔了。

崔大少知道自己说错话了，赶紧挽救："我不是这个意思。要我说，你就直接自揭身份得了。告诉陈一糯，那个游戏里天天为她仗剑走天涯、杀得江湖人心惶惶的大侠，就是你！女生不就喜欢这一套，肯定能拿下。"

陆知衡摸了摸鼻子，有点心虚。

仗剑走天涯？杀得人心惶惶？这好像更像陈一糯的职责范围。自己明明是一场战斗下来衣袍上一个褶都没有的……后备啦啦队员？

不过崔言的想法是没错的。

秦夕不暴露身份是他的事，如果告诉陈一糯自己就是"我是你老板"，她一定会很震惊吧？然后两人再共同回忆起一起玩游戏、练轻功、在观澜峰上对坐饮茶下棋的场景。

陆知衡觉得，自己最好的追人计划已经出炉了。

他脑海中还盘算着计划，崔言又开始交代了："记住，一定要不着痕迹！要让陈一糯自己发现你的另一个账号。然后你直接顺势表白，承认你喜欢她很久了。"

陆知衡眉头一跳。

崔言敏感地捕捉到了他的这个微表情，叮嘱道："这句话是一定要说的！表白怎么能不说'喜欢你'！然后你就说你申请这个账号就只是想对她好而已。"

那天，在陆氏集团总部28层董事长办公室里，陆知衡面对着崔言的一头黄毛，练习了三十多次的"我喜欢你很久了"，表情、动作、神态终于全部合格。

为了表白终极计划，陆知衡做了全面准备。终于，一切都按照他料想中的步骤发展：陈一糯有工作要加班，他强行让陈一糯下班。两人回到陆宅，陆修远当然不能在家。这时陈一糯就会主动提出想借用一下电脑。

陆宅里各种各样的笔记本电脑有七八个，陆知衡偏偏让陈一糯用自己书房里的，陈一糯也毫无防备，直接进了书房。

面对桌面上明晃晃的"御剑江湖"图标，她当然会忍不住打开。

为了确保不出现问题，陆知衡特意注销了"第一医师"的登录记录，只留下了"我是你老板"的！

怎么会这样！为什么陈一糯看到的，会是这个八百年都没登录过的"第一医师"？

他已经准备好了玫瑰和烛光晚餐，就等着陈一糯发现之后二人互诉衷肠，可是如今……

陆知衡已经没有时间去想，为什么计划缜密的揭秘身份计划会失败。因为下一秒，陈一糯苍白着脸咬着嘴唇，声音都带着点哭腔。

"你早就知道我是'糯米粽子'？"她站在原地，眼睛霎时间就红了。陈一糯何等要面子的人，别过头去不愿让人看到自己红了眼睛。她抓起外套，闪身便要离开。

下一秒，陆知衡紧紧拉住了她。

他脑海中分明有千万言语，却一个字都说不出来，只觉得手足无措。他一只手拉住陈一糯，另一只手想要擦掉她眼角的湿痕，却踟蹰半晌，不敢抬手。

自己平时并不是这样怯懦的人。

他屏住呼吸，紧紧圈住陈一糯，将她牢牢压在自己怀里，另一只手缓缓攀上她的面颊，为她轻柔地拭去眼角的湿润。

"陆知衡，你放开我！"

"绝不。"

下一秒，他俯身低头，轻柔地贴上她的双唇。

陈一糯睁大双眼，下意识地推开他。

可这一次，陆知衡的胸膛纹丝不动。他的手抚上陈一糯的脸颊，动作轻柔，指尖微颤。唇齿摩挲之间，陈一糯只觉得自己的下唇被轻轻含住。男人在她唇瓣上辗转厮磨，时而唇齿间微微用力，似是在惩罚她的不专心。

男人的气息在一瞬间将她环绕，连呼吸间都是熟悉而令人酥软的气息，令她只觉得缺氧，甚至眼睛都睁不开了。

不过几秒的工夫，温热的温度离开她的嘴唇，陈一糯的大脑还有点晕，只听见男人的一声轻笑："这个口红的味道，不大好吃。"

还不待陈一糯恼羞成怒，方才极尽温柔的陆知衡忽然略略抬头，一手挡在陈一糯背后，将她直接推在书房的墙上。

男人居高临下地看着陈一糯微微肿起的唇，再也抑制不住。他低下头，狠狠吻住了她的双唇！

那是狂风骤雨般的吮吸，带着毫不抑制的侵略性。他仿佛要把这些日子所有难缠的绮思都剖白给她看，这一刻，风月交缠。如果说方才的吻是蜻蜓点水，那么这个吻则是真正意义上的占有式的亲吻。陈一糯只觉得自己几乎要被嵌入到男人的身体里去。她颈间有些凉，好像所有的血液都在一瞬间涌到了脸上。

那是陆知衡的温度。

在那个瞬间，陈一糯忽然觉得眼前的场景有些熟悉。他唇上的温度，他臂弯的弧度，他神情的眼神，他身上的味道……

陆知衡敏锐地察觉到她的游离，心念一动，叩开她的牙关。陆总无师自通，极尽缠绵，直到陈一糯腿软而再也站不住，他才一伸手将她揽住。

她的脸红得像个小番茄，偏偏强装镇定的样子，靠着墙恢复了一下意识，才磕磕巴巴地说："你……你什么意思？"

陆知衡越看越觉得可爱。自己之前怎么会觉得陈一糯是那种心机深沉之辈？此时，他只觉得眼前的人微微皱起的眉头可爱，有点红又带着一丝羞恼的眼睛可爱，肿起来的红唇……不仅可爱，还激起人想要再度蹂躏的欲望。

可惜，小母狮子只是暂时消失，变成了红眼小兔子。现在抖了抖毛，又摆出了狮子的威严。

陈一糯终于反应过来，紧紧咬唇，又是委屈，又是无措，偏偏面上一副大义凛然的样子："你得给我一个说法！"

陆总最喜欢看她恼羞成怒的样子，定定说道："我只是做了一件一直想做的事情。"

"你欺负人！"陈一糯怒气冲冲抓起衣服就往外走，"'第一医师'是吧，以后别让我在《御剑江湖》看到你！"

狠话放完了，她才想起来，自己面前站着的男人便是《御剑江湖》项目的老板。

不管那么多了！

其实一开始陈一糯并没有那么生气。

说来奇怪，陆知衡是"第一医师"这件事，本应该让她震惊的。可一想到自己在游戏里对"第一医师"的追杀，她忽然觉得没什么生气的立场。

真正让她恼羞成怒的，是陆知衡那个带着掠夺性的亲吻。

陈一糯狠狠剜了陆知衡一眼，趁着自己气势未减，抬头挺胸地冲出了陆宅。

刚一出陆宅，她顿时傻眼。陆宅地处群山环绕之中，此时天色已晚，路灯寥寥，只能映出几尺见方的昏黄。

陆宅是座庭院式别墅，周围没有小区，唯有一条窄窄的双向车道，每隔三五步立着路灯。

陈一糯沿着路灯往外一步一步走着。

二月的天气滴水成冰，她方才身上的热气早就在几分钟内全都散了，只觉得身上越来越冷。

她紧了紧大衣，在路灯的暖色里席地而坐，掏出手机，打算叫辆车。

还不待手机的界面刷新出来，便有个男声居高临下，带着一丝戏谑："喂，跑那么快，我还没解释呢。"

说话的自然是陆知衡。

他追得很急，外套也是随手在衣架上拿的，扣子都来不及系好。

他站在路灯之下，陈一糯本就坐成一团，被笼罩在他的影子之下，像一只小兽被他尽数包裹。

陆知衡也蹲了下来："回去好不好？外面太冷了。"

陈一糯一言不发，倔强地摇了摇头。

陆知衡拿她没办法，脱下自己的大衣，把她整个人罩在其中："那走吧。"

陈一糯抬头，有些错愕。

二月的天气，陆知衡只穿了件深蓝色的羊绒衫，看起来极为单薄。他朝陈一糯笑了笑："我送你回家。"

陈一糯赌气道："我不要坐你的车。"

男人有些无奈地失笑："那它会很伤心的。"

他垂下头，在路灯的映衬之下，两个人的影子紧紧挨在一起，仿佛骨骼都相缠。他顿了顿，又补充道："我也会很伤心的。"

陆知衡侧过头，凝视陈一糯的侧脸。那和崔言在办公室里练了三十多遍的动作、眼神、神态全都忘记了。只剩下一个心如擂鼓的男人，最本能的一句话。

"我其实一直挺喜欢你的。"

准备好的玫瑰被丢在客厅的角落里，来不及去拿。做好的法式大餐在厨房等待摆盘，却已经无人去赏。这个夜里，呵气成霜，可他说话间吐出的热气仿佛在陈一糯的颈间溢散，在风中炫舞，字字句句都带着无尽的回音，挥之不去。

陈一糯惊诧回头，正对上男人的双眸——幽静而深邃。她噘了噘嘴，却再说不出什么有杀伤性的话来，只能偏过头去，不看他。

陆知衡却不依不饶，他倾过来几分，声音低沉，在陈一糯耳畔萦绕："你呢，对我有没有一点喜欢？"

陈一糯的腮帮子气鼓鼓地鼓起来，赌气道："我才不喜欢你呢！"

话音刚落，又觉得方才说得实在没有气势，干脆整个人转了过来，挑衅式地对陆知衡伸出小拇指，然后认真道："就这么一点都没有！"

陆知衡揉了揉她的头发："是吗？可是刚才你被我亲的时候，可不是这么说的。"

"喂！你乱说什么！"陈一糯的脸"唰"地一下红透了，一时暴跳如雷。

"我说错什么了？"陆知衡一脸无辜。

陈一糯气得起身就走，远远把这恼人的男人甩在身后。

什么意思，这个男人之前在 T 市就已经有过这样的前科了！明明一直好好的，自己还觉得和他有点小暧昧，结果从 T 市回来就瞬间变脸！现在又来撩拨自己，实在是可耻！

绝不能因为敌人的糖衣炮弹而投降！

她揉了揉有些发烫的脸蛋，刚走出几步，那恼人的男声又传来了："喂，去哪儿？"

暴躁的小母狮子头也不回，骄傲地甩了甩头发，一字一句恶狠狠地道："我要回家！"

陈一糯万万没有想到，陆知衡会直接跟到地铁站来。

不算拥挤的地铁车厢中，男人与她不过一拳之隔。陆知衡一身略显单薄的深蓝色羊绒衫，日常都戴着手表的手腕空了出来，白皙到几乎透明。

陈一糯不说话，陆知衡便也不急着开口。人群熙熙攘攘，两人的位置却没有变过。他一直在她身边最近的位置，一低头，就可以嗅到她身上的味道。

一直到很久之后，陈一糯还是经常会想起那一晚的地铁三号线。她把头转到一边，假装不去看陆知衡。可那目光，却透过反光的窗户，牢牢地盯在了他脸上。

那天的最后，陆知衡送陈一糯到楼下，然后从大衣口袋里掏出个很小的透明盒子来。

"给你。"他把透明盒子交到陈一糯手上。里面，正是他去高铁站接陈一糯时带在手边的小仙人球。"照顾好它，晚安。"

陈一糯把他的大衣脱给他，然后默默回身上楼。

她打开玄关的灯。

家里的暖气开得足，一进门便觉得身上很暖——陆知衡穿着单衣在夜里走了那么久，会不会冻感冒？自己要不要请他上来坐一坐？

陈一糯犹犹豫豫地走到床边，悄悄掀开窗帘的一角往下眺望。

陆知衡背影萧索地立在路边，很有些可怜的样子。

她不禁心软，准备让他上来喝杯热水暖一暖。可就在她拿出手机准备打电话的下一秒，一束车灯的光在漆黑的小区之中映出寒夜里唯一一丝光亮。

一辆宾利缓缓开到陆知衡身边，司机下车，为他打开车门。陆总不见丝毫疲惫，举步上车。

陈一糯合上窗帘，深深吸了一口气。

她为什么要想不开去同情陆知衡？那是陆知衡，大资本家好吗？自己还真是心里一点数都没有！

陈一糯气哼哼地换了衣服去洗漱，最后，却还是带着迟疑地把陆知衡送的小仙人球拿到床边的床头柜上。

夜色里寒意侵人，两人却偏偏一夜好眠，大概是有月老入梦？

神经大条的陈一糯完全没想过，第二天要如何面对大老板。

所以当刘秘书没有按理叫她上 28 层吃饭喝芹菜汁时，陈一糯还有些劫后余生的喜悦，然后跟着设计部的同事一起去了公司食堂。

傲气的陆董事长在28层等了半天，直到刘秘书小心翼翼地告诉他："陈小姐在食堂吃饭。"

陆董事长气得头疼。

好啊，他算是看明白了。这个陈一糯，就是欠亲！

陆知衡冲到食堂的时候，人声鼎沸的食堂陡然间鸦雀无声。

陈一糯正和阿桃说得眉飞色舞，忽然间阿桃便不说话了，乖乖低头吃饭。

陈一糯还没反应过来，便听见脚步声由远及近，向她逼近。

陆知衡在人群之中一眼就看到了那个最眉飞色舞的。他的目光只淡淡一瞥，然后便径直向她走来。

他在陈一糯对面的座位站定，淡然道："你好，里面还有座位，能否挪个位置？"

阿桃战战兢兢地把餐盘往里一推，挪了过去。

陆知衡礼貌道："谢谢。"

他淡定落座。刘秘书为他端来打好饭的餐盘和汤，他叫住刘秘书，凝声道："两杯芹菜汁。"

在公司里，陆知衡依旧是那个不苟言笑的董事长。他今天换了块张扬些的腕表，表盘上的陀飞轮旋转不歇。陈一糯很快就被吸引了注意力。

陆总夹了一筷子青菜，放进陈一糯碗里："昨晚没吃吧。"

陈一糯假装听不见他说的话。

陆总对付她自然有一套。他斯文地折着衬衫的袖口，淡定道："昨天对不起了，实在不应该亲……"

"陆知衡！"

陈一糯怒目而视，赶紧出声打断他。他要是真当着全公司人的面，说自己被老板亲了……那自己以后还怎么来上班！

只是，她这先发制人的一声，震得整个食堂都嗡嗡响。众人的好奇心早就抑制不住了，在她这中气十足的一吼之下，轰然爆发。

"我的天，那个陈一糯竟然直接叫大老板的名字！"

"不是吧，董事长竟然还在笑！"

"啊！董事长笑起来为什么这么好看！"

陆总对议论声自动免疫，低下头小声哄道："别生气了。"

陈一糯撇撇嘴，一句"没诚意"还没说出口，陆总就好像知道她在想什么似的，抛出诱饵："给你带了酸奶，草莓味儿的。等会儿让人给你送去。"

陈一糯"哼"了一声，感觉自己好像并没有很生气。

两人面对面吃饭，周围鸦雀无声，连悄声的议论都没有。

陆知衡把陈一糯的芹菜汁倒满，一边问："我三月初要去 T 市出差，你一起来吗？"

陈一糯决定用冷暴力对付这个吸血的大资本家。然而，大资本家仿佛完全没有领会到她的意思。

陆知衡："那我让刘秘书给你订票。"

陈一糯瞪圆了眼睛："我才不去！"

这里人太多，陆知衡也不想说出太私密的话来。他自觉态度已经够软了，偏偏陈一糯毫不领情。

他们两人不说话了，周围才终于有了些声音。二人之间仿佛有个只属于他们俩的磁场，把其他人远远隔开。

不多时，刘秘书接了个电话，对着电话那边说了几句，脸色如常，和陆知衡耳语了几句。

陆知衡看了陈一糯一眼，完全没有避讳她的意思。刘秘书便继续道："所以选角的事还没确定下来，现在各家经纪人也都催得挺紧的。崔总的意思是先放一放，等选角导演那边确定了，会给总部发回合同的。"

陆知衡不以为意："嗯，这些事让崔言把关就行。"

刘秘书颔首道："好，我这就先回绝了庄盼的经纪人。"

庄盼？陈一糯愣住了："是那个脸尖尖的个子比我高一些的，那个跑龙套的庄盼吗？"

陆总看刘秘书点头，挑眉道："你认识？"

陈一糯撇了撇嘴："是我大学的室友！"

陆知衡若有所思地点了点头，陈一糯则依旧没有丝毫危机感地继续吃菜。

陆总看着陈一糯的餐盘里被消灭的蔬菜点了点头，最近菜吃得不错，终于不像以前那样只挑肉吃了。

　　陈一糯回到 13 层设计部办公室后，却没有心思工作了。

　　她趴在自己的办公桌前，漫无目的地刷着手机。

　　微博上，评论一直在增长，读者数也已迫近百万大关。陈一糯无聊地看着微博，心里却有些惴惴不安。

　　陆知衡就是"第一医师"这是让她始料未及的。不过，似乎自己刚开始追杀"第一医师"的时候，他还没来公司。

　　再说，自己明明也有别的账号，而且里面涉及了大量关于陆知衡的内容。

　　陈一糯翻了翻自己的微博账号"我的老板为什么这么奇特"，基本上都是大老板长、大老板短的。她悻悻地关了微博，想不到自己有什么立场去怪陆知衡了。

　　28 层董事长办公室。

　　陆知衡靠在舒适的老板椅上，打电话给崔言，直接定下了那位庄盼的角色。陈一糯刚才似乎还说，不想陪他去 T 市出差？

　　陆知衡遗憾地摇了摇头，提笔写了张字条。直到夜幕逐渐降临，星斗攀上夜空，才让刘秘书带着草莓味儿酸奶一起送下去。

　　陈一糯当时已经下班走了，刘秘书在一楼电梯口追到了她。

　　她接过那盒草莓味儿酸奶，一边举步往楼外走去，一边打开了那张字条。

　　是熟悉的飞扬字迹，铁画银钩之中，带着男人独有的睥睨。

　　十四个字，字字关情。

　　写的是——

　　"似此星辰非昨夜，为谁风露立中宵。"

　　她便抬头，在凛冽的风声里向上眺望。灯火明灭，28 层的灯忽然灭了。

　　几分钟后，陆知衡拎着公文包下楼。陈一糯摩挲着字迹，而后玩味抬头对上陆知衡的眼神。

　　"立中宵？某人可是坐在车里有座椅加热和后座按摩，说好的风露呢？"

　　被点名的"某人"毫不心虚："自然是不同的……今夜的星辰，明明比昨夜更好。"

B 市机场。

陈一糯右手拖着登机箱，左手是已经准备好的放有身份证件的小包，在值机柜台换好了登机牌。

"请问陈女士您有拖运行李吗？"

"有一件，记在陆先生名下即可。我刚刚查到前序航班有晚点，请问这班航班还能按时起飞吗？"

"可能会延误 15 分钟左右。"

陈一糯三言两语问清休息室的位置和航班状况，办理好行李托运之后，和陆知衡一起过了安检。

她早已把电脑和其他电子设备分别放好，过安检的效率极高。陆知衡旁观这一切，欣然道："很干练。"

陈一糯立刻想到了半年之前，自己在机场找不到身份证的糗事。她对陆知衡一笑，拿出工作用的 iPad，把陆知衡要看的财经杂志找好，然后起身去吧台倒了杯热咖啡。

这次她答应陪陆总去 T 市出差，一多半都是因为庄盼的缘故。

陆知衡说庄盼的角色还没定下来，这次来 T 市，也有见一见《问道》这些演员的缘故。电影已经开机，秦夕、程深等主要演员已经先一步进组，庄盼想要争取戏份不多的女四号。

实际上，陆知衡早已定了庄盼的角色。之所以这样说，不过是想陈一糯能因为庄盼而跟过来罢了。

《问道》这部戏，完全不是流量时代的圈钱之作。这剧本筹备足足用了五六年，近几年来，陆知衡也知道崔言见了不少演员，竟也让他机缘巧合找到了程深这个宝贝。

听说，是在夏威夷的欧胡岛上逛街认识的。

崔言陪女伴试鞋，一眼便看到在另一侧试鞋的程深。崔大少便凑了过去，用一口标准的纽约腔夸赞道："这双很好看。"

程深被眼前一头黄毛的亚洲脸吓了一哆嗦。

就是这一抬头，露出那一双清澈见底的眼睛。在崔言心里，李寻仙从这一刻开始才算真正出现在这个世界上。

《问道》不是一部完全的商业作品。它没有恢宏的历史背景，没有酷炫的武打动作，从始至终，它只是一个一直在寻找的故事。

放弃、背叛、抉择。

李寻仙本是天上谪仙，因心魔而被贬落凡尘，经历轮回，六根清净，唯有心头执念未消。

他要彻底瓦解心头业障，重回九重云巅之上。

可由凡化仙，是要跳问道台的。

在战场之上，他第一次遇见江逆，而其后的颠沛流离之中，江逆永远是他最坚实的后盾。

他们曾一起踏破西楚的王宫，将降国诏书投入火盆之中。他们曾在南诏的沼泽之中寸步难移，李寻仙踩着江逆的肩膀，才堪堪逃出那令人毛骨悚然的死亡之地。

他们曾被万千敌人包围，背靠背突出重围，用生命挡住射向对方的利箭……

八十一难一一化解，问道台前，李寻仙却不敢跳了。

为仙者，大道无情，凡尘斩断！可他此生轮回却偏偏有个江逆道之一字，竟成了此生业障。

整个《问道》的故事，便是从插叙的讲述之中展开，徐徐展现出踽踽凡尘。众生皆苦，这样的题材本来不被大众偏好，可就算是没心没肺的陈一糯，看了剧本之后，却也是罕见地沉默了。

短短两个小时的飞行时间过后，陈一糯和陆知衡的航班降落在 T 市机场。

金华电影节开幕在即，此时的 T 市可谓群星云集，星光璀璨。自然也有大量粉丝在 T 市机场蹲守，机场的安保部门日日加班，可奈何支持者数量实在太多，整个机场的秩序显得颇为混乱。

陈一糯在飞机上就已经重新适应了助理的角色，下飞机之后，和陆知衡一起走了 VIP 通道。

这不过是她第二次来 T 市而已，她却惊讶地发现，自己已经在无意中成长了太多。

酒店放好行李之后，陆知衡兴致高昂，非要和她一起去吃上次那家做鱼的饭馆。小菜两三，临湖而坐，T市的三月比B市暖了很多。

陈一糯用开水烫了两人的餐具，又用随身的消毒湿巾把面前的桌子擦干净。陆知衡只觉得好像待在无菌环境之中，浑身舒爽，兼湖风阵阵，美人在座，不觉胃口大开。

陆知衡面前的鱼粥吃了一半才感到饱腹，便放下了手中的筷子。

陈一糯惊讶地看了一眼他的碗，奇怪道："怎么了，不合胃口？"

陆知衡莫名其妙："没有，味道很好。"

"那你吃这么少，"陈一糯摇了摇头，"上次我记得给你带了鱼粥，你吃了整整两碗。"

陆总摸了摸鼻子，决定还是先不告诉陈一糯上次的事。毕竟……他的占有欲有点过分，不想让任何人吃到陈一糯打包的食物。这种事怎么听起来总觉得有点难为情？

除了吃鱼，陆知衡还带陈一糯又去探访了那家旗袍店一次。

也正是因为陆总这胸有成竹，只管到处闲逛的样子，陈一糯也终于放下心里满载的工作压力。她早早便联系了庄盼，庄盼很兴奋地告诉她，自己已经通过了《问道》的试镜，正式进组了。这次的金华电影节，她也会和《问道》剧组一起走红毯。

陈一糯有几次想开口，问问陆知衡到底什么意思。可迎上陆知衡凝视的目光，她又三缄其口，做只沙漠里把头埋进沙子的小鸵鸟了。

做鸵鸟的不止陈一糯一个人，有人权衡再三，最终只能选择放手。

正在高空平稳飞行的飞机上，秦夕戴着墨镜口罩，盖着抱毯，目光看向舷窗之外一成不变的云絮和蓝海。

他成名以来，很少自己一个人坐飞机。大多数时候都是经纪人和助理一齐上阵，确保他能安心休息。

此时，秦夕的膝上摊开一本《传习录》，一个小时过去了，却一页都没有翻过。

良久，他合上书，拿出手机。

他的手缓慢地翻过相册里一张张照片。似乎觉得看得不够清楚，他又摘下墨镜，目光一寸不离。

这一张照片是女孩儿在路边等着打车，一身黑色职业套装，偏偏包上挂了个小熊配饰，脚下踩着粗高跟鞋，脸上神色焦灼。

这一张照片是女孩儿的自拍，刚洗完澡，头发用浅粉色的吸水毛巾高高束着，脸上贴着半透明的蚕丝面膜。她对着镜头笑得开心，眼睛都弯成新月的弧度。

还有这一张，她戴着粉色小熊围巾，迷迷糊糊地站在地铁站，差点靠着柱子睡着了。

秦夕深吸一口气，在照片的界面停留了很久，然后直接点击了"删除"。

一张，又一张……他的表情平静，偏偏眼神之中尽是不舍，手下动作毫不拖沓，到最后，一张照片都没有剩下。

那女孩的笑貌在手机上彻底消失，却镌刻在他的脑海之中。

秦夕忽然想起自己曾和崔言说过的："只怕不是赏光，而是拖累了。"

自己连崔言都不忍拖累，何况是她呢？

无数架飞机起起落落，T市像是连接万千城市的枢纽，将无数衣香鬓影和香车美人交织在一起。

这一切只因为一件事，金华电影节的开幕。

金华电影节是国内含金量最高的电影节之一，五年一度，每一次开幕都会掀起影视界的浪潮。

陆知衡此次是作为投资人出席，而秦夕则是特邀嘉宾。他依靠《炎黄》拿下奥斯卡提名，所获得的成就在国内男艺人之中几乎无人可望其项背。因此，他被安排在压轴出场的几人之中。

闪光灯汇成海洋，妆发精致的艺人们依次走过红毯，与主持人互动，而后进入会场。

陆知衡等在车里。他今天也要走红毯，因而做了发型，换了套新西装。领带则是陈一糯挑的，深浅蓝色纵横交织，颇有些跳跃——也唯有陆知衡这张毫无表情的冷淡脸才压得住了。

陈一糯陪他一并等着。她作为工作人员，不需要走红毯，等会儿直接从会场的侧门入场即可。因此，她一点都不紧张，一边有一搭没一搭地和陆知衡说着话，一边顺手刷着微博。

陆知衡敲了敲车窗，一抬眉："庄盼。"

陈一糯闻言抬头，果然是她。她今天的礼服选得很大胆，一身新绿色抹胸长裙，头发高高挽起，露出优雅的脖颈。只是这裙子的颜色，颇有些荧光绿的感觉。

周围记者的闪光灯闪得不算勤，有人还窃窃私语地问着："这个是谁，怎么这么面生？"

"看这位置是哪家公司力捧的新人？"

"看这风格和周倾红走的是一个路子。"

周倾红是当家花旦，以美艳御姐的风格在众多清纯小花之中杀出一条血路，刚刚被《娱乐周刊》评为四大花旦之一。

很快，媒体的猜测都被压了下去。因为紧跟庄盼走上红毯的，是《问道》剧组。

程深是从未曝光过的新人，但身边多了一个神情桀骜的崔言，那便大不相同了。

"崔总旁边是谁？是陆氏的新人吗？"

"估计是《问道》的男一号。你想那么多干吗，拍吧。"

当然要拍了。这程深虽然从不显山露水，可出道第一部戏就是陆氏影业投资数亿的大制作，还有获得奥斯卡提名的演员给他作配角，这是要一飞冲天的气势。

闪光灯疾速闪过，程深从没见过这样的阵仗，腰下随即一塌。崔言眼疾手快，不着痕迹地扶住他。

"拿出你在健身房的嚣张来。"崔言斜了他一眼。

程深侧头与崔言四目相接。

"庄盼那条裙子好适合她！"陈一糯没坐在靠窗的一侧，只能费力地凑到陆知衡那边，整个人跨了过来，脸贴在窗户上，追逐着《问道》剧组的背影。

陆知衡上下打量身侧的女孩，手撑着头，饶有兴趣道："我觉得你穿的这身也不错。"

陈一糯下意识挡住了胸口，一脸防备道："开什么玩笑，我就知道你没安好心！"

这条裙子自然也是陆知意的店里做的。陆总说什么都要让陈一糯穿上，美其名曰不能让她给自己丢人。

"我又不走红毯，搞这么认真干吗？"陈一糯早就脱了高跟鞋，把鞋子放在椅座下面。车里空间狭小，她伸展不开，不过也能勉勉强强伸个懒腰，直一直腿。

"成何体统？把鞋子穿上。"大资本家沉着脸。

那一双白皙的腿就在他眼前晃啊晃的，脚上还涂了红色指甲油，像是红尘里一朵玫瑰。

陈一糯吐了吐舌头，乖乖穿鞋。

陆知衡的目光在她胸口露出的一小片白腻肌肤上停驻了一瞬。

他从车门的隔断中取出一个通体天鹅绒的盒子，然后低声对陈一糯道："你转过去些。"

"嗯？"陈一糯还在低头穿着高跟鞋，下一秒，一双手轻轻揽住了她的双肩。

那手指带着微凉的温度，在她弧度优美的颈间拂过。

"这里还缺点东西。"

有什么冰冰凉凉的东西贴上了她的脖子。陈一糯下意识低头，自己的颈上多了一串璀璨的宝石项链。

"别动。"男人的声音在她耳后响起。

陆知衡认真地将项链系好，然后调整好位置。

"准备好了吗？"他忽然靠近陈一糯的颈窝，在她耳边低语。那声音像是冰雪初融。

他们坐得太近了。陈一糯几乎觉得自己是坐在陆知衡的臂弯里，心跳怦然如鼓。

"什么准备好？"

下一秒，商务车门被从外打开，陆知衡直接将陈一糯先推下车来。还不待她反应过来，陆知衡也随之下车，然后手贴在她腰上，半拥着她，向众多媒体的闪光灯走去。

"你在搞什么！"陈一糯咬牙切齿地从牙根挤出几个字。她腿都有点软了，大脑更是一片空白。

陆知衡闲庭信步："抬头挺胸，你追杀'第一医师'时的气势呢？"

陈一糯瞳孔骤缩，昂然抬头，望向陆知衡的眼神里满是杀气。

陆总满意地点头道："不错，就是这样。一二三，走。"

此时，红毯秀已经进入最后的压轴阶段。记者们的镜头一刻不歇，陈一糯也不想在摄像机里留下自己弯腰驼背的相片。

虽然此时她更想把胡作非为的陆知衡大卸八块！

这到底发生了什么！她明明只是好好在车里坐着，还看着微博好吗？怎么下一秒就走起了红毯？

她想到自己身上的礼服，陆知衡千叮咛万嘱咐的"高跟鞋"，还有他方才给她戴上的钻石项链……这一切都是有预谋的！

陈一糯一脸凶严肃，嘴角弧度向下，一副"我很不好惹"的表情，只管大步流星往前走。陆知衡倒是全程跟着她的步伐，手一直贴在她腰上。

陈一糯一张全世界都欠我钱的厌世脸，配上陆总万年不变的冰山脸，看起来简直是极其和谐。

媒体窃窃私语的声音完全压不住。

"陆氏的董事长果然很帅，这颜值可以直接出道了吧？"

"你真逗，他还出什么道。陆氏影业也就是人家手底下一个分公司而已。"

"旁边这位是他夫人？没听说消息。"

"不可能，陆总肯定没结婚。"

"你看那女的脖子上戴的。"

几人的目光便投向陈一糯。

陈一糯第一时间感受到了这几束目光。她下巴略抬，嘴角一个不分明的弧度，从几人身前直接掠过，不曾驻足。

"这气场，怪不得能压住陆总。"几个人纷纷点头，觉得此女一定不是池中之物。

那是当然了！陆总被"糯米粽子"暴打也不是一次两次了，对于自家小狮子的骄傲和气场，陆知衡又是喜欢又是无奈。

他们在红毯上只停留了稍许。身后，下一位艺人也上了红毯，因此分走了一些媒体的镜头。

陆知衡一张冰山脸望向前方，口中道："感觉如何？"

陈一糯饶有兴致地抬头看他："我还能再打十个。"

陆总不禁想起自己找代练围殴"糯米粽子"，然后反被殴打的残暴事实，决定不再说话了。

他们尚未走到红毯的尽头，便听到身后的闪光灯频率急剧增加，间或夹杂着记者的呼声："秦夕，秦夕看这里！"

陆知衡眉头一跳，拉着陈一糯就要快走几步。只是身后的人早已先他一步，赶了上来，沉稳出声："陆总，糯……陈小姐。"

陈一糯停下脚步，与陆知衡一起回看。只见秦夕一身低调的黑色西服，配深色衬衫，在红毯上毫不停留，而是径直向二人走来。

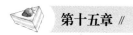

第十五章

"秦先生，好巧。"陆知衡看向陈一糯的眼神仿佛温柔得能溺死人，可看向秦夕的眼神，好像下一秒就会喷火。

秦夕却恢复了他在大众面前的儒雅形象，同二人礼貌性握手。诡异的三人同行，一起走到了采访区。

陈一糯心有余悸地后退一步。

每次和陆知衡、秦夕同框的时候，她都觉得自己是多余的那个人。

——只是这次，似乎同从前不一样。

三人共同在采访区站定。主持人见惯了大场面，对这种场面见怪不怪，率先问了秦夕。

"秦老师和陆知衡先生认识？"

秦夕儒雅笑道："是的，我和陆先生、陈小姐的私交都不错。"

陆知衡内心又开始闹脾气了，谁和你关系不错？才不认识你。他不开心地刚想开口，却被陈一糯敏锐地察觉到了他的情绪。

这可是现场直播，陈一糯生怕自家老板又开始折腾，情急之下一把握住了他的手。

陆知衡紧紧抿嘴，深呼吸一口气。

他把陈一糯往自己身边拉了拉，才礼貌性微笑，对秦夕的话表示附和。

　　媒体觉得这位"陈小姐"越来越神秘了。作为陆氏集团董事长陆知衡的女伴出现在红毯上已经很不科学了，竟然还和秦夕有着私交。

　　"那么我们采访一下陆总。我们知道陆氏影业投资拍摄的《问道》已经开机，关于这部电影陆总有什么想说的吗？"

　　陆知衡一向是作为商业精英的形象出现，自然也是从商业的角度一一分析，然后将话题抛给秦夕："《问道》仅是场景、道具的投资就达到近5个亿，后期部分也会聘请好莱坞最尖端的团队。相信在制作上不会辜负社会各界的期待。至于拍摄的具体问题，秦老师——"

　　主持人也不是没尝试过问陈一糯问题，只是她每每提到"陈小姐"三个字，都会接收到陆总和秦夕的双重目光攻击。因此，主持人便也知趣地不提陈一糯，话题只在陆知衡和秦夕之间流动着。

　　两人对答几番，气氛便活跃了起来。主持人恰到好处地收尾："那么，对于这次两大公司的大手笔合作，我们拭目以待。"

　　采访结束，媒体已经转过镜头，准备补几张照片，然后开始出稿件。

　　只是，秦夕的声音忽然响起："不是两大公司的合作，是我和陆氏的合作。"

　　本来已经准备关机器的记者们瞬间清醒。秦夕话里的潜台词显而易见了，这巨大的新闻爆点，让每个记者的心都猛跳起来。

　　秦夕真的是这个意思吗？

　　下一秒，无数媒体蜂拥而上，将秦夕三人围得水泄不通。

　　"请问您方才的话是什么意思，是说您将不会和原公司续约了吗？"

　　"您的合约即将到期，是表明已经有了新东家吗？"

　　"请问陆总，陆氏影业是否已经在和秦夕接洽？"

　　"秦夕，据说您之前曾经参与了原公司的斗殴事件……"

　　"您今天的宣言是表明要签约陆氏影业吗，请回答。"

　　"为什么会放弃原公司而选择陆氏？"

　　媒体的问题一个比一个刁钻，秦夕从不回应这些断章取义的问题，转身便走，却因为最后一个问题停住了步伐。

　　他站定回身，眼睫淡扫，唇角偏偏带了一丝笑："只是想和有底线的经纪公司合作而已，其他的无可奉告。"

这一句话，打响了秦夕和原公司之间的战役。采访区的媒体越围越多，数十个话筒抢占住秦夕身边的位置。陈一糯和陆总在工作人员的保护下撤离采访区，进入主会场。

主会场中，第二排的位置，面容敦厚的圆脸中年男子听到了外面的喧嚷声，皱了皱眉。很快，他手中的手机响起，有人在手机另一端迅速说了几句话。

男人看起来五十几岁的年纪，头发还都是黑的，脸上一脸横肉，没有表情的时候，嘴角向下撇着。

他锁紧眉头，脸上的肌肉不可抑制地跳动着："他……他竟然真的……马上让我们的人把消息放出去，头版头条，还有以前压着的那些料！董事会那边我来解释！"

他骂了几句脏话，面色阴沉地挂了电话，身边的女人贴了上来："高董，之前您说多带我认识几个人的。"

高千佑的手在女人的臀部上流连一阵。他在低眉间掩饰了眉宇之间的忧色，强自笑道："我去洗手间，马上回来。等我带你见投资人。"

而后头也不回地向会场外走去。

他再不走就来不及了，秦夕能做出这样的事，恐怕公司是留不住他了。既然如此，一个留不住的演员——不如毁掉。

也只有毁掉了他，自己那些稍微有些出格的过往，才会被彻底封口吧？高千佑并不觉得自己做了什么错事，充其量是有些过分而已，不过那又怎样？董事会那些老顽固，他早说了秦夕天生反骨，不可能留得住。

陈一糯和陆知衡两人在第一排落座。秦夕进场的时候，人声鼎沸，开幕宴尚未开始，他也没有直接落座，而是在角落里沉默旁观。

"秦夕。"有人叫他。

他刚一抬头，便被一抹新绿点亮了视线。女人身材婀娜，眉眼英气，鼻梁挺拔，唇色艳红如血。

"庄小姐。"他点了点头。

庄盼拿了两杯香槟，自然地递给秦夕一杯："你……要和原公司吗？"

秦夕晃了晃手里的香槟，不置可否："可能，怎么了？"

庄盼展颜一笑："没什么，我上个月刚和你们的公司签了约，本来还以为能和秦老师在一家公司工作。"

她低下头，抿了一口杯中的酒，神色不明。

秦夕有些烦躁，他别扭地别过脸去，不看庄盼："没有关系，还有合作的机会。"

他这句话不知是说给庄盼，还是想要强行说服自己。

秦夕常常觉得自己不够男人。

当初在片场接近庄盼，不过是因为她手机里视频的声音太耳熟罢了。事情果然如他所想，庄盼就是陈一糯的大学室友。他找了陈一糯那么多年，其中感情错杂，已经难以明言了。

他不是察觉不到庄盼对自己的感情。不过影迷，一开始都是这样的，后来就好了。

秦夕低头，只想抿一口酒，就好像口中有酒，可以不用说话一般。庄盼巧笑倩兮："合作的机会很多的——差点忘了，你先别喝。"

秦夕怔忪抬眸。

庄盼不知从哪儿端来了一杯温水，有些嗔怪道："明明自己胃不好，别喝酒了。"

"你知道我胃不好？"

"拍《炎黄》的时候，我……其实去探过你的班，看到你喝了口冷饮，然后吐得厉害。"

"那是四五年前的事吧。"秦夕终于忍不住，抬眼看向庄盼，"你的合约现在几年一签？"

庄盼对他一笑，捏着香槟的青葱玉指却更用力了几分，垂眸道："十年。"

秦夕低下头，深吸一口气。

"对不起。"他说，只是任何言语都显得极为苍白，"我不知道你……"

庄盼打断了他的自我谴责，极为认真地凝视着秦夕："不要说对不起，能在这儿和你喝一杯酒已经很好了——不枉我对你五年的喜欢。秦夕，再会。"

庄盼走了，汇入衣香鬓影的人群之中。秦夕匆匆抬眼，在这装潢华丽的宴会厅之中，再也找不到那个方才驻足的身影了。

觥筹交错，言笑晏晏之中，总有几个特殊的。

比如坐在第一排最醒目位置的陈一糯，此时正襟危坐，一脸严肃。

而她身边的陆总地位骤然降低，从小公主变成了小宫女："别生气了，好不好？"

陈一糯"哼"了一声，恶狠狠道："这次别想我原谅你！竟然强行拖着我走红毯！很丢脸的好吗！"

陆总轻轻蹭蹭她："没有，你走得很好，意气风发，没看那些记者一直拍你吗？"

陈小狮子白了陆知衡一眼，一言不发。

"好了，别生气了，我去给你拿草莓小蛋糕。喝什么？"

陈一糯瞥他一眼，陆总揉了揉她的发顶："只有气泡水和酒。我去看看有没有果汁。"

"这还差不多！"陈一糯一秒破功，颇有些指点江山的气势，"芒果汁、草莓汁、奇异果汁再加一点柠檬角！"

陆知衡脸上的笑意又盛了几分，安抚着暴躁的小狮子，宠溺道："好，我就来。"

远处，秦夕本向陈一糯、陆知衡二人走来，可将这一切收入眼中，他忽然停了步伐，不想去打扰了。

大概陆知衡才是最适合她的吧？自己这样的人，除了漂泊之外，什么都给不了她。

秦夕捧着杯里的热水，眼中的迷茫逐渐被凌厉所取代。

今天红毯采访时的一番话是他深思熟虑的结果。今天晚上应该就会有头条新闻爆出，明天早上之前，自己的负面新闻也会开始猖獗吧。

这次，你们又会用怎样的手段？

当晚，关于金华电影节开幕的新闻就在各大门户网站上刊出，头条照片便是秦夕、陈一糯和陆知衡的三人合照。

同时，也有很多小道消息开始流传，荧幕形象一直很优质的秦夕有负面新闻被挖出，大部分都是捕风捉影。

大多数人都是不相信的，只是，也有人从这波涛暗涌的诡谲之中有所发觉：从前，在原公司的高压之下，秦夕是从来没有任何负面新闻的。这一次，任由网络消息扩散，原公司却毫无动作。难道秦夕是真的要改换门庭了？

秦夕面无表情浏览着微博上的动向，他的工作手机上电话已经被打爆，经纪人张睿则被早早叫回公司，不知道在和股东们说什么。

私人手机上，"郑董"的名字不停地亮起。秦夕按了接听。

"郑董，晚上好。"

手机另一端，是一个中年男子沉稳的声音："秦先生考虑得如何了？"

秦夕笑了一声，声音有些懒散："我可从没说过我要去陆氏。"

"哦？"郑董应了一声，不过语气之中充满怀疑。

秦夕从容道："如果我要去陆氏，我怎么会现在就接下《问道》？我和公司的合同还有三个月，现在我还是你们的艺人。如果真的要走，陆氏一定会等我三个月，签了合同，再开拍不迟。现在开机，无异于把最好的资源送给你们。"

这个道理郑董是知道的，而这也正是董事会举棋不定的原因。郑董试探道："那……你的意思是？其实就算是开个人工作室，公司也不是不能答应。都可以谈呀。"

秦夕说："我知道公司的意思。等我这几天回公司面谈吧。"

看原公司的意思，在他签下续约合同之前，是不准备控制网上的舆论了。不过这也无所谓。

秦夕挂了电话，靠在沙发上，在黑暗中点了一根烟。

一切都才刚刚开始。

城市的车水马龙穿行而过。随着陈一糯和秦夕、陆知衡的三人合影登上各大媒体的头条，陈一糯在陆氏集团显然不可能再低调下去了。

飞回 B 市的航班上，她好说歹说，陆知衡才终于同意给她换一个部门。

设计部确实不适合她，当时也只是权宜之计。

在陆知衡的心里，集团之中，有一个部门的工作就是为陈一糯而生的。

早上 9 点，陈一糯抱着办公用品上了 28 层。

这是整个公司最为神秘的部门——策划部。策划部之前是归王总监管，不过自从王总监升职成集团的产品副总之后，这个部门就由陆知衡亲自带领，也因此直接搬到了和董事长办公室同楼层的 28 层。

策划部的人不多，满打满算也就七八张桌子，还没坐满。

陈一糯战战兢兢地出现在办公室门口，把自己整个人藏在花盆的阴影之中。

"大家好，我是新来的员工，请问坐哪张桌子？"

门口正在饮水机接水的男同事看了她一眼："嫂子来了！随便坐，靠窗那三张桌子都行！"

陈一糯一个趔趄差点摔在花盆里。

这个部门针对她！气得她只想先杀"第一医师"二十次解解气。

陆总调陈一糯来策划部其实早有预谋。

陈一糯之前在测试部的时候，就已经做了很多策划的工作。她带着实习生开发了晴雨系统，紧接着又挑大梁做了气温系统。离开测试部之前开始了性格系统，又在无意之中提到了情感系统。

性格系统的各种参数和原话，陈一糯在设计部的时候已经做得差不多了。至于最后的情感系统，她却出乎意料地面临了巨大的危机。

当她试图和陆总解释人的情感的时候，她忽然发现人和人是不一样的。

陆知衡好像根本就没有情绪。

不管陈一糯给人物设定多么悲惨的背景，陆总都是一副严肃表情。而极为滑稽的小丑角色，陆知衡也不觉得有任何可笑之处。

她还真就不信邪了！

不就是喜怒哀乐？非得让陆知衡从头到尾体验一番不可。

第二天清晨，陆知衡照旧上班，早早就到了办公室开始看《财经周刊》。

刚过 8:30，门口就闪进一个人影，悄声问刘秘书："陆总吃早餐了吗？"

刘秘书摇头道："没有，董事长今天胃口不大好。"

陈一糯点了点头，神神秘秘地钻进董事长办公室里，抱着胳膊一脸得意地站在陆知衡的办公桌前。

"喂——猜猜我带了什么！"她从背后摸出个油纸袋子，霎时间，热腾腾的香气就萦绕满了整个办公室。

　　"是什么？"陆知衡放下杂志，抬头问。

　　"包子！新鲜出炉的鲜肉包子，没吃早饭吧？"

　　陆知衡心头一股暖流涌动，他伸手接过包子，还有些烫手。在陈一糯满怀期待的目光之下，他捧起包子，轻轻一嗅。

　　陈一糯满怀期待看着他："怎么样，感到喜悦吗？体会到了吧！"

　　陆总清了清嗓子："这里放了姜。我不吃姜。"

　　陈一糯劈手夺回包子，气鼓鼓道："不吃算了，还我！"

　　陆知衡："喜悦，特别喜悦。"

　　陈一糯阴森一笑，叫了刘秘书进来。她不知道从哪儿变出了一个大纸袋，里面零零散散各种花样。

　　"对了刘秘书，我给你带了广东早茶。鲜虾肠粉、蟹黄烧卖、水晶虾饺、烧猪手……"陈一糯一道一道报菜名，陆总的脸色肉眼可见地黑了下去。

　　陆知衡看看自己手里的姜味包子，又看了看刘秘书那一道道精致的早茶，收起笑意："陈一糯你想干什么？"

　　陈一糯一脸得意，就差把尾巴翘到天上去，连连点头："嗯，这就是怒。今天先学习了喜怒两课，剩下的明天再说。董事长我先去上班了，拜拜！"

　　陈一糯说完就溜之大吉，留下刘秘书和陆总面面相觑，陆总毫不避讳，黑着脸道："拿来——"

　　刘秘书乖乖把广东早茶上交。

　　陆知衡咬牙切齿地把早茶摆了一桌，就连一开始的姜味包子也捏得牢牢地不放手。

　　刘秘书肚子里"咕"了一声，目光隐忍地投在了包子上："董事长不是不吃姜的吗？"

　　陆知衡转过头去："不吃怎么了，我就看着。你饿了自己点外卖。"

　　陈一糯刚刚传授陆总"喜"和"怒"两条，心情出奇地好。她在自己的工位坐下，打开了《御剑江湖》。

　　似乎从过完年之后开始，自己玩游戏的时间越来越短了。不过，既然在研究情感系统，就还是要到《御剑江湖》现有的世界之中挖掘。

她在等候系统加载的过程中又看起了微博。

"我的老板为什么这么奇特"这个账号，在她前一段时间的疯狂抱怨之下，狂吸十万粉，粉丝总数踏入了百万大关。

她心情愉快地发微博：

"@我的老板为什么这么奇特：给大老板吃姜味包子，爽！"

评论里很快挤满了每天等更新的粉丝们，热评第一条是："博主被大老板贬去食堂工作了？"

陈一糯"哼"了一声，回复："时至今日，我和大老板之间的地位已经有了翻天覆地的变化！"

她刚打完字，就有同事高声说："开会了，小钱、小刘，还有小陈，快来，董事长让开会！"

好吧，才几天的工夫，她就已经从"嫂子"降级成"小陈"了，陈一糯莫名还有点低落。

谁要做什么嫂子！陈一糯咬牙切齿，在内心痛斥自己立场不坚定。

她匆匆在《御剑江湖》里挂上采矿，跟着同事一起进会议室了。

陈一糯开会回来，才发现"我是你老板"给自己发了组队邀请。

她加入了队伍，和"我是你老板"一起在观澜峰采矿。

"好久不见。"她打字道。

没有人回答。

陈一糯怅然若失地继续采矿，"我是你老板"在她身边，女剑客和儒雅医师之间一句话都没说，只是沉默地挥着矿铲。

很多以前的老朋友，渐渐都远离游戏了。陈一糯点开好友列表，很多人最近的登录时间已经是一个月之前。

下班时，陈一糯收拾东西就想溜走。只是，蹑手蹑脚地跨过董事长办公室的时候，还是被陆知衡一声叫停。

陆知衡正在穿西装外套，极其自然地对她说："等我一下。"

自从上次之后，陈一糯就实在不想再去陆宅了。倒是陆知衡，一副什么都没发生过的样子。

"我……我不想去了。"

陆总挑眉，露出个讶异的神情来。而后他不动声色地环顾四周："去 T 市出差的钱，财务还没报销吧？"

陈一糯怒目而视，陆总则痛惜道："也不知道你走的时候有没有和人事部打过招呼。万一他们直接算你旷工，我也没有办法。"

陈一糯一脸哀痛："不会吧，我可是出公差。"

陆总同情地点了点头："一边走一边说。"两人便一起乘电梯下楼，到了停车场，陆知衡才说，"其实报销流程已经走完了，出差补贴两倍。"

"走，上车。"

坐在陆宅的书房里，熟悉的布景、熟悉的位置，唯一的区别便是对面的人换成了古灵精怪的陆修远。

最近陆修远放学都很晚，基本到家都要 8 点之后。她下课的时间也就一拖再拖，今天眼看已经快 11 点了。

陆总不动声色："今天太晚了，司机已经休息了。要不你暂时住一下，明天正好和我一起上班。"

陈一糯用关怀智障的表情看着陆知衡："陆总，你是认真的吗？你知道女生过夜一晚要准备多少东西吗？"

看陆知衡完全领会不到自己的意思，陈一糯淡定道："卸妆膏、洗面奶、化妆水、日乳、夜乳、面霜、晚霜、眼霜、面膜、隐形眼镜……"

此夜陈一糯完胜，陆知衡认命地开车送她回家，睡前叮嘱："睡前记得喝牛奶，照顾好仙人掌。"

陆知衡今晚在她楼下多停了一会儿，以免被她吐槽没有"为谁风露立中宵"的意境。很快，陈一糯的卧室里灯亮了起来，窗帘缓缓掀开一个角，一张小脸隐隐露出来。陈一糯晃了晃手里的牛奶，笑嘻嘻地朝楼下挥手。

第二天夜里，陈一糯目瞪口呆地看着陆宅洗手间里摆了一筐护肤品，果然，从隐形眼镜到面霜精华一个不少，还另外有一筐彩妆。

陆知衡："要不你暂时住一下。"

陈一糯似笑非笑："陆总，你似乎误解了我们之间的关系。"

在那个缠绵的吻过后，陈一糯不止一次地在梦到类似的场景。有时是在陆宅的书房里，有时是在游轮上，有时是在设计部办公室里，其他同事都奋笔疾书画着原图……梦境里的男人，一直都是陆知衡。

每次做这样的梦，陈一糯都会无比唾弃自己。没有任何心理准备就亲自己，而且看起来好像不想给任何交代！至于上次的表白，也完全是模棱两可、毫无诚意，自己才不会接受！

她不知道，为了正式的表白，陆总已经纠结很久了。

自从"第一医师"的账号被无意中发现，陆知衡忽然觉得，刻意瞒着人的感觉真的很不舒服。

他盯着屏幕上"我是你老板"的账号，继续纠结。这个号的存在，迟早都要告诉陈一糯的，到时候又不知道她会不会生气了。

陆知衡演练了一百种揭秘身份的方法，却一直犹豫，没有付诸实践。在这方面陈一糯却是比陆总果断得多。陆总不提，她便决定彻底忘记这件事。

她依然进出陆宅，偶尔也在陆宅加班，只是与陆知衡聊的话题也大多关于情感系统。

陆知衡一度以为，这样的生活会一直持续下去——

直到4月1日愚人节，陆总决定借此机会把自己的小号公之于众。

这天是周四，陈一糯照旧在陆宅的书房加班。陆总深呼吸五次，事先准备好了赔罪的酸奶和水果盘，小心翼翼地出现在了书房门口。

陈一糯抬头，眼风如刀。

陆知衡说："我有件事一直想和你说。"

陈一糯点了点头："很好。"不待陆总说话，她指了指电脑屏幕，面无表情道，"你是说这个吗？"

下一秒，小母狮子拍案而起，语气中杀意凛然："陆知衡，你到底有多少个小号？你怎么这么喜欢开小号往我身边凑？"

陆总："我发誓，就这两个。"

屏幕上，竟然是"糯米粽子"和"我是你老板"的组队画面。

陈一糯一直把自己的游戏账号在公司里挂机，晚上都不玩游戏。刚刚她一坐在陆知衡的电脑前，《御剑江湖》便自动运行，直接登录了"我是你老板"的账号。

　　陈一糯直接想起自己曾经和"我是你老板"抱怨过大老板和二老板，感觉自己要完蛋。

　　她唯有选择先声夺人，让陆知衡在羞愧之中忘记自己曾经说过什么。

　　就在两人互相甩锅的时候，书房里忽然诡异地传来第三个人的声音。

　　"你确定这个能用？我可是听说策划部的电脑防火墙最严密了。"

　　两人对视一眼，都马上缄口。

　　——声音是从书房的电脑里传来的。

　　另一个声音说："可以，这是王庆的权限，直接接 USB 端口就可以。"

　　陈一糯查看了一番电脑，不敢置信道："这声音……好像是《御剑江湖》里的。"

　　陆知衡在她身边坐下，目光紧紧盯着屏幕。

　　一阵窸窣声传来，后面的话听不清了。陈一糯下意识拿出手机，开启了录音功能。

　　第二个声音不耐烦道："动作快点，等会儿被人看到，我也不好解释。"

　　"马上好了，68% 了。对了，我听说策划部还新做了第四个系统，要一起拷贝吗？"

　　"不用，现在估计只是雏形。你把这个病毒直接植入在共用电脑里，可以自动……"

　　后面的声音越来越小，渐渐听不清了。陈一糯和陆知衡四目相对，陈一糯冷静道："我走的时候在办公室电脑上挂机，可能没有关语音。所以，这个声音是 28 层策划部的？"

　　陆知衡面色凝重："你没听出来吗？"

　　陈一糯猛然回头，只听陆知衡一字一句："这是丁洁的声音。"

　　陈一糯将手机录音暂停，只觉得指尖冰凉。她还没来得及说话，陆知衡的手机铃声便响了起来。

　　他接起电话，才听了一句话，便顿时面色大变。

"什么！在哪里，我马上到。伤到什么程度？"

电话那边的人似乎说了什么，陆知衡一边起身拿外套，一边掩住话筒对陈一糯迅速道："崔言在《问道》片场出事了，已经转移到 B 市军区医院。快跟我走。"

B 市军区医院手术室外。

程深在手术室外的走廊坐立难安，秦夕则靠墙站着，手指间夹着一根没有点燃的香烟。

秦夕看起来极为冷静的样子。他环顾整个医院，最终的目光重如千钧地落在程深身上。

"我知道是谁做的。"秦夕用打火机点烟，连续三次都没有打着火。

"秦哥你不要多想，可能只是意外事故。"程深从来都是滴水不漏，在秦夕面前也是如此。只是，他紧紧握住的拳头却暴露了他的真实想法，一双眼睛也是血红的。

秦夕冷笑一声，一拳狠狠锤在医院的墙上："那是冲着我来的——你的威亚忽然断裂，到时候你落个伤残，我则成了戕害主演的丧心病狂之人。至于陆氏影业，男二号把男一号设计摔残了，这电影就废了。"

秦夕闭上眼，脑海中还是今天傍晚片场的场景。

程深已经绑好威亚升到高空，扛着摄像机的摄像师也吊了威亚，刚刚开始悬空。这里需要一个仰冲的镜头，因此摄像师的位置距地面较近。

秦夕正在检查自己威亚的安全扣，没有抬头。

谁也没有料到，一个补拍的高空镜头会横生波澜！

在这一幕戏之中，程深饰演的男主角李寻仙终于破关而出，山门之中，大军压境，他最好的朋友，那个将他一步一步从谪仙打落俗世的江逆，率领千军万马，与他开战在即。

他们在朝堂的阴谋里同舟共济，在北漠的战场上结成生死之交。可寻仙之路，决不能有凡人之情。

这一场戏要拍的便是李寻仙破关而出的场面。

摄像师做好准备，程深也已经就位。随着导演一声"Action"，摄像师的手稳稳端着摄像机，向上仰冲。

李寻仙纵横于天地之间，衣袂飘然纷飞。

只是，在众人还没来得及反应的时候，身处高空的程深忽然全身一僵，身上的安全扣直接脱出！那是距地面六七米的高度，程深喉咙里连喊声都发不出来，整个人以自由落体的速度直直地向地面坠去！

这一坠，至少是全身骨折！

秦夕下意识地冲上前去，但太远了，他根本接不到程深！

在这千钧一发之际，一个身影冲了过来，牢牢接住了高空坠下的人。

下一秒，骨头折断的声音和痛苦的呻吟声传来。

一头黄发的人因惯性在地上翻滚了几周，程深被接住的时候，明显感到身下的人手臂骨头错位。

没有人知道，为什么在意外发生的一秒之内，崔言就能飞奔而来，并且牢牢接住程深。这是个奇迹，也正是这个举动才让整个剧组的伤害最小化。

只是，程深的后背上，留下了近二十厘米的擦伤，崔言却是全身多处骨折，在地上根本不能动弹分毫。

傍晚，崔家第一时间得知此事，迅速派遣飞机从影视城出发，将崔言送回B市军区医院，立刻进行手术。

秦夕闭上眼，将那根没点燃的烟叼在嘴里。他想起四五年前，崔言和现在一样吊儿郎当，一副玩世不恭的口吻，非要投资他拍电影。

那时崔言刚刚从国外学成回国，手上没多少钱，偏偏将全部身家压在了自己身上。

"没事！"崔言的声音似乎就在耳畔，"人生要是不赌，有什么意思！我看见你的第一眼就觉得你能成！"

记忆中的崔言拍了拍他的肩："他们雪藏你，过来跟我干！说不定我们能把他们踩在脚下！到时候记得请我吃火锅。"

"秦哥……"

秦夕摇了摇头："你去看看崔哥吧，我现在没脸见他。他醒了跟我说一声。"

秦夕把手里的烟捏得粉碎。

高千佑。

这三个字像是一个诅咒，在秦夕脑海之中回响不绝。

他又想起崔言邀请自己来演《问道》时的场景，那通电话好像就在昨天。

崔言听他拒绝出演，用老大不情愿的口吻说道："不给面儿啊，这么不愿意赏光。"

而他自己声音悲悯，似乎早就预料了这样的结局："就怕不是赏光，而是拖累了。"

果然是他拖累了崔言。

陈一糯是，崔言是，程深也是——他们本来什么都不需要承担的。

第十六章

陆知衡和陈一糯赶到军区医院的时候，秦夕依然在走廊里叼着那根没有点燃的烟。

"怎么样了？"

秦夕抬眉看向一起出现的两人，嘴里叼着的烟抖了抖："醒了。"

陆知衡看他凝重的面色，一声轻叹，在他肩上一拍，举步进了军区医院的VIP病房。

他完全没有想到，病房之内竟然是这样的情景。

崔言的脑袋被绷带包成了木乃伊，标志性的一头黄发全都不见了，只露出鼻子和嘴，整个人平躺着注视天花板，一条腿高高吊起，打着石膏。程深高高举着iPad给他看，iPad正用最大音量外放着《御剑江湖》的游戏视频。

崔言憋笑憋得一抖一抖的："程深你快帮我挠挠鼻子，痒死我了……这个"第一医师"技术好差，iPad你可千万拿稳点别拍我脸上了……"

他还没笑完，程深瞬间立正站直，目光复杂地看向门口。陆知衡一脸沉重地把慰问果篮拿了进来，顺手放在病房里的桌子上，面色阴沉。本来慰问的话都咽了下去。

他现在只想问问崔言的主治医生，为什么没把崔言的嘴缠上？真是聒噪！

陆知衡顺手用医用湿巾擦手，等待仔细擦完每一根手指之后，才从给崔言的果篮里摸了个橘子剥开。崔言嘻嘻笑道："还是我哥关心我！"

话音刚落，陆知衡自然地把剥好的橘子瓣递给了陈一糯。

崔言：这两个人组团来我病床前你侬我侬的？

崔言幽幽地说："你俩走错片场了吧？这里是性感小崔在线骨折，秀恩爱请去走廊。"说完艰难地抬头，目光渴望地望向橘子，一边疯狂向程深使眼色。

程深对崔言的抽筋表情视而不见，正色道："医生说了6个小时之内不能喝水。"

崔言一脸痛心："医生又没说6小时之内不能吃橘子！"

程深一脸歉意地朝陆知衡一笑。陈一糯倒是看不下去了，拿了个橘子在手里，便走到崔言床边。

"你们也太冷血了吧？怎么能这样对待病患？"陈一糯动手剥橘子。

"麻醉的劲还没下，不能……"程深刚准备阻拦，便见陈一糯笑眯眯剥出金黄的果肉，然后淡定地把橘子皮递到崔言鼻子旁边："给你闻闻。"

崔言无语凝噎，盯着近在咫尺的橘子皮，没骨气地深深嗅了两口。

几人闹成一团，秦夕靠在门口，沉默地看着崔言病床上的身影。

他把那根一直没有点燃的烟丢进垃圾桶，目光望向病房内的场景，几乎失去了焦距。

秦夕永远不会忘记，如果不是崔言当年一意孤行投资了《炎黄》，电影圈内恐怕永远都不会有自己的出现了。

而他，却因自己的原因而骨折在床。

空荡荡的走廊里，秦夕的手机铃声忽然响起。他接起电话，一言不发。

手机那边似乎快速说了什么，秦夕的眼神忽然一暗，本来还存有一丝微芒的瞳孔之中，再也看不到希望的痕迹。

"见面说吧。"他的声音带着嘶哑，语气平静，可分明能听得出尾音的细微颤抖。

挂掉电话，秦夕最后往病房内看了一眼。也许是他的步伐重了一分，程深第一个察觉他仍徘徊在门口，惊讶道："秦哥，您还没走？"

崔言整个头部都被夹板固定住，转不了头，一只脚高高吊起，看起来很是凄惨的样子。他越转不了头就越着急，嘴里叫着："秦哥在哪儿呢，秦哥？"

秦夕明明小他一岁，可崔言天天在他面前自称"宝宝"，跟着大家一起叫他秦哥。

秦夕便走近了几步，到崔言的视线范围之内。

崔言上下打量秦夕，半晌才慨叹一声："秦哥的脸又瘦了。"

秦夕下意识地摸了摸自己的两颊，还没来得及说话，便听崔言又补了一句："真好！我也想瘦脸！"

秦夕无话可说。

他明明心怀歉意，对崔言愧疚到了极点。可崔言一开口，自己怎么就这么想打他。

秦夕把崔言病床上散落的几片橘子皮收好，踟蹰半晌后一字一句地说："这件事对不起。"

崔言撇嘴道："对什么对不起，这事和你有什么关系。再说我是为了救程深，要谢也是程深谢我。来，小程，给大爷笑一个。"

程深此时只觉得，崔言还是晕倒的时候更可爱。

程深不敢出声，陆知衡却是忍不了了，他一边给陈一糯削苹果皮，一边补刀："看你生龙活虎的样子，果然不是什么大事。看来不用慰问你了。"

崔言仗着自己是病号，才不怕他："秦哥！陆总又欺负我。要慰问！不仅要慰问，还有工伤要报销！精神损失费！下半生赡养费！我的头好痛！"

秦夕离开军区医院的时候，天光开始破晓，晨曦初映，空气中还有很重的寒意。

他紧了紧大衣领口，夹上墨镜，在医院门口拦了辆出租车。

"去 T 市机场。"

出租车急速行驶，车窗外飞快倒退的景色模糊成一团，玻璃上溅起水珠。

要下雨了。

秦夕在手机短信界面上停留了很久，最终沉默地点击了发送键。

另一边，军区病房里，陆知衡口袋里的手机忽然震了一下。

他不动声色地解锁手机屏幕，秦夕刚刚发过来的消息跃然于屏幕之上。那简单的几个小字，令陆知衡瞳孔一缩，嘴唇紧抿。

"高千佑。"

他无声地锁屏，刚准备把手机收起来，屏幕却第二次亮起，同样是来自秦夕的短信，可第二条短信却让陆知衡猛然站了起来。

"丁洁。"

陆氏集团总部今天有些喧嚷，甚至人心动荡。

各种小道消息传来传去，有的说陆氏影业的崔总出事变成植物人，有的干脆说陆总受伤卧床不起了。

整个一上午，陈一糯所在的策划部都鸦雀无声，午休的时候，有同事凑过来小心翼翼地问她："你没事吧？"

陈一糯莫名其妙："我能有什么事？"

同事一边观察她的表情一边说："陆总今天没来上班……"

陈一糯淡定地低头工作，一边好心劝道："快好好工作，等会儿陆总来了要核查进度的。"

等看热闹的同事都散尽了，陈一糯的目光才终于转回自己的电脑屏幕之上。她点开刚刚最小化的文件，整个电脑屏幕暗了下来。黑色的操作系统，屏幕上闪过一行行复杂的代码。

陈一糯敲击键盘，指尖如飞，一段段代码在她的手指和键盘间流动着。

这是她来陆氏集团之后，第一次写码，没想到是用在这种时候。

午休时，陆知衡发来消息，言简意赅的四个小字："怎么样了？"

陈一糯的目光从屏幕上移开，快速回道："快了。"

她知道自己正在做什么。

整整一个下午，她坐在原地一动没动，手指的律动仿佛永不停歇，几乎能感受到手心沁出的微汗。

华灯初上，陈一糯终于揉了揉眼睛，伸了个懒腰。

身边已经没有人了。墙上的时钟指向 8 点，她保存了电脑上的文件，拷贝在 U 盘里，披上大衣下楼。

电梯停在了 26 层。这一层是高管办公室，陈一糯只来过一次。

她找到自己的目标，先在门口听了一会儿，然后轻轻敲了敲门。许久都没有人应声。

整个楼层应该都没有人了。

她深呼吸一口，从口袋里掏出一把铜色钥匙，插入了门锁之中。右转两圈，门锁应声而开。

陈一糯不敢开灯。

她借着疏阔的月光，打量整个办公室。整个办公室内的陈设显得很是典雅，一排组合沙发上放着带有 logo 的靠垫，地上铺着柔顺的地毯。正中间一张大办公桌，两个曲面显示屏，桌上还放着一台笔记本电脑。

她很快找到了自己的目标，在桌子后面缩成一团，缓缓把 U 盘连上了笔记本电脑。

她打开 U 盘所在的文件夹，把自己今天刚刚写好的程序加载，在笔记本电脑上运行，一边警醒地听着室外的声响。

内置风扇的声音陡然变大，在寂静的办公室里格外明显。陈一糯心里惴惴不安，似乎有什么事将要发生一样。

进度条缓慢加载，60%……84%……97%……

成功！

陈一糯松了口气，飞快地拔出 U 盘。可就在下一秒，远处忽然传来一阵杂乱的脚步声。

穿着高跟鞋的脚步声走得很稳，另一个人似乎在小跑着，两人的声音也渐渐传来。

"我已经说过了，你在财务部的申请我不能批准。"这是丁副总的声音。

另一个女声是央求的口吻："可是你之前不是说可以的吗？"她追了几步，声音里还带着喘，"这只是走正常流程，我保证。"

高跟鞋声骤然停歇。丁洁站定了脚步，回头睥睨追上来的女人，冷笑道："你保证？你的保证有什么用？合作停止。"

女人拉住丁副总，彻底慌了神："您不能这样……"

办公室里藏着的陈一糯也彻底慌了神。

她现在正是藏在丁副总的办公室里。而那两人说话声音此时越来越近，极为清晰——她们已经到了办公室的门外！

钥匙插入锁孔的声音，让陈一糯整个人都慌了。

门外的女人似乎拉住了丁副总："你这样，就不怕我们鱼死网破吗？"

丁洁冷笑道："鱼死网破，就凭你吗？"

就在丁洁即将打开办公室门的刹那，一个男声忽然传来："这么晚了，还在加班吗？"

是陆知衡！

丁洁浑身一凛，仓促间抬起个笑意来："是，刚加完班，准备回去了。"

"这位是？"陆总的目光移到旁边的女人身上。

女人站在阴影里，陆知衡也看不到她的脸。丁洁说："这是财务部的员工，刚来核一下第一季度的报表。"

陆知衡点头道："辛苦了，一起走吧。"

几人的脚步声渐行渐远，陈一糯却还是缩在原地不敢动。直到10分钟之后，有人从办公室外面叩门，节奏清晰，带着陆知衡独有的风格。

门默默打开了。陈一糯抱着膝缩成一团，委屈地抬头看他。

"你怎么才来！"

陆总摸了摸她的头："走吧。"

"走，现在拿什么走！"粗厉的声音在空荡的客厅之中盘旋环绕。黑暗的客厅之中，微弱的光映在高千佑脸上，他的面孔在阴影之中更添阴森。

高千佑朝手中的手机嘶哑地吼叫："谁都走不了！"

手机那边的人似乎说了什么，高千佑疯魔一样拍着桌子："区区一个财务报表为什么拿不到！我早早就让你去……对不起，叔叔错了……"

他前一秒还癫狂暴怒，后一秒却柔和了语气，调子轻柔，让人心里发冷："对不起，叔叔不该这么和你说话。"

"可是秦夕竟然逃过了！两个主演都毫发未伤，《问道》马上就要杀青了……时间不够了，不够了！"他越说越亢奋，眼睛都红了起来，"琳琳，叔叔的身家性命全都靠你。再说，只要那一份原材料就可以，只需要最后一点时间！最后一个契机。"

那个时间，那个契机，马上就要到了。

高千佑在黑暗的客厅里久坐。

没想到秦夕竟然可以逃过一劫。在他的计划之中，程深的威亚断裂，必然是骨折以上的重伤。届时他将会直接将舆论嫁祸给秦夕，到时候一个剧组之中，男一号受伤不可能继续拍戏，而男二号则是涉嫌伤了男一号的最大嫌疑人。这样一部戏，陆氏影业倾其所有地去捧，只有狠狠地摔，摔得伤筋动骨！

没想到两个主演竟然全都毫发未损。

这一切，都是那个崔言导致的。

能在千钧一发之际破坏他一石三鸟之计，这个崔言，远远不是所谓游手好闲的富二代。

只是就算这样又能如何？

秦夕，可别忘记了，你翻身的那部戏——《炎黄》。

高千佑露出一个阴森的笑来，他用遥控器打开电视，电视上自动播放着《炎黄》的电影。高千佑凝视着电视上的秦夕，笑意泯灭，燃尽最后一丝癫狂。

《问道》已经杀青一个多月了。

陆氏影业请来顶级的后期特效团队，整个影片进入了紧锣密鼓的制作周期。

到了首映礼这一天，陈一糯还是被陆知衡拖去观礼了。

这段时间她可真是被陆知衡欺负得够呛，天天被人嘲笑是"小哭包"。不就是差点被丁副总抓现行，所以急哭了？还不是为了帮他做事！陈一糯每每阴沉着脸不说话，陆知衡便手足无措了，只能献上小蛋糕，哄得陈一糯回心转意。

崔言的伤养得差不多了，虽然脚还没养好，头终于可以转动了。崔言觉得经此一伤自己好像更加灵活了一些，每天都和陈一糯抢小笼包吃，而且目前还保持着全胜的战绩。

《问道》的首映礼在 B 市星光剧场举办。这一天，陆氏影业的高层纷纷前来观礼，崔言的脚伤还没痊愈，因此由陆知衡代为镇场。

整个剧院已经布置一新。深红色的幕布垂地，背景板的大屏幕上，开始滚动播放着《问道》的剪辑版片花。抬头望去，"电影《问道》首映礼"的条幅高悬，礼仪小姐为到场的宾客一一引领座位，一切都有条不紊地进行着。

程深、秦夕等主创团队都坐在第一排的位置，陈一糯借了陆总的光，也在第一排蹭了个位置。

秦夕今天穿了一身西装，坐姿挺拔，环顾会场一圈之后微微皱眉："不太对劲儿。"

陈一糯问："怎么了？"

秦夕不动声色地观察着入场的来宾和几个空置的座位："上家公司一个人都没来。"

陆知衡在一边听到了这句话。他的目光循着秦夕的方向，一一扫过已经到场的嘉宾。

果然，秦夕的上家公司的人都没有来。

"他们……"陆总的声音有些滞涩。

秦夕表情凝重，看了一眼手机上的时间，一字一句："今天，也是《炎黄》首映三周年的日子。"

陆知衡只觉得哪里不对劲。

他不安地看了眼时间——时钟跳到3点。整个剧场之内，片花开始最后一次播放，只是这一版的片花，是从未放出过的最终版。

面前的大屏幕上，一身白袍飘然如仙的李寻仙（程深饰）仗剑独立于峭壁之上，昂首望这天地之间众生百态，悠然一问："何为道……"

一分三十秒的片花播放完，在震耳欲聋的掌声之中，主持人悠悠登台，宣布首映礼正式开始。

主创团队上台介绍、投资方代表讲话……密集的行程过后，按照规定，主创团队还将接受记者采访。

业内惯例，采访的记者都由投资方的宣传部门自行安排，新闻通告也都已经写好，只待首映式结束之后在各大网站发布即可。

只是，秦夕站在镁光灯之下，却觉得自己的心跳骤然加快。

这些安排好的记者……

秦夕的目光从每个记者脸上闪过，最终在一个有些熟悉的面孔上停住了。他绝不会认错，这人曾在他的原公司的办公室中出现过！

原公司的高层一个都没来，却安排了一个记者。这有点蹊跷。

还不待秦夕想通其中的关节，这位让他有些面熟的记者微微一笑，伸出了话筒。

　　"请问主创团队，针对《问道》电影被指控抄袭这件事有什么表示？"

　　抄袭？什么抄袭？还不待导演组反应过来，面对同行惊诧的目光，这记者有条不紊地继续说："不仅仅是《问道》，包括陆氏影业之前投资的《炎黄》，都涉嫌严重抄袭。剧本是未经授权直接从编剧手中剽窃所得，这些往来邮件你们如何解释？"

　　整个剧院之内瞬间喧嚷起来，无数镜头对准主创团队。已过耳顺之年的导演徐徐道："我不知道你在说什么。"

　　记者就在等这句话！他显然是有备而来，从公文箱里取出印制好的资料，给不明真相的其他记者发放。

　　秦夕的原公司并不只安排了这一个人。另一支话筒递了上来："我们也接到了编剧的匿名举报。这里是该编剧的作品大纲以及设定结局。"他在结局两个字上格外重读，甚至把大纲直接递给导演，"请问《问道》的结局也是剽窃的吗？"

　　导演沉默地翻开作品大纲，最后一页上，赫然便是《问道》的结局！

　　不可能！这个结局是整个团队苦心修改了十几版才定出的最终结局。而最终结局有三个，在剪辑的过程中，因为微弱的光影差别，他选择了一版自己最喜欢的结局。可以说，除了导演本人之外，就是主演也不知道电影最终的结局是什么。

　　导演深吸一口气："这确实是《问道》的结局。"

　　一瞬间，本就沸反盈天的会场仿佛炸了锅。无数记者都冲出警戒线，纷纷挤到主创团队身边，长枪短炮几乎要戳到人脸上。

　　"请问秦夕，你对于《问道》和《炎黄》被指抄袭一事怎么看？"

　　"请问秦老师，《炎黄》如果被定性为抄袭，你认为你的含金量会不会有所降低？"

　　"请问秦夕，为什么两部代表作都在和抄袭牵扯？"

　　一片混乱之中，在台下的陈一糯猛然站起来，跑到略安静一些的地方，从随身的包里取出笔记本电脑。

程序运行中。

下一秒，她的屏幕上竟然出现了丁副总的脸。

那镜头是从很近的地方拍摄的，清晰地能看到丁副总带有一丝异常笑意的嘴角弧度，陈一糯戴上耳机，调取之前的监控记录。

不错，她之前潜伏进丁副总的办公室里，在她常用的笔记本电脑上运行了自己写的监控软件。

她快速审查之前的监控记录，又调取了电脑屏幕信息一一对照。

果然！30分钟之前，丁副总曾经发出邮件给一个乱码邮箱账号。那些邮件……陈一糯暂停，放大，再放大。屏幕上清晰地显示出了文件名，"陆氏集团税务审计报表"。

税务报表？陈一糯颤抖地继续播放监控。从摄像头的角度可以看到，丁副总倚在座椅上，在手机上输入了什么，然后随手把手机扔在了桌子上。

那是一条短信！

号码是……她放大画面。186……3313……该死，最后四位数看不清！

"陆知衡！快看！"她迅速把笔记本电脑递了过去。

只是，就在下一秒，整个监控画面上忽然弹出强制退出的窗口。整个画面瞬间崩溃，所有的监控记录全部丢失！

"丁副总给别人发了集团的税务审计报告。"她言简意赅，目光灼灼地看向陆知衡，"我们之前运行的监控程序崩溃了。丁洁很可能已经完全销毁了材料。她是冲着整个集团来的！"

此时，记者团群情激愤，采访的话题已经从《问道》的抄袭到了《炎黄》的涉嫌抄袭，各门户网站上，甚至已经有"《问道》导演承认结局抄袭！"一类的新闻发出。

糖球娱乐的最后重击终于来了，10分钟后，国内最大的新闻门户网站上，爆出了头版头条的新闻：《陆氏集团涉嫌偷税漏税》。

陈一糯点开新闻，那加粗的字体之下，赫然便是陆氏集团税务审计报告的配图！

陈一糯双眉紧蹙，紧紧捏住手里的手机。

事已至此，绝不能再任其发酵下去了！她强迫自己深呼吸，冷静下来，在人群之中找到陆知衡，把手机递了过去。

"不能再等了。"陈一糯的眼中仿佛有光焰燃烧，"你维持这里的秩序，稳住记者。我去找丁洁。"

"监控记录都不在了，丁洁绝不会承认。"

"丁洁就交给我吧。相信我这一次。你不能离开这里——秦夕的原公司是有预谋的，只有你才能主持大局。"

"剩下的事，就交给我吧。"

在人群的熙熙攘攘之中，陈一糯的目光亮如火炬，锁定在陆知衡身上。

"这一次要并肩作战了。"陈一糯一字一句。

陆知衡看着眼前目光坚定的陈一糯，忽然想到《御剑江湖》里的黑衣女剑客。

他们曾经无数次并肩作战，从荒野大漠，到九重高塔，从市井繁华的街道，到人烟荒凉的北漠荒丘。

她一直在自己的身边。

陆知衡颔首，揉了揉陈一糯的头发说："这一阵忙完之后，好好陪我玩游戏吧。"

"好。"她说。

"不能嘲笑我。"

"不会。"

"还要教我，直到我和你一样厉害。"

他的声音带着宠溺，陈一糯几乎沉沦在他的眼眸里。

还没等她说最后一声"好"，陆知衡低头久久凝视陈一糯的双眼，然后猛然拥她入怀。

这个拥抱，三分眷恋，七分决然。陆知衡只觉得眼前两个影子终于重叠到了一起，那趴在他办公桌上睡觉的迷糊少女忽然伸了个懒腰，紧接着拔出剑来，面目肃然，成长为他期待中的存在。

"去吧，"他最后说，"我等你。"

陆知衡凝视陈一糯匆匆离开的背影，转头接过了记者举来的话筒。

"关于《问道》的涉嫌抄袭问题，我必须澄清，我们没有使用任何独立编剧的任何作品。所有的内容都是主创团队自己完成的。关于涉嫌抄袭一事，在电影放映过后我们会集中回答——毕竟在没有看过一部电影的情况下就妄言抄袭，居心何在？"

他几句话便控制住现场大局，心思却系在陈一糯身上。

他们都已经意识到，比起《问道》抄袭之类的指控，陆氏集团偷税的这一说法才是最强的杀招。

再结合丁洁方才发出去的税务文件。

舆论发酵，整个集团必定人心惶惶。在没有监控记录的情况下，陈一糯会怎样应对这一切？

离开陆知衡的陈一糯，再也不是那个迷迷糊糊的小职员了。

她打车回到集团总部，高跟鞋行走如风，在公司的大理石地面上，一步一步踩得极稳。

她今日本来准备参加《问道》的首映礼，因而一身礼服。宝蓝色长裙加身，颈间钻石项链璀璨夺目。长发盘起，妆容精致，整个人极为干练。

"通知法务部门，马上起草律师函。诉各营销号侵犯名誉权。"

这是陈一糯下达的第一个指令。

"通知财务部门，准备30天内财务室的出入资料，以及所有经办人的员工信息。"

"通知……"

她有条不紊地下达一系列指令。陆知衡把刘秘书借给她，安排工作也因此极为顺畅。

几句话之间，本来人心惶惶的集团总部众人仿佛吃了一颗定心丸一般，恢复了正常的工作运转。

刘秘书旁观这一切，只觉得此刻自己身边的女人，像极了陆知衡。

只是，所有的一切，都还要取决于那个人——丁洁。

"丁副总在办公室吗？"陈一糯对镜整理发型，手心微凉。

刘秘书下意识道："是的，在26层。"

"好，陪我下去一趟。对了，你手机给我一下。"

陈一糯接过刘秘书的手机，顺手放进口袋里，径直进了电梯。

陆氏集团总部 26 层。

陈一糯在丁洁的办公室门口站定，短短一个呼吸的时间，果断地抬手敲门。

门轻轻从内打开，丁洁一身剪裁得体的小西装，饶有兴趣地倚门而立，朝她一笑："好久不见。"

陈一糯久久凝视着面前的女人。

丁洁刚到而立之年，妆容是一贯的精致，可眼角的皱纹和眼周疲惫的乌青无不昭示着她近日的心神不宁。

她确实已经很久没有好梦了。

也正是因为如此，当她打量陈一糯时，才会因她饱满的脸蛋和不谙世事的清澈眼睛而嫉恨吧。自己早已老了，从读书时被迫给父亲"弄钱"开始，丁洁便再也不是小女孩儿。

她越咄咄逼人，内心便越是空虚。

只是，从什么时候开始，那个任自己折磨的陈一糯已经变成今天的样子？她面前的陈一糯，礼服加身，身披黑色羊绒大衣，裙角虚虚坠在脚踝，脚下踩着 10 厘米的一字带高跟鞋。

此时与丁洁对视，半分不落下风。

她笑意盈盈地直视丁洁，唇角的笑意逐渐收敛，直到弧度消失。

陈一糯说："我都知道了，陆知衡也都知道了。"

丁副总面色如常："陈小姐，工作时间来找我，是有什么事情吗？"还不待陈一糯说话，丁洁的声音便冷了下来，"不过如果你想见我，麻烦让你的主管向总监提交申请。"

陈一糯一步未退，她抬起眼，虚虚打量室内的陈设。她上次来这间办公室的时候没有开灯，因此觉得整个房间极为阴森。可是到了现在，阳光从落地窗投射进整个屋子，两旁的盆栽缩在阴影之中，空气中弥漫着女人的香水味。

她举步走进办公室，徐徐踱步："丁副总真的很有生活情调，您什么都懂，只可惜陆总不解风情。"

丁洁转身，倚在门上回看陈一糯，寒声说："我要工作，你请回吧。"

她语气强势，不容人拒绝，只是陈一糯来此的目的还没达到，她绝不能走。

　　她没有任何证据能证明这一切和丁洁有关。监控记录全部丢失，所能依靠的唯有自己的记忆，可记忆又如何能够成为证据？

　　就是现在！

　　陈一糯顿足，骤然回头，正对上丁洁的双眼，语破天惊："你把税表发给谁了你不记得了吗？"

　　这一句话如石破天惊，骤然劈开二人表面上的和平。丁洁指尖一抖，下意识说："我不知道你在说什么？"

　　陈一糯心里很慌。她没有证据，想让丁洁承认此事实在是难如登天。她凭借着记忆，拿出自己的手机，打开拨号界面。

　　"丁副总忘记了？那我帮你回忆一下？186……3313……"她分明看不清最后四个数字，此时也只能故作淡定，装出一副胜券在握的样子，"后四位数，我好像记不得了，丁副总您帮我想一想？"

　　丁洁早就见惯了商场上的大风大浪，乍被陈一糯唬住，深呼吸之后却已经稳定了心神。

　　"没有证据的事，还是不要乱说话的好。"

　　陈一糯听出了话里的试探。她早该知道，丁副总就是这样不见棺材不掉泪的性格。只是所谓的"证据"，她手里唯有一条，而且，只能用在对方情绪最紧绷的时候。

　　陈一糯笑了笑，站在丁副总办公室的落地窗前观景，也不回头："是吗？没有证据吗？"

　　她遗憾地摊了摊手："看来，丁副总想把自己从这件事里摘出去了。一切都是高琳做的，和你无关？"

　　丁洁坦然说："我不知道是谁授意你来审查我。高琳确实有问题，我曾经和她因为财务问题有过争执，这事陆总也知道的。"

　　弃车保帅吗？陈一糯等的就是这句话。

　　如若丁副总对整件事情矢口否认，她将全无办法。她只有丁洁和高琳勾结的证据，却缺乏整个事件最致命的证据。

　　因此她率先提出了高琳。

丁洁在心神巨震之中，有很大的可能性将整件事情推到高琳身上。

她要让丁洁亲口承认，陆氏集团确实遭受了恶意狙击。

她没有诱敌深入，而是用寻常口吻，从容说道："你是说，这些都是高琳和高千佑做的？你早就知道高琳有问题？"

丁洁只觉得身上发寒，犹自强撑："就算是你之前说的所谓税表，也是从高琳的邮箱发出去的，一切都和我无关。高琳和秦夕的原公司的高层有关系，她自己动的手脚，和我无关。"

"哦，这就给高琳定罪了？"陈一糯一声轻叹，脸上却付出情真意切的一个笑来。

她手里最后的那张底牌，唯有牵扯高琳的时候才能用得上。

她摇了摇头："可惜，高琳可不是这么说的。丁副总——你一个人说的可不算。"

第十七章

陈一糯拿出手机，调出那一天晚上的录音。

那正是她撞破陆知衡"我是你老板"马甲当天的录音。那天夜里，她的游戏账号在公司办公室挂机，刚好在陆知衡书房里的电脑上听到了这段语音。

监控记录已然被清洗，这段录音模糊不清，却能成为压倒丁洁的最后一根稻草。

手机之中，两个清晰的女声传来。

"动作快点，等会儿被人看到我也不好解释。"

"马上了，68%了。对了，我听说策划部还新做了第四个系统，要一起拷贝吗？"

"不用，现在估计只是雏形。你把这个病毒直接植入在共用电脑里，可以自动……"

陈一糯按下了暂停键，一声轻叹："负隅顽抗有什么意思，丁副总还想继续听吗？"

从那录音播放出声的一瞬间，丁洁便无力地瘫坐在椅子上："不是我，我真的不是这么想的……不是我！"

她的心防终于被攻破，被陈一糯一声喝问："我知道是你，可是……你为什么？"

丁洁的眼睛都红了。她甚至无力从椅子上站起来，只是紧紧抿着嘴唇怒目以示，恶狠狠道："你不会懂的，那种他根本看不见你的感觉！我明明已经站在他身边了，可为什么他看不见我！"

陈一糯问："这就是理由？"

丁洁冷笑一声，嘴角的嘲弄也不知是在嘲人还是在嘲己："别用这种口气和我说话！陈一糯，你凭什么？"

"因为得不到，所以便要毁了他？"

"你说什么，感情？哈哈哈，我没有感情。"丁洁整个人颤抖着笑出声来。

"你喜欢陆知衡。"

"闭嘴！"丁洁一声厉啸，几乎要冲到陈一糯面前。

陈一糯也不闪避，望向丁洁的目光之中满是怜悯："可是，你的喜欢真的很阴毒。要喜欢就大大方方，坦诚一点。我就是喜欢陆知衡，怎样！而你——"

"我？"丁洁喃喃出声，"我毁了他……我毁了他！他什么都没有，只能有我了！"

陈一糯再度仔细端详眼前的女人。

她的手在女人的肩膀上拍了拍："你以为你现在还能毁了他？"

丁洁大笑道："哈哈哈，证据，一切都讲究一个证据。是我做的又怎么样，拿出证据啊！如果你真的有确凿的证据，早就报警了吧？你还太嫩——我承认了又如何？往来邮件是高琳的邮箱，发出去的短信也是无主号码，法庭之上，难道只有你做人证？哈哈哈……"

陈一糯微微摇头，眼中含着怜悯，一声轻叹："20分钟之前，我确实是没有证据的。不过，丁洁，谢谢你。"

陈一糯大步向外，推门而出。她从口袋之中掏出刘秘书的手机，扔了回去。那手机一直开启着录音模式，已经将方才丁洁亲口承认的事实录了进去。

"发给陆知衡。"她一路走到电梯间，"还有，马上报警。"

丁洁一个人坐在自己的办公室里，环顾四周，尽是寂寥。

她几乎是瘫坐在椅子上。

这个位置，她想了整整五年。

从陆知衡自美国学成归国之后，她意外地进入他的世界。彼时陆知衡在陆氏的新能源分公司任职，没人知道他的身份。而她，刚刚从国内顶尖的商学院研究生毕业，一腔热血，却已然沾染上了一丝功利。

她一直以为，陆知衡和自己是一样的。

——效率至上，结果导向。

丁洁出生在一个沿海的二线城市。起先还算得上是小康之家，不过随着父亲开始赌博，便骤然间家道中落。母亲愤然离开，自己和父亲二人艰难度日。

她对于那座城市的记忆，停留在脏乱的小房间里。父亲稍有不顺意便对她棍棒加身，直到那一天——她的一篇文章被校报刊登，收到了几张稿费。

她清楚地记得，父亲口中骂骂咧咧，说："这么点钱能干什么？"而后直接把钱揣进口袋。

她的噩梦来临了。

——父亲发现她能弄到钱。

从那之后，每天放学回家后，父亲都拄着拐杖在门口阴恻恻地看她。能掏出钱来，才许进家门。如若弄不到钱，则是"废物"一个。一通拐杖乱打，加上诅咒她那落跑的母亲。

丁洁自然而然地学会了弄钱。

她给人代写作业，到最后发展成帮人考试作弊，甚至代考。她弄到的钱越来越多，每一笔钱都给了她父亲。

在那漫长的学生年代，丁洁的世界里唯有一片灰色。她的希望在琐碎的世俗里被碾磨成灰尘。

直到她自己也成了世俗本身。

她的转机终于来了——高考。

丁洁知道，这是自己离开原生家庭的唯一机会。按照她的高考成绩，考取B市的一流名校，毫无问题。

在她日夜期盼之中，高考终于来临——

那高考倒计时的一百天，在丁洁的心里，无异于自由钟声敲响的倒计时。她的眼前已经呈现出B市的繁华美景，人烟阜盛。

那是她家乡远远比不了的车水马龙和烟火气，更重要的是，那个地方不会再有她的父亲。

从高考考场走出的那一刻，她知道她自由了。

在等待通知书的那段时间里，丁洁似乎在自己身上看到了另一种可能性。

她重新走过熟悉的教学楼、下过雨坑坑洼洼的小操场、曾经人声鼎沸的高三食堂。

我就要离开这里了。

她想，永别了。

丁洁没有察觉到，在她卸去一身防备回家之后，平常总堵在门口要钱的父亲一反常态地再没和她提起过钱。

他看向她的目光里，九分阴鸷，一分愧疚。

大学录取通知书开始发放，丁洁等到的不是 B 市某校的通知书，而是本地某个普通一本院校的。

她的志愿上，根本没有这所学校的名字。

——父亲篡改了她的志愿，逼她不得不留在家乡的城市。

是啊，她若走了，父亲靠什么去赌？

那一天，丁洁紧紧捏着手里的录取通知书，就仿佛扼住的是自己的命运。可惜，她的命运最终也没能握在自己手中。

五年后，当那个来自小城的女孩儿第一次踏足 B 市时，她便知道，终此一生，她都绝不会再回到那个地狱般的地方了。绝不。

她自然是要功利，要不择手段，要以命相搏！

在 B 市的地铁站里，她捏着第一个月打工赚来的十张钞票，哭得泪流满面。丁洁手里拿着的不是钱，而是她自己的命运，是她二十三年从未享受过的自由。

丁洁的耳畔回荡着陈一糯掷地有声的那句话："要喜欢就大大方方，坦诚一点。"

丁洁的脸上抽搐着，最终定格在了一个职业化的笑容上。只是那眼神之中却唯有空洞和慨然而已。

谁不想大大方方、坦诚示人？可她从小丧失了对世事的憧憬，又何来那看似懵懂又无所畏惧的赤子之心？

她没有输给陈一糯，只是输给了在物欲横流的世界里迷失了的自己。

陈一糯回到 28 层，在陆知衡的办公室里坐定。

阳光从落地窗洒入，整个办公室内暖意融融。从 28 层俯瞰 B 市的车水马龙，陈一糯只觉得有些目眩。

她的手抚过面前的键盘、鼠标，还在桌面的角落里找到了藏得很深的《御剑江湖》的图标。

那时，陆知衡就是坐在这里，被自己追杀得满城逃窜的？

她静坐了很久，直到心跳渐渐归于正常，一切都尘埃落定。

她脸上带着笑意，在手机上拨通了那熟悉的号码。

电话只响了两声便被接通，均匀的呼吸声仿佛就在耳边响起，陈一糯没有说话。

陆知衡的声音如清风徐来："怎么样？"

陈一糯便说："搞定了。你呢？"

陆知衡也学着她的口吻，"搞定了。"

他下一句话很突兀地在陈一糯耳畔响起："你能这么想，我很高兴。"

陈一糯莫名其妙："什么这么想？"

陆知衡低低地笑了一声，那声音好像从陈一糯的右耳又传到左耳，在脑海之内混响共鸣，搅得她心里有些痒。

陆知衡说："刚才的录音我听了。"

陈一糯完全没反应过来，还是一副扬扬自得的语气："怎么样，我帅吧？"

陆知衡忍不住笑出声来："我只听见，有人刚才说——我就是喜欢陆知衡，怎样。"

陈一糯的脸"腾"地红了，恼怒道："不许说了！再说我挂电话了！"

那恼人的声音却得寸进尺。仿佛吃准了她不会真的挂掉电话一样，温热的气息愈来愈近，好像就呵在她颈窝："陈一糯，我很喜欢。"

"我是说，"陆知衡艰难地措辞，"我很喜欢你。你能下楼吗？"

B 市四月，在警笛声交织里度过。

秦夕打响了第一战，他在微博上发出长文，揭露自己在原公司的往事，和高千佑的过往经历，以及原公司对《问道》的打压和造谣。原公司在片场的残暴举动，导致陆氏集团总经理崔言全身多处骨折。他坚决呼吁业内杜绝恶性竞争，并表示自己已在派出所立案，次日，高千佑被警方传唤调查，之后以涉嫌故意伤害罪被收监。

关于陆氏集团偷税案也在调查之中，陆氏集团正式起诉丁洁、高千佑和高琳，警方已经相继传唤三人。高千佑已经被收监，而其余两人，因为涉案金额重大，都已被控制起来，留待开庭。

而秦夕的原公司方面，因为艺人合同涉嫌严重违法，甚至在合约之中直接标有阴阳合同类的条款，被逐个严查。部分合同直接判定为无效。

经纪约满之后，秦夕脱离了原公司。他没有加入陆氏影业，而是自己开了工作室。

他旗下签的第一个艺人，竟然是庄盼。

——庄盼与那家公司签订的十年合约，正在无效合同之列。她莫名其妙地恢复了自由身，又莫名其妙地签到了秦夕工作室。

当然，自从加了秦夕的微信之后，庄盼匆忙地改掉了自己用了五年的微信头像。

秦夕个人工作室成立的当天，陆氏集团董事长陆知衡、陆氏影业总经理崔言（刚拆了骨折的夹板，兴奋得非要出门）等人纷纷出席，陈一糯也在其列。

秦夕远远望着人群之中女孩的身影，涌到嘴边的话还是咽了下去。

他至今都没有告诉陈一糯，自己就是"夕阳西下"。

从前，是想与陈一糯保持距离，怕高千佑报复到她的身上。而现在，似乎没有必要了。

他沉默地看着女孩兴奋地吃着草莓糕点，身边的男人皱着眉端来一杯热水，好声好气地哄她喝下去。

陆知衡，你最好对她好一些。

秦夕沉默转身。崔言正在原地左蹦右跳，还兴奋地和秦夕比个子。

"小深你看看，我现在是不是和秦哥一边高？腿断了还能长个？来来，给我这条腿也来一下！"

程深一脸无奈，只想假装自己不认识这个人。

"喂，认真一点好吗，不然马上雪藏你！下个项目绝对不给你投资！"崔言一本正经地威胁。

另一边，陈一糯连吃了五个草莓马卡龙，拍着小肚子躲到沙发上。陆知衡正应付着来找他聊天的人，就站在离陈一糯三步远的地方，目光却一直落在她身上。

应付了来人，陆总也凑到沙发边坐下，倾身过去，瞥了眼陈一糯圆滚滚的小肚子："等会儿去看个电影？"

这是他第一次邀约，语气之中还带着生涩。陈一糯却是心大，毫无觉察："好，不如我们现在就溜吧。"

《问道》的电影已经上线一个多月，票房斩获近 25 亿，且还在节节攀升之中。只是，因为各种原因，两个人都还没有完整地看过这部电影。

坐在漆黑的电影放映厅之中，陈一糯聚精会神地盯着大屏幕，怀里的爆米花都没心思吃了。

碧海尽成冰，风浪如鼓，雪虐风饕。巨大的四个天柱支撑起整个仙界，而如今，仙界的尽头之处，无尽的雷光和闪电光芒大作，在风雨声之中，化作最沉郁的鼓点。

李寻仙一袭白衣，目含决绝之色，手中青色玉箫一动，凑在唇边，一曲尚未吹完，已然是天地陡然变色。

他刚吹出第一个音时，江逆的面色霎时大变。他腾身而起，挡在李寻仙身前，厉喝道："你疯了！这仙界情劫，你怎敢以肉身相度！你想灰飞烟灭吗？"

李寻仙眸光平静，回头望他："问道台上，十死无生，我度不过。"

"既然如此，你为何偏要……"

"因我一生，皓首穷经，也不过想要知道：这世间道法三千，究竟什么才是真正的道！"

他尾音如有金石交错之音，带着绝不退让的果决，终究化作嘴角鲜血和空气中几乎凝固的雷电。

"问道台——现！"

陈一糯听到邻座小姐姐低声啜泣的声音。她悄悄偏过头去看陆知衡的表情，后者果然正襟危坐，像是在开什么国际会议一般，表情严肃认真。

"怎么了？"她和陆总耳语。

陆总："你能不能别总看秦夕？"

陈一糯内心翻白眼。电影也是陆知衡挑的，看电影不看男二号，难道要全程把眼睛捂上吗？

电影很快渐入尾声，在最终的结局，江逆抱着神琴焦尾从问道台跳下，焦尾产生了神智，终于唤醒了李寻仙——原来，他追寻了一生的道之一字，就在初次见面时李寻仙弹奏的那首曲子中。

二人曾约定，千年后要再在曾经共饮同醉的方壶胜境相聚。上一次，江逆先到，这一世唯有李寻仙了。

李寻仙拨开桃花飞舞的碎瓣。一个酒坛应声而出。李寻仙掌风掠过，顿时解开千年泥封，馥郁的酒香气萦绕在整个桃花林中。

桃花林深处，伸出一只白皙到几乎透明的手来……

电影结束，一排小灯亮起，主创团队的名字和片花一起滚动播放。陈一糯留下来想看看片花，可她忽然发现，所有的观众，没有一个人站起来先离开。

"什么情况……"她左顾右盼，"难道大家都要留下来看彩蛋？"

彩蛋果然开始了。

一行仙风道骨的水墨字迹出现在屏幕上——"问道之白色情人节。"

画面一转，首先出现在屏幕上的是程深。他穿着李寻仙的戏服，白衣飘飘，捧着古琴，对着镜头一本正经："今天是公元 2018 年白色情人节，我目前正处于《问道》剧组之中！今天是情侣的佳节，也是万千单身人士的盛宴。在此，我要为单身人士代言——单身也挺好的！"

他话音刚落，背景里便走过去一对你侬我侬的情侣。场务小哥和化妆师姐姐"勾搭"到了一起，两个人手挽着手，亲亲密密地从镜头前过去了。

程深一脸受伤，不过很快就恢复了斗志："不过单身就单身吧，我要告诫所有单身少女，宁缺毋滥！找男朋友千万不能找这样的，快来看——这种男朋友找了也是白找，只会天天和你抢吃的——"

镜头一歪，竟然是崔言。

崔言估计是在剧组探班，正在大呼小叫地和工作人员抢包子吃。一看摄像头跟了过来，崔言一边作势暴打摄影师，一边草草两口把包子咽了下去。摄影师给了他一个特写，还在旁边配了张陆知衡斯斯文文剥橘子的图片，崔言满嘴塞满包子，两者果然形成了鲜明的对比。

"找男朋友千万不能找这样的，天天和女生聊天——"

崔言"哼"了一声，一推摄像头，摄影师便把另一个场景收入框中，这次出现的是秦夕。

秦夕正在和剧组的女演员对戏，看到镜头过来了，半点不慌。不过摄影师可不惯毛病，给秦夕方才和女演员对戏的照片一个3秒定格，不知为何，又在旁边配了一张陆知衡的照片。秦夕和女演员头凑在一起，显得挺亲密，而照片上的陆知衡像是在开会，他身体拼命往没有异性的一侧倾斜，两人之间好像隔了一条银河。

秦夕撇了撇嘴，一副很不情愿的样子："算了，这不是重点。男朋友主要还是不能找这种幼稚鬼——"

镜头再一次划走，又回到了程深身上。程深正疯狂往崔言身上扔橘子皮，看镜头过来了一秒钟变正经，把手心里的橘子皮偷偷扔到地上，对镜头说："当然，也不能找太成熟、工作太忙的——"镜头往正在同时核对财务、安排行程、收集季度资料的刘秘书身上晃了一下，三个人一起摇头。

大屏幕上，三人的头像被无限放大，然后打上大大的红叉，还贴心地P上了狗头图标，表明3个人都是单身的悲惨身份。

画面忽然暗了下去，紧接着，一个熟悉的低沉男声通过电影院四壁的混响，传入陈一糯耳中。

"我觉得，我这样的可以考虑一下。"

一束光划破黑暗，打在陈一糯头顶。她迷茫地偏过头去，只听身边的人一字一句地说："我绝不和你抢吃的，每天都陪你吃小甜点。我从不和异性相处过密，生活中只有你一个人。我不算幼稚，也有很多时间可以陪你。"

"如果是这样……陈一糯，你愿不愿意我做你男朋友？"

陈一糯还在愣神的工夫，便被陆知衡用力地拥入怀中："你……我还没说同意呢！"

男人将她锢得很紧，凑在她耳边威胁道："不许拒绝。"

低音炮就在耳边响起，陈一糯早早举了白旗："我也没说我要拒绝。"

陆知衡轻轻揉了揉她的发顶，认真地凝视她的双眸。

"我确实很喜欢你。也许从在 T 市时你喝醉了酒开始，也许是从你踏入我办公室交检讨的那一秒，也许是你在'荷花池'里，踏着流云凌波步把我'杀'回重生点的那个瞬间。"

"陈一糯，在你之前，我从没想过我人生中会有你这样的存在。"

他的目光逼视着陈一糯，有火焰在灼灼燃烧着："你脾气不好、性格难缠，有时神经大条有时又很敏感，大多数时候都迷迷糊糊。可我就是喜欢这样的你。"

"我这辈子最不后悔的事，就是那天上午 11 点，我让迟到的员工写检讨交上来。"

"你迟到了。还好，没有迟到太久。"

陆知衡低下头，亲吻女孩的额头。他握住陈一糯的手，拢在自己的手中，仿佛终于握住一生所求的珍宝。

他牵着她一路向外走去。陈一糯的小手冰凉，被陆知衡暖在掌心。

夜幕之中，烟火漫天，繁盛如缕。灯火璀璨之下，他描摹陈一糯低垂的双眼和扇子一样的睫毛，忍不住搂她入怀中，轻轻印下一个吻。

"喂……"陈一糯轻轻推他。

——再亲一下眼睛。

"有人，别这样…"

——然后是红润的嘴唇。

"……陆知衡，我生气啦！"

——嘴唇的味道真好，忍不住多尝几口。

"我真的生气了！我要游戏里追杀你一个月！"

一脸笑意的男子紧紧抱住怀中的女孩，故作为难："夫人不喜欢吗，难道是我亲你的方式不对？别急，我们再试一试其他的。"

星期一上午 8:45，陆氏集团总部的一楼大堂内。

清洁人员把挑空三层的巨大水晶灯擦得干干净净，大理石地面光可鉴人。

一行红毯从集团大门一直铺到电梯口。

"8:45，各部门准备！"

"陆总的车已经进入地面层……现在已经进入停车场……"

"倒计时 30 秒！"

员工们分列两旁，屏息静候，整个大堂内鸦雀无声。

大门向两侧弹开，刘秘书的声音不缓不急："秦夕工作室邀您商讨明年合作计划，已代您转接给崔总；《问道江湖》的开发计划已经初步完成，资料已经发送到您的邮箱；另外……修远少爷期中数学考了满分，非要和陈小姐去游乐园……"

一个有些淡漠的声音传来："秦夕的事全部推掉。至于陆修远，哼。"

陆知衡的目光扫过两旁分列的员工，简单一点头，径直走向 VIP 电梯。

电梯门缓缓合上。忽然，陆知衡一伸手，挡住了正在闭合的电梯门。

"陈一糯呢？又迟到了？"

他的目光在大堂里众人的脸上一一滑过，果然没有找到那个人。

刘秘书小心翼翼道："陈小姐说，她在'荷花池'等你。"

陆知衡色厉内荏，进了 28 层办公室，颤抖着手打开了藏在角落里的一个图标。

"《御剑江湖》加载中，已完成 62%。"

"加载成功。"

屏幕上，一个身着白衣儒袍的男子卓然而立，荷花万千，荷叶轻拂，小舟进出于桥东之间，小桥流水，如诗如画。

只是，那男子头上却悬着一个铁画银钩的"杀"字。

世界频道上，不同的游戏名字后面滚动着小喇叭："本人糯米粽子发出通告：全服悬赏'第一医师'和'我是你老板'，敢作敢当，赶紧出来！这一个月见你一次杀你一次。已挂悬赏，遇到他直接通报位置，酬金 50 金。"

城东，天幕低垂，一个一身黑衣的身影飞檐走壁而来，她手中一柄九斩轩辕剑，通体漆黑，偶有银光闪烁。那身影低低掠空而过，在空中几个腾跃，很快就到了荷花池。

破风声起，如同裂帛。

陆总操控着角色，颤抖着向上抬了抬视角。

只见天空之中，黑影惊掠而来。那人脚下踩着不间断的流云凌波步，在荷花池边三次腾跃，长剑一撑，裙袂绽开，现身在"第一医师"的眼前。

依旧是，发挽乌云，长剑如血。女剑客长剑一展，在他面前悄然而立。那柄见血封喉的九斩轩辕剑已经出招！

陆知衡耳畔，回荡起女剑客得意的声音。

"这种死法你不喜欢吗？难道是我杀你的方式不对？别急，我们再试一试其他的。"

（全文完）

番外 //

刘秘书日记

8月8日

今日董事长心情佳。喝红茶两壶，偷吃冰激凌，被夫人发现并没收。

8月10日

今日董事长心情佳，晚间和崔总应酬，崔总点烟一根，董事长没抽。晚上夫人闻出烟味儿，罚董事长整理儿童房的海洋球。

也不知道董事长能不能克服强迫症，别再把球按颜色分类了。得去看一眼。

8月11日

今日董事长心情不佳，并预告心情不佳将持续六天。

8月17日

今日董事长心情依旧不佳。

8月18日

今日董事长心情甚佳。